KB124922

결혼식 멤버

결혼식 멤버

카슨 매컬러스 채숙향 옮김

엘리자베스 에임즈에게

차례

1부

미칠 듯이 푸르던 어느 여름날의 일로, 프랭키는 그때 열두 살이었다. 그해 여름 그녀는 이미 오랫동안 어느 곳의 멤버도 아니었다. 어떤 클럽에도 속해 있지 않았고, 그녀를 멤버로 인정하는 곳도 이 세상에 어느 한 곳 없었다. 프랭키는 자기 자리를 찾지 못한 채 두려움을 끌어안고 이쪽저쪽을 방황할 뿐이었다. 초록빛으로 환히 빛나던 유월의 나무들은 점차 잎이 짙어지고, 마을은 격렬한 태양빛 아래 거무스름하게 시들어 갔다. 처음에 프랭키는 집 밖을 돌아다니며 이것저것 머리에 떠오르는 일을 했다. 마을의 보도는 이른 아침이나 밤엔 회색빛을 띠었지만, 한낮이 되면 태양이 뿌린 유약에 시멘트가 타들어 가 마치 유리처럼 눈부시고 아름답게 빛났다. 길은 마침내 프랭키의 발이 견디지 못할 만큼 뜨거워졌고, 게다가 그녀는 문제를 안고 있었다. 수많은 비밀스러운 문제에 휘말려 있었기에, 그녀는 차라리 집에 얌전히 있는 게 나을지도 모른다고 생각하게 되었다. 집에 있던 사람은 베레니스 세이디 브라운과 존 헨리 웨스트뿐이었다. 부엌 테이블에 앉아 같은 이야기를 끊임없이 반복하던 세 사람의 목소리는 팔월이 될 무렵 서로 운을 맞추면서 차츰 기묘한 울림을 띠기 시작했다. 매일 오후가 되면 세상은 멸망한 듯 변하고, 움직이는 것은 하나도 없었다. 그리하여 결국 병든 푸른 꿈처럼 변한 여름은 유리에 갇힌, 고요하고 광기 어린 정글이 되었다. 그리고 얼마 후, 팔월의 마지막 금요일에 모든 것이 순식간에 변하고 말았다. 그 변화는 너무 갑작스러워서, 그날 오후 내내 프랭키는 뭐가 뭔지 영문을 알 수 없는 상태로, 머릿속이 텅 비어 있었다. 지금도 역시 그녀는 이해할 수가 없었다.

"엄청나게 이상한 느낌이야." 그녀가 말했다. "그 일이 일어났어, 어떤 식으로든 말이야."

"그 일이라니, 뭐가?" 베레니스가 물었다.

존 헨리는 두 사람을 쳐다보며 잠자코 이야기를 듣고 있었다.

"이렇게 어리둥절한 적은 처음이야."

"도대체 뭐가 그렇게 어리둥절한데?"

"전부 다." 프랭키가 말했다.

그리고 베레니스가 말했다. "너 햇볕을 너무 많이 쐬서 머리가 이상해진 것 같아."

"내 생각도 그래." 존 헨리도 속삭이듯이 말했다.

잠시 후에는 프랭키 스스로도 그럴지 모르겠다고 생각할 지경이었다. 시간은 오후 네 시, 정사각형 모양의 회색빛 부엌은 쥐 죽은 듯이 조용했다. 눈을 반쯤 감은 프랭키는 테이블 앞에 앉아 결혼식에 대해 생각했다. 정적에 휩싸인 교회와 색색의 창문으로 비스듬히 떨어지는 기묘한 눈을 떠올렸다. 신랑은 그녀의 오빠였다. 그의 얼굴이 있어야 할 곳에는 밝은 빛이 전부였다. 신부는 길고 하얀 드레스를 입고 있었는데, 그녀 역시 얼굴이 없었다. 이 결혼식의 무언가는 프랭키에게 뭐라 이름 붙일 수 없는 한 가지를 느끼게 했다.

"여길 좀 보렴." 베레니스가 말했다. "너, 혹시 질투하는 거니?"

"질투?"

"너희 오빠가 결혼한다니 말이야."

"아니야." 프랭키가 말했다. "그런 사람들을 지금까지 본 적이 없었다는 것뿐이야. 두 사람이 오늘 집에 왔을 때 아주 이상야릇한 느낌이 들었어."

"그게 질투하는 거야." 베레니스가 말했다. "거울 앞에 가서 네 모습을 봐 봐. 눈 색깔을 보면 그런 건 금방 알 수 있어."

뿌연 거울이 개수대 위에 걸려 있었다. 프랭키는 거울 속을 들여다봤지만, 눈은 평소와 같은 회색이었다. 이 여름, 키가 자란 그녀는 마치 곡예장의 거인이 된 기분이었다. 어깨는 좁고 다리는 너무 길었다. 그녀는 블루블랙의 운동용 반바지에, BVD 언더셔츠를 입고 있었다. 발은 맨발이었다. 머리는 남자아이처럼 짧게 잘랐는데, 자른 지 오래돼 가르마도 보이지 않았다. 거울에 비친 모습은 비틀리고 일그러져 있었는데, 프랭키는 자기가 어떻게 보이는지 잘 알고 있었다. 그녀는 왼쪽 어깨를 으쓱거리며 고개를 돌렸다.

"아아," 그녀가 말했다. "그 두 사람은 지금까지 내가 본 중에서 제일 멋진 사람들이었어. 어떻게 그런 일이 일어났는지 나는 전혀 이해가 안 돼."

"도대체 뭐가 이해가 안 된다는 거야, 요 바보야." 베레니스가 말했다. "네 오빠는 결혼 약속을 한 아가씨를 집에 데리고 와서 오늘 네 아버지랑 너와 함께 점심을 먹었어. 두 사람은 이번 주 일요일에 윈터힐에 있는 그녀의 친정에서 결혼식을 올릴 거야. 너랑 아버지는 결혼식에 참석할 거고. 그 이상 도대체 뭐가 있다는 거야? 일일이 골치 썩을 이야기가 아닐 텐데."

"모르겠어." 프랭키는 말했다. "그들은 하루 종일 일분일초를 즐기고 있을 거야, 분명히."

"우리도 다 같이 즐기자." 존 헨리가 말했다.

"우리도 즐기자니?" 프랭키가 물었다. "우리?"

세 사람은 다시 테이블 앞에 모여 앉았고, 베레니스는 브리지 게임을 하기 위해 카드를 돌렸다. 베레니스는 프랭키가 철이 들면서부터 쭉 가정부로 여기서 일했다. 그녀는 새카만 피부에 어깨는 넓고, 키가 작았다. 항상 자기가 서른다섯 살이라고 했지만, 적어도 3년 전부터 같은 말을 하고 있었다. 가르마를 나눠 땋아 내린 머리는 맨살에 달라붙도록 기름을 발라 곱게 손질된 상태였다. 납작하고 차분한 이목구비의 베레니스에게는 한 가지, 평범하지 않은 점이 있었다. 그녀의 왼쪽 눈은 밝은색을 띤 파란 유리알이었다. 그것은 그녀의 새까맣고 차분한 얼굴 안에서, 미동도 없이 불길하게 앞을 노려보았다. 왜 그녀가 하필이면 파란색 의안을 골랐는지, 그 이유는 이 세상 누구도 알 수 없었다. 그녀의 오른쪽 눈은 어둡고, 서러워 보였다. 베레니스는 천천히 카드를 돌렸다. 그리고 카드가 젖어 찰싹 달라붙자 엄지손가락을 혀로 핥았다. 존 헨리는 옆에서 카드를 한 장 한 장 점검했다. 하얗게 드러난 그의 가슴은 축축하게 젖어 있고, 목에는 납으로 된 작은 당나귀가 매달린 줄을 두르고 있었다. 그는 프랭키의 친척으로, 사촌뻘이었다. 그는 그해 여름 내내 그녀와 점심을 먹고 오후를 함께 보냈다.

아니면 함께 저녁을 먹고 밤에 같이 있었다. 어떻게든 자기 집에는 돌아가려고 하지 않았다. 그는 여섯 살치고는 몸집이 작았지만, 무릎만큼은 프랭키가 지금까지 본 어느 누구의 무릎보다 컸다. 그리고 그중 한쪽에는 반드시 딱지가 앉아 있거나 붕대를 감고 있었다. 넘어져서 까진 것이다. 작고 하얀, 비틀린 얼굴에는 자그마한 금테 안경을 끼고 있었다. 그는 모든 카드를 진지한 시선으로 바라보았다. 어쨌든 빚이 있었기 때문이다. 그는 베레니스에게 지금까지 500불이 넘는 빚을 지고 있었다.

"원 하트를 선언하겠어." 베레니스가 말했다.

"스페이드." 프랭키가 말했다.

"난 스페이드를 선언하고 싶어." 존 헨리가 말했다. "내가 선언하고 싶은 게 그거란 말이야."

"그거 참 안됐네. 내가 먼저 선언해 버렸는걸."

"그런 게 어딨어!" 그가 말했다. "그건 너무하지 않아?"

"그만 좀 싸워!" 베레니스가 말했다. "솔직히 너희 둘 다 그렇게 말싸움을 할 만큼 대단한 패를 가진 건 아니잖아. 나는 투 하트를 선언하고 싶어."

"흥, 그런 건 아무것도 아니야." 프랭키가 말했다. "나한테는 아무래도 상관없는 일이라고."

하지만 실제로는 베레니스의 말이 맞았다. 그날 오후 그녀는 존 헨리와 비슷한 방식으로 브리지 게임을 하고 있었다. 문득 생각난 카드를 닥치는 대로 내놓고 있었던 것이다. 세 사람은 부엌에 앉아 있었다. 부엌은 처량하고 추레한 장소였다. 존 헨리는 손이 닿는 높이까지 부엌 벽을 징그럽고 유치한 그림으로 가득 채우고 있었다. 덕분에 부엌은 정신이 나간 것처럼 보였다. 어쩐지 정신병원(크레이지 하우스)의 병동 같은 느낌이었다. 그리고 지금 그 낡은 부엌은 프랭키를 불쾌하게 만들었다. 자기에게 일어난 일에 뭐라고 이름을 붙여야 할지 알 수 없었지만, 테이블 모서리에 짓눌린 자신의 심장이 두근두근 뛰고 있는 것은 알 수 있었다.

"세상은 틀림없이 아주 작은 곳일 거야." 그녀는 말했다.

"갑자기 왜 그런 말을 꺼내는 거니?"

"그러니까 느닷없다는 거야." 프랭키가 말했다. "세상은 틀림없이 느닷없는 곳이야."

"글쎄," 베레니스가 말했다. "때로는 느닷없을 때도 있고, 때로는 느릿느릿할 때도 있지."

프랭키의 눈은 반쯤 감겨 있었다. 자신의 거친 목소리가 아주 멀리서부터 귀에 들려왔다.

"나에게 그 일은 너무 갑작스러워."

왜냐하면 바로 어제까지, 프랭키는 결혼식에 대해 진지하게 생각하지 않았기 때문이다. 자신의 유일한 형제인 자비스 오빠가 결혼할 예정이라는 것은 알고 있었다. 오빠는 알래스카에 가기 직전 윈터힐에 사는 한 아가씨와 약혼했었다. 자비스는 육군 상병으로 알래스카에서 2년 가까이 지냈다. 프랭키는 꽤 오랫동안 오빠를 만나지 못했다. 오빠의 얼굴은 마치 수면 아래 보이는 얼굴처럼 흐릿하게 점점 변해 갔다. 하지만 알래스카였다! 프랭키는 줄곧 알래스카 꿈을 꾸었다. 특히 그해 여름 동안 꿈은 보다 생생해졌다. 그녀는 눈과 얼어붙은 바다, 빙산을 볼 수 있었다. 그리고 에스키모의 이글루와 북극곰, 아름다운 오로라. 자비스가 알래스카에 가자마자 그녀는 수제 퍼지를 보냈었다. 하나하나 왁스지로 싸서 조심스럽게 상자에 담았다. 자기가 만든 퍼지를 알래스카에서 먹을 수 있을 거라고 생각하니 가슴이 두근거렸다. 그녀는 오빠가 그것을 모피를 입은 에스키모들에게 나눠 주는 광경을 상상했다. 석 달 후 자비스에게서 감사의 편지가 왔다. 거기에는 5달러 지폐가 동봉되어 있었다. 그 뒤부터, 그녀는 거의 매주 캔디를 보내기도 했다. 가끔은 평범한 퍼지 대신 디비니티(거품을 낸 달걀 흰자와 견과류로 만드는 퍼지—옮긴이)를 보냈다. 그러나 자비스는 크리스마스 때를 제외하면 더 이상 돈을 보내 주지 않았다. 때로는 아버지에게 보낸 짧은 편지가 그녀의 마음을 다소 혼란스럽게 만들었다. 예를 들어, 그해 여름 오빠는 수영을 하러 간 이야기를 썼다. 모기가 심하다고도 썼다. 편지는 그녀의 꿈을 뒤흔들었다. 그러나 며칠 동안 당황해 하던 그녀는 다시 얼어붙은 바다와 눈이라는 자신의 세계로 돌아갔다. 그리고 알래스카에서 돌아온 자비스는 곧장 윈터힐로 가 버렸다. 신부의 이름은 재니스 에반스로, 결혼식 순서는 다음과 같았다. 오빠가 전보로 알려온 바에 따르면, 오빠와 신부는 금요일에 함께 이쪽으로 와서 하루를 보내고, 일요일에는 윈터힐에서 결혼식을 올릴 예정이었다. 프랭키와 아버지는 결혼식에 참석하기 위해 윈터힐까지 100마일에 가까운 여행을 떠나야 했다. 프랭키는 이미 여행 가방을 다 싼 상태였다. 그리고 오빠가 신부를 데리고 오기를 마음속으로 기다리고 있었다. 그러나 그녀는 두 사람의 모습을 구체적으로 머리에 그리거나 하지는 않았다. 결혼식에 대해 이런저런 생각을 하지도 않았다. 그들이 오기 전날 베레니스를 향해 이렇게 말했을 뿐이다.

"생각해 보면 신기한 우연이야. 자비스가 알래스카에 가게 되고, 그가 고른 신부가 윈터힐이라는 마을 사람이라니. 윈터힐이라……." 그녀는 눈을 감고 천천히 그 단어를 반복해서 말했다. 그 이름은 알래스카의 꿈, 그리고 눈과 하나로 뒤섞였다. "내일이 금요일이 아니라 일요일이라면 좋을 텐데. 내가 이미 여기서 출발했다면 좋을 텐데 말이야."

"일요일은 꼭 올 거야." 베레니스가 말했다.

"그럴까?" 프랭키가 물었다. "여행 준비는 이미 한참 전에 마쳤어. 결혼식이 끝나도 여기로 돌아오지 않아도 되면 좋겠어. 그대로 쭉 어딘가로 영원히 떠날 수 있다면 좋을 텐데. 돈을 100달러 정도 들고 후딱 여행을 떠나서 이 마을 같은 곳은 두 번 다시 보지 않아도 되면 얼마나 좋을까."

"바라는 게 많기도 하구나." 베레니스가 말했다.

"내가 나 말고 다른 사람이라면 얼마나 좋을까."

그 일이 일어나기 전날의 오후는 다른 팔월의 오후와 비교해 특별히 다른 점은 없었다. 프랭키는 부엌을 어슬렁거리며 시간을 죽이다가 주변이 어두워지자 정원으로 나갔다. 집 뒤에 있는 스캇파논(포도나무의 일종─옮긴이) 덩굴이 우거진 정자는 땅거미 속에서 어두운 보랏빛으로 보였다. 그녀는 그곳을 천천히 걸었다. 존 헨리 웨스트는 팔월의 정자 안에서 등나무 의자에 앉아 다리를 꼰 채, 두 손을 주머니에 찔러 넣고 있었다.

"뭐 해?" 그녀가 물었다.

"생각 중이야."

"무슨 생각?"

그는 대답하지 않았다.

그해 여름 프랭키는 키가 너무 자란 탓에, 전과는 달리 낮은 정자의 천장에 머리가 닿았다. 다른 열두 살 아이들은 정자 안을 돌아다니거나 그곳에서 연극을 하며 놀 수 있었다. 성인 여성도, 몸집이 작은 사람이라면 안에 들어갈 수 있었다. 그러나 프랭키는 그 나이에 이미 머리가 걸렸다. 올해부터 그녀는 어른들과 마찬가지로 정자 주변을 이리저리 헤매면서 가장자리의 열매를 따거나 할 수밖에 없었다. 짙은 색의 덩굴 속을 들여다보면 찌부러진 포도 열매가 보이고 먼지 냄새가 났다. 어둠이 찾아오는 동안, 정자 옆에 서 있으니 프랭키는 두려워졌다. 도대체 무엇이 자기를 그렇게 두렵게 하는지 이해할 수 없었지만, 그래도 그녀는 두려웠다.

"그럼 이렇게 하면 되겠네." 그녀는 말했다. "저녁을 먹고 밤에 나랑 같이 있는 거야."

존 헨리는 주머니에서 싸구려 시계를 꺼내 그것을 들여다보았다. 마치 프랭키에게 갈지 말지가 시간에 따라 결정되는 것처럼. 그러나 포도나무 아래는 이미 상당히 어두웠고, 시곗바늘은 보이지 않을 터였다.

"집에 가서 펫 아주머니에게 그렇게 말하고 와. 부엌에서 만나자."

"알았어."

그녀는 두려웠다. 푸르스름한 저녁 하늘은 공허하고, 부엌 창문에서 새어나오는 불빛은 저물어 가는 정원에 노란 사각형 모양으로 빛나고 있었다. 그녀는 아직 어린아이였을 무렵, 석탄 저장고에 세 사람의 유령이 살고 있다고 믿었던 일을 떠올렸다. 그중 하나는 은반지를 끼고 있다고 말이다.

그녀는 뒤쪽 계단으로 뛰어올라가 말했다. "방금 존 헨리를 저녁 식사에 초대했어. 그리고 밤에 같이 있을 거야."

베레니스는 비스킷 반죽을 주무르고 있었는데, 반죽을 밀가루 범벅이 된 테이블 위에 쿵, 하고 내려쳤다. "넌 틀림없이 그 아이에게 질렸을 거라고 생각했는데."

"지긋지긋해." 프랭키가 말했다. "하지만 걔는 왠지 겁을 먹은 것처럼 보인단 말이야."

"뭐 때문에 겁을 먹었다는 걸까?"

프랭키는 고개를 저으며 "그러니까 외로운 것 같다고"라고 간신히 말을 꺼냈다.

"그럼 그 아이를 위해서 이 반죽을 좀 보관해 둬야겠네."

해가 뉘엿뉘엿 지는 정원에서 부엌으로 들어오니 그곳은 너무나도 밝고, 따뜻하고, 그리고 신기했다. 물론 부엌 벽이 프랭키의 신경에 거슬리긴 했다. 벽은 존 헨리의 색다른 그림으로 가득 채워져 있었다. 크리스마스트리, 비행기, 기분 나쁜 군인, 꽃. 존 헨리는 유월의 어느 해가 긴 오후에 처음으로 부엌 벽에 그림을 그리기 시작했다. 그리고 지금은 그림으로 벽을 완전히 망쳐 놓은 뒤였다. 마음만 먹으면 그는 장소를 불문하고 계속 그림을 그렸다. 때로 프랭키도 거기에 가담했다. 처음에 아버지는 벽을 더럽

혔다는 이유로 불같이 화를 냈다. 그러나 얼마 후에는 직성이 풀릴 때까지 그림을 그려도 된다고 말했다. 가을에는 어차피 부엌 벽을 새로 칠할 생각이라고 말하면서. 그러나 끝없이 계속되는 여름은 끝날 기미를 보이지 않았고, 벽은 프랭키의 신경을 거스르게 되었다. 그날 저녁 부엌은 평소와 다른 느낌이 들었고, 그녀는 그게 두려웠다.

그녀는 입구에 서서 말했다. "문득 개를 우리 집에 불러도 될 것 같은 느낌이 들었어."

이런 이유로 날이 어두워지자 존 헨리는 자는 데 필요한 준비물을 가득 채운 작은 가방을 들고 뒷문으로 들어왔다. 하나밖에 없는 흰색 양복을 입고, 구두와 양말을 신고 있었다. 벨트에는 장난감 단검이 매달려 있었다. 존 헨리는 눈을 본 적이 있었다. 그는 아직 여섯 살이었지만, 작년 겨울 버밍햄에 가서 직접 눈을 본 것이다. 프랭키는 아직 눈을 본 적이 없었다.

"가방 들어 줄게." 프랭키가 말했다. "여기서 비스킷맨을 만들고 있으렴."

"오케이."

존 헨리는 비스킷 반죽을 가지고 놀지 않았다. 그는 어디까지나 진지한 자세로 비스킷맨을 만들기 시작했다. 때때로 손을 멈추고 안경 매무새를 고치고, 자기가 만든 비스킷맨을 자세히 점검했다. 마치 꼬마 시계 수리공처럼. 그는 가까이 당긴 의자 위에 무릎을 꿇고 올라앉아 있었다. 그렇게 하면 자기 솜씨를 제대로 확인할 수 있기 때문이었다. 베레니스가 건포도를 주었는데, 그는 보통 어린아이가 그러듯이 아무 데나 건포도를 처덕처덕 붙이지 않았다. 그중 두 개를 붙여 눈을 만들었을 뿐이다. 그러나 금세 그것이 너무 크다는 것을 깨달았다. 그래서 조심스럽게 하나를 반으로 나누어 눈을 만들었다. 알이 작은 두 개로는 코를 만들었다. 그러고 나서 작은 건포도로 싱긋 웃는 입을 만들었다. 다 만들자, 그는 반바지의 엉덩이 부분에 손을 문질러 닦았다. 그렇게 작은 비스킷맨이 완성되었다. 손가락이 하나하나 갈라진 비스킷맨은 모자를 쓰고, 손에는 지팡이까지 들고 있었다. 존 헨리는 그것을 아주 진지하게 만들었기 때문에, 반죽은 회색빛으로 변한 채 축축해진 상태였다. 하지만 완벽한 꼬마 비스킷맨이었다. 프랭키는 아무리 봐도 그것이 존 헨리 본인과 꼭 닮았다고 생각했다.

"자, 식사를 하자." 베레니스가 말했다.

두 사람은 베레니스와 함께 부엌 테이블에 앉아 식사를 했다. 아버지가 전화로 보석상 일 때문에 귀가가 늦어질 거라고 했다. 베레니스가 오븐에서 비스킷맨을 꺼내자, 그것은 동네 아이들이 만든 흔한 비스킷맨과 다를 게 없다는 사실이 드러났다. 반죽이 열기에 부풀어 오르면서 존 헨리의 정성스러운 세공이 사라지고 말았던 것이다. 손가락은 하나로 붙어 버렸고, 지팡이는 꼬리처럼 보였다. 하지만 존 헨리는 안경 너머로 흘끗 바라본 뒤, 냅킨으로 비스킷맨을 닦고는 왼쪽 발에 버터를 발랐다.

덥고 캄캄한 팔월 밤이었다. 부엌에 있는 라디오에서는 수많은 방송국이 내보내는 음성이 뒤섞여 흘러나오고 있었다. 전쟁 뉴스를 읽는 목소리는 시끄러운 광고와 하나가 되고, 달콤한 밴드 음악이 배경음처럼 흘렀다. 라디오는 여름 내내 켜져 있었기에, 결국 그 소리는 딱히 아무도 주목하지 않게 되었다. 가끔 노이즈가 너무 심해 자기 목소리도 안 들릴 정도가 되면 프랭키는 볼륨을 조금 낮췄다. 그럴 때를 제외하면 음악과 목소리들은 제멋대로 오가며 서로 교차하고, 복잡하게 뒤얽혔다. 그리고 팔월에 접어들었을 무렵, 그들은 이제 아무것도 듣고 있지 않았다.

"뭘 하고 싶니?" 프랭키가 물었다. "하우스 브링커 이야기(미국의 여류작가 메리 메이프스 닷지가 1865년에 쓴 『은빛 스케이트 한스 브링커 이야기』. 제방에 손을 쑤셔 넣어 홍수를 막은 네덜란드 소년의 이야기가 나온다—옮긴이)를 읽어 줄까? 아니면 다른 걸 하고 싶어?"

"다른 걸 하고 싶어."

"뭐?"

"밖에서 놀자."

"난 별로야." 프랭키가 말했다.

"오늘 밤은 사람들이 모두 밖에 나와 놀고 있어."

"귀 막힌 거 아니지?" 프랭키가 물었다. "내 말이 분명 들렸을 텐데."

존 헨리는 커다란 무릎을 딱 붙이고 서 있었다. 그리고 간신히 말했다. "그럼 난 집에 갈래."

"하지만 아직 밤에 같이 있지 않았잖아. 저녁만 먹고 그걸로 안 녕이라는 법이 어딨어?"

"그건 그렇지만……." 그는 조용한 목소리로 말했다. 라디오 소리에 섞여 밖에서 놀고 있는 아이들의 목소리가 들려왔다. "밖으로 나가자, 프랭키. 다들 엄청 즐겁게 놀고 있잖아."

"아니야." 그녀가 말했다. "꼴사납고 얼빠진 애들이 모여 있을 뿐이야. 이리저리 뛰어다니며 소리 지르고, 또 뛰어다니며 소리 지르고. 시시하지 뭐야. 자, 2층에 가서 네가 가져온 짐을 정리하자."

프랭키의 방은 포치 위에 증축한 형태로, 부엌에서 계단을 통해 올라가도록 되어 있었다. 방 안에는 철제 침대와 수납장, 그리고 책상이 놓여 있었다. 또 프랭키는 스위치를 껐다 켰다 할 수 있는 전동 모터를 하나 갖고 있었다. 그 모터를 사용해 칼을 갈 수도 있고, 손톱이 자라면 깎을 수도 있었다. 벽 가까이에는 여행 가방이 놓여 있었는데, 안에는 윈터힐에 갈 때 필요한 짐이 정리되어 있었다. 책상 위에는 오래된 타자기가 놓여 있었다. 프랭키는 책상 앞에 앉아 편지를 쓸 만한 상대를 떠올리려고 노력했다. 하지만 그런 상대는 한 명도 없었다. 쓸 만한 상대에게는 이미 전부 답장을 써 버렸기 때문이다. 그것도 이미 몇 통씩 여러 번 답장을 썼다. 그래서 그녀는 타자기에 레인코트로 커버를 씌우고는 옆으로 밀어 뒀다.

"진짜로," 헨리가 말했다. "나 집에 가는 게 좋을 것 같지 않아?"

"아니, 전혀 그럴 것 같지 않아." 프랭키가 헨리 쪽을 보지도 않고 대답했다. "넌 거기 앉아서 모터나 갖고 놀고 있어."

프랭키 앞에는 두 개의 물체가 있었다. 하나는 라벤더 색깔의 조개껍데기, 또 하나는 유리로 만든 공이었다. 유리로 만든 공 안에는 눈송이가 들어 있어 흔들면 안에서 눈보라가 일었다. 조개껍데기를 귀에 대면 따뜻하게 밀려오는 멕시코만의 파도 소리가 들렸다. 그녀는 멀리 떠 있는, 야자수가 우거진 푸르른 섬에 대해 생각했다. 그리고 가늘게 뜬 두 눈을 스노우볼에 갖다 대고, 그 안에서 춤추는 하얀 눈송이를, 눈이 어지러울 때까지 뚫어져라 쳐다보았다. 그녀는 알래스카를 꿈꾸었다. 차갑고 하얀 언덕에 올라서서 눈 아래 펼쳐진 황량한 설원을 바라보았다. 태양이 얼음 속을 색색으로 물들이는 것을 보았으며, 꿈결 같은 목소리를 듣고, 꿈결 같은 것들을 봤다. 도처에 하얗고 서늘한, 부드러운 눈이 있었다.

"저기 좀 봐." 존 헨리가 말했다. 그는 조용히 창밖을 보고 있었다. "저기 있는 커다란 여자애들 자기네 클럽 하우스에서 파티를 하고 있는 것 같아."

"그만해!" 그녀가 갑자기 크게 소리를 질렀다. "쟤네들 이야기는 이제 나한테 하지 마."

근처에 클럽 하우스가 있었지만, 프랭키는 그 클럽의 멤버가 아니었다. 클럽의 멤버는 열세 살에서 열네 살 소녀들로, 그중에는 열다섯 살도 있었다. 토요일 밤에는 남자아이들도 뒤섞여 파티가 열렸다. 프랭키는 멤버 전원을 알고 있었다. 올해 여름까지는 그녀도 클럽의 나이 어린 멤버 같은 존재였다. 하지만 이제 그들에게는 정식 클럽이 있고, 프랭키는 클럽의 멤버가 아니었다. 넌 아직 어리고 촌티를 못 벗었다고 그들은 말했다. 토요일 밤에는 그곳에서 불쾌한 음악 소리가 들려왔고, 멀리서도 불빛을 볼 수 있었다. 종종 그녀는 클럽 하우스 뒤쪽 골목까지 가서 인동덩굴 울타리 옆에 멈춰 섰다. 그러고는 귀를 쫑긋 세운 채 파티를 지켜보았다. 파티는 꽤 늦게까지 이어졌다.

"어쩌면 다들 생각을 바꿔서 너를 초대해 줄지도 몰라." 존 헨리가 말했다.

"못된 것들 같으니라고!"

프랭키는 코를 훌쩍거리더니 팔을 굽혀 코를 닦았다. 그녀는 침대 끝에 걸터앉아 어깨를 축 늘어뜨린 채, 양 팔꿈치를 무릎에 얹었다. "개네들은 나한테 지독한 냄새가 난다고 온 동네에 퍼뜨리고 있는 게 틀림없어." 그녀는 말했다. "내가 종기가 나서 불쾌한 냄새가 나는 검은 연고를 붙이고 있을 때, 헬렌 플레처가 나한테 그랬거든. 그 이상한 냄새는 도대체 뭐냐고 말이야. 아아, 개네들 모두 총으로 쏴서 죽여 버리고 싶어."

존 헨리가 침대 쪽으로 오는 소리가 들렸다. 그가 작은 손으로 프랭키의 목덜미를 톡톡, 부드럽게 두드렸다. "이상한 냄새 같은 거 안 나." 그가 말했다. "엄청 좋은 냄새가 나는걸."

"못된 것들 같으니라고." 그녀는 반복했다. "그뿐만이 아니야. 재네들은 결혼한 사람들을 향해 터무니없이 불쾌한 말을 퍼뜨리고 있어. 펫 아주머니나 어스타스 아저씨를 생각하면 말이지. 그리고 우리 아빠에 대한 것도! 정말 불쾌하고 말도 안 된다니까! 나를 그렇게까지 얼간이로 생각하는 걸까?"

"네가 집 안에 들어오면 말이지, 네 모습을 보지 않아도 냄새로 너라는 걸 금세 알 수 있어. 꽃 백 송이 같은 냄새야."

"됐어." 그녀가 말했다. "그런 건 아무래도 괜찮으니까."

"꽃 천 송이 같아." 존 헨리가 말했다. 그리고 또 끈적끈적한 손으로 그녀의 풀 죽은 뒷목을 톡톡 두드렸다.

프랭키는 허리를 세우고 입가에 흘러내린 눈물을 혀로 핥고 셔츠 소매로 얼굴을 닦았다. 그리고 가만히 앉은 채 코를 벌름거리며 자기 냄새를 맡았다. 그런 다음 여행 가방이 있는 곳으로 가서 가방 안에서 '스위트 세레나데' 병을 꺼냈다. 향수를 정수리 근처에 살짝 문지르고 셔츠 소매 안쪽에도 몇 방울 떨어뜨렸다.

"너도 발라 줄까?"

존 헨리는 활짝 열린 여행 가방 옆에 쭈그리고 앉아 있었는데, 프랭키가 향수를 떨어뜨리자 몸을 움찔했다. 그는 여행 가방을 여기저기 만지며 그녀가 어떤 물건을 넣었는지 자세히 보고 싶어 했다. 하지만 프랭키는 내용물을 대충 보여줄 뿐이었다. 자기가 무엇을 갖고 있고, 무엇을 갖고 있지 않은지 일일이 가르쳐 줄 생각도, 숫자를 세게 할 생각도 없었다. 그래서 다시 여행 가방을 끈으로 매고 벽 근처로 돌려놓았다. "그래!" 그녀가 말했다. "나는 이 마을 사람들 중에서 제일 많이 향수를 쓰고 있을 거야."

아래층 부엌에 있는 라디오에서 흘러나오는 나지막한 소음을 제외하면, 집 안은 쥐 죽은 듯이 조용했다. 아버지는 한참 전에 귀가하셨고, 베레니스는 뒷문을 잠그고 이미 돌아간 후였다. 여름밤 아이들의 목소리도 더 이상 들려오지 않았다.

"좀 즐겁게 놀아 볼까?" 프랭키가 말했다.

하지만 할 만한 것은 없었다. 존 헨리는 두 무릎을 딱 붙이고 방 한가운데에 선 채, 두 손은 등 뒤로 깍지를 끼고 있었다. 창문에는 나방이 잔뜩 달라붙어 있었다. 연녹색 나방과 노란색 나방들이 방충망을 향해 날개를 파닥거렸다.

"예쁜 나비들이네." 그가 말했다. "모두 안으로 들어오려고 하고 있어."

프랭키는 나방들이 부드럽게 부들거리면서 방충망에 몸을 밀어붙이는 모습을 보았다. 매일 밤 책상 불을 켜면 나방들이 날아왔다. 팔월의 밤 어디에선가 온 그들은 덧문에 달라붙어 날개를 흔드는 것이다.

"내 생각에 이건 얄궂은 운명 같은 거야." 그녀는 말했다. "여기 온다는 게 말이야. 저 나방들은 어디든 원하는 곳으로 날아갈 수 있어. 그런데도 여기 우리 집 창문에 매달려 있거든."

존 헨리는 금테 안경에 손을 올려 위치를 바로잡았다. 프랭키는 주근깨가 있는 그의 작고 밋밋한 얼굴을 살폈다.

"안경 벗어 볼래?" 그녀가 느닷없이 말을 꺼냈다.

존 헨리는 안경을 벗어 거기에 하아, 하고 입김을 불었다. 그녀는 안경을 받아 시험 삼아 써 보았다. 렌즈를 통해 보니, 방이 제각기 다른 모양으로 일그러져 보였다. 이번에는 의자를 뒤로 빼서 존 헨리를 쳐다보았다. 그의 양쪽 눈가에는 하얗게 젖은 두 개의 안경 자국이 나 있었다.

"넌 안경을 안 써도 되지 않을까?" 그녀가 타자기 위에 손을 올리며 물었다. "이건 뭐지?"

"타자기." 그가 말했다.

프랭키가 조개껍데기를 손에 쥐었다. "그럼 이건?"

"멕시코만의 조개껍데기."

"저 바닥 위를 기어가고 있는 작은 건?"

"어디?" 그가 물었다. 그리고 주위를 둘러보았다.

"네 발밑을 기어가고 있는 녀석 말이야."

"아아!" 그가 몸을 굽히며 말했다. "뭐야, 개미잖아. 어째서 여기까지 올라왔지?"

프랭키는 의자에 앉아 몸을 뒤로 젖힌 채 책상 위에 맨발을 포개 올렸다. "만약에 나라면 그런 안경은 어딘가에 줘 버릴 거야." 그리고 말했다. "안경이 없어도 보통 다 보이잖아?"

존 헨리는 대답하지 않았다.

"안경은 어울리지 않아."

그녀는 안경을 접어서 존 헨리에게 돌려주었다. 그는 핑크색 렌즈 닦이용 플란넬 천으로 안경을 닦아 다시 착용하고, 아무 대꾸도 하지 않았다.

"좋아," 그녀가 말했다. "너 하고 싶은 대로 해. 다 너를 생각해서 한 말이니까."

두 사람은 잘 준비를 했다. 서로 돌아서서 옷을 벗고, 프랭키는 모터와 전등 스위치를 껐다. 존 헨리는 기도를 하기 위해 바닥에 무릎을 꿇었다. 그리고 한참 동안, 소리 없는 기도를 중얼거렸다. 그리고 그녀 옆에 누웠다.

"잘 자." 그녀가 말했다.

"잘 자."

프랭키는 어둠 속을 빤히 올려다보았다. "있지, 나는 아직 잘 실감이 안 나. 이 세상이 시속 약 1,000마일의 속도로 빙글빙글 돌고 있다는 게 말이야."

"알아." 그는 말했다.

"그런데 공중으로 뛰어올랐다가 내려오면 페어뷰나 셀마 같은, 50마일쯤 떨어진 어딘가에 있지 않은 건 왜일까, 그것도 잘 모르겠어."

존 헨리는 뒤척이면서 졸린 듯한 소리를 냈다.

"아니면 윈터힐이라든가." 그녀는 말했다. "지금 당장 윈터힐로 출발할 수 있다면 좋을 텐데."

존 헨리는 이미 잠들어 있었다. 어둠 속에서 숨소리가 들려왔다. 그해 여름 그토록 많은 밤을 통해 바라던 것을, 그녀는 얻은 참이었다. 이렇게 누군가가 옆에 잠들어 있는 것 말이다. 그녀는 어둠 속에 누워 그의 숨소리에 귀를 기울였다. 잠시 후 그녀는 한쪽 팔꿈치를 괴고 상체를 일으켰다. 존 헨리는 주근깨가 가득한 작은 몸을 달빛 속에 드러낸 채 누워 있었다. 하얀 가슴은 밖으로 드러나 있고, 한쪽 발을 침대 밑으로 늘어뜨리고 있었다. 그녀는 가까이 다가가 그의 배에 살그머니 손을 댔다. 마치 그의 몸속에서 작은 시계가 째깍거리고 있는 것 같았다. 몸에서 땀 냄새와 '스위트 세레나데' 냄새가 났다. 시큼한 작은 장미 같은 냄새. 프랭키는 몸을 숙여 그의 귀 뒤를 핥았다. 그리고 크게 숨을 들이마시고 그의 축축하고 뾰족한 어깨에 턱을 기댄 채 눈을 감았다. 어둠 속이라도, 누군가가 옆에서 함께 자고 있으니 이제 별로 두렵지 않았다.

햇빛이 아침 일찍 두 사람을 깨웠다. 팔월의 태양이 하얗게 부서지고 있다. 그러나 프랭키는 존 헨리를 집으로 돌려보낼 수 없었다. 그는 베레니스가 요리하는 햄을 보고, 그날의 특별한 환영 식사가 호화로우리라는 사실을 간파했다. 프랭키의 아버지는 거실에서 신문을 보고 있었다. 그리고 시계태엽을 감기 위해 본인의 보석상으로 향했다.

"오빠가 혹시 알래스카에서 아무 선물도 갖고 오지 않는다면 나는 머리끝까지 화가 날 거야."

"나도." 존 헨리도 동의했다.

그녀의 오빠와 신부가 집에 오기로 한 팔월의 그날 아침, 도대체 두 사람은 뭘 하고 있었을까? 프랭키와 존 헨리는 정자의 포도 넝쿨 그늘에서 크리스마스에 대해 이야기하고 있었다. 태양은 격렬하게 빛나고, 햇빛에 머리가 이상해진 푸른 어치들이 시끄럽게 울어대며 서로 싸우고 있었다. 이야기를 하는 동안, 두 사람의 목소리는 점점 힘을 잃고 변변찮은 노래처럼 되어 가더니 같은 말이 몇 번이고 반복되었다. 둘은 어두운 나무 그늘 속에서 그저 꾸벅꾸벅 졸았고, 프랭키는 결혼식 같은 건 한 번도 생각한 적이 없는 사람이 되어 있었다. 그녀의 오빠와 신부가 집에 발을 들여놓던 팔월의 아침, 바로 그것이 두 사람이 하던 일이었다.

"아아, 이런!" 프랭키가 말했다. 테이블 위에 놓인 트럼프 카드는 잔뜩 기름이 껴 있었고, 저물어 가는 해가 비스듬히 정원을 비추고 있었다. "세상은 정말 느닷없는 곳이야."

"똑같은 말은 이제 그만하렴." 베레니스가 말했다. "좀 더 게임에 집중하는 게 어떠니?"

하지만 프랭키는 결코 건성으로 게임을 하는 게 아니었다. 그녀는 스페이드 퀸을 내밀었다. 스페이드가 비장의 카드였다. 존 헨리는 변변찮은 다이아몬드 두 장을 냈다. 프랭키가 그를 쳐다보았다. 그는 지그시 그녀가 들고 있는 패의 뒷면을 보고 있었다. 마치 카드 끄트머리를 빙그르르 돌려서 상대방 손에 들린 카드를 모조리 읽을 수 있으면 좋겠다는 눈으로.

"사실은 스페이드를 갖고 있는 거지?" 프랭키가 물었다.

존 헨리는 당나귀 목걸이를 입에 넣은 채 시선을 피했다.

"사기꾼." 그녀가 말했다.

"스페이드를 내고 게임을 계속하렴." 베레니스가 말했다.

그러자 그가 우겨댔다. "다른 카드 뒤에 가려져 있었어."

"거짓말쟁이."

그래도 그는 베레니스의 말대로 하지 않았다. 애처로운 표정으로 게임의 흐름을 끊고 있을 뿐이었다.

"자, 빨리 해." 베레니스가 말했다.

"못 해." 마침내 그가 말했다. "이건 잭이란 말이야. 내가 갖고 있는 스페이드는 잭뿐이야. 그럼 프랭키의 퀸에 지게 되잖아. 그건 싫어."

프랭키는 카드를 테이블 위에 내던졌다. "거봐!" 그녀가 베레니스에게 말했다. "얘는 제일 초보적인 게임 규칙도 못 따라오잖아! 완전히 애라니까! 이런 건 정말, 정말, 정말, 정말 방법이 없다고!"

"확실히 그럴지도 모르겠네." 베레니스가 말했다.

"아아," 프랭키가 말했다. "정말 지겨워 죽겠어."

그녀는 의자 가로대에 맨발을 올려놓고 앉아 있었다. 그리고 눈을 감고 가슴을 테이블 모서리에 바짝 대고 있었다. 빨갛게 기름때가 낀 카드가 테이블 위에 어지럽게 흩어져 있었는데, 그걸 보고 있자니 속이 울렁거렸다. 그들은 매일같이 점심 식사 뒤에 트럼프 놀이를 했다. 혹시 그 카드를 먹는다면 팔월 한 달 내내 먹은 모든 점심 메뉴가 뒤섞인 맛이 날 거였다. 거기에 땀으로 뒤범벅이 된 손으로 만지작거린 역겨운 맛이 더해지겠지. 프랭키는 카드를 테이블에서 쓸어냈다. 결혼식은 눈처럼 빛나며 아름다울 테고, 그녀의 마음은 그로 인해 으스러지고 말 거였다. 그녀는 테이블 앞에서 일어났다.

"회색 눈을 가진 사람이 질투가 많다는 건 알려진 사실이야."

"딱히 질투하는 건 아니라고 했잖아." 프랭키는 베레니스의 말에 이렇게 말하고 불안한 듯이 방을 걸어 다녔다. "누군가 한 사람을 질투해야 한다면 둘 다를 질투할 거야. 두 사람은 내 안에서 하나로 합쳐졌거든."

"그래? 하지만 나는 양오빠가 결혼했을 때 여자를 질투했었어." 베레니스가 말했다. "존이 클로리나와 결혼할 때, 그 여자에게 양쪽 귀를 잡아 찢어 버리겠다고 협박 문구를 보냈지. 물론 실제로 그런 일은 하지 않았지만. 클로리나의 두 귀는 아직 멀쩡하게 달려 있어. 그리고 이제 나는 그녀를 아주 좋아해."

"JA," 프랭키가 말했다. "재니스와 자비스. 진짜 이상한 것 같지 않아?"

"뭐가?"

"JA," 그녀가 말했다. "두 이름 모두 JA로 시작되잖아."

"그게 어디가 이상한데?"

프랭키는 부엌 테이블 주위를 그저 빙글빙글 돌았다. "내 이름이 제인이었으면 좋았을 텐데." 그녀는 말했다. "아니면 재스민이라든가."

"난 네가 무슨 생각을 하는지 통 모르겠다." 베레니스가 말했다.

"자비스, 재니스, 재스민. 모르겠어?"

"전혀 모르겠어." 베레니스가 말했다. "그런데 오늘 아침 라디오 뉴스에서 들었는데, 프랑스인들이 파리에서 독일인들을 쫓아내기 시작했대."

"파리." 프랭키가 멍한 목소리로 물었다. "자기 이름을 바꾸는 건 법에 위반되는 일일까? 아니면 이름에 뭔가 덧붙인다든가?"

"당연하지. 그건 법에 위반돼."

"알게 뭐야." 그녀는 말했다. "F. 재스민 아담스."

그녀의 방으로 올라가는 계단에는 인형이 하나 놓여 있었다. 존 헨리가 그 인형을 갖고 와서 팔에 안고 흔들기 시작했다. "이거 정말 나 주는 거지?" 그가 물었다. 그는 인형의 드레스를 걷어 올려 팬티와 속옷을 손가락으로 쓰다듬었다. "난 이 아이를 벨이라고 부를 거야."

프랭키는 잠시 그 인형을 응시했다. "나한테 이런 인형을 갖고 오다니, 자비스 머리가 어떻게 된 거 아닐까? 생각 좀 해 봐. 이런 나에게 인형이라니! 게다가 나를 어린 소녀로 생각했다고 변명하는 재니스는 또 어떻고! 난 알래스카에서 산 기념품을 줄 거라고 기대했는데."

"포장지를 뜯었을 때 네 얼굴은 정말이지 볼만했어." 베레니스가 말했다.

그것은 빨강 머리와 도자기 눈을 가진 커다란 인형이었다. 노란 속눈썹이 달린 눈은 깜박깜박 움직였다. 존 헨리가 인형을 눕혀 놨기 때문에 인형의 눈은 감겨 있었다. 그는 속눈썹을 잡아당겨 눈을 뜨게 하려고 했다.

"그러지 말아 줄래? 보고 있자니 짜증 나. 됐으니까 그 인형을 내 눈에 띄지 않는 곳에 두라고."

존 헨리는 나중에 집에 갖고 갈 수 있도록 안주머니에 인형을 넣었다.

"저 아이의 이름은 릴리 벨이라고 해." 그가 말했다.

난로 위 선반에 놓인 시계가 아주 천천히 시간을 알렸다. 시간은 여섯 시 십오 분 전. 창밖의 햇살은 여전히 강렬하고, 노랗고, 눈부셨다. 안뜰에 드리운 정자 그림자는 새까맣고 농밀했다. 움직이는 것은 하나도 없었다. 어딘가 멀리서 휘파람 소리가 들려왔다. 그것은 팔월의 끝나지 않는 슬픈 노래였다. 일 분 일 분이 무서우리만치 길었다.

프랭키는 다시 부엌 거울 앞으로 가서 자기 얼굴을 찬찬히 뜯어보았다. "이렇게 짧게 깎은 건 큰 실수였어. 결혼식에는 긴 금발이어야 하는데 말이야. 안 그래?"

거울 앞에 선 그녀는 겁에 질려 있었다. 프랭키에게 그해 여름은 공포의 여름이었다. 거기에는 책상 앞에 앉아 종이와 연필로 확실히 계산할 수 있는 불안이 하나 있었기 때문이다. 팔월에 그녀는 열두 살(더하기 6분의 5세)이 되었다. 키는 5피트 5인치(더하기 4분의 3인치)(165센티 정도—옮긴이)가 되고, 7사이즈의 신발을 신었다. 최근 1년 동안 그녀의 키는 4인치가 자랐다. 아니, 적어도 그정도는 자랐을 터였다. 밉살스러운 꼬마 애들은 그녀를 향해 "이봐, 위쪽 공기는 차가워?"라고 외쳤다. 어른들이 하는 말도 그녀를 마냥 우울하게 만들곤 했다. 만약에 그들의 말처럼 열여덟 살생일까지 키가 계속 자란다면 그때까지 앞으로 5년과 6분의 1년이라는 세월이 기다리고 있었다. 따라서 단순 계산해서, 만약에 이 성장세를 어딘가에서 멈출 수 없다면 그녀의 키는 7피트 이상이 될 거였다. 무려 7피트가 넘는 덩치가 되는 것이다. 그렇게 되면 그야말로 기형인간(프릭)이 아닌가.

매년 초가을이 되면 마을에 '채터후치 박람회단'이 왔다. 시월중 한 주 동안, 마을 박람회장에서는 박람회(페어)가 개최되었다.

거기에는 관람차가 있고, 회전목마가 있고, 거울의 집이 있었다. 또 '프릭관'이 있었다. 프릭관은 가늘고 긴 통로가 있는 커다란 천막으로, 안에는 칸막이가 일렬로 늘어서 있었다. 천막에 들어가기 위해 25센트를 지불하면 칸막이 한 칸 한 칸에 들어 있는 프릭들을 볼 수 있었다. 그리고 천막의 가장 안쪽에는 '특별 전시실'이 있어서 한 칸을 볼 때마다 10센트를 따로 내야 했다. 작년 시월 프랭키는 프릭관의 모든 프릭들을 보았다.

거인

비만녀

난쟁이

야생 흑인

소두 인간

악어 소년

남녀추니(반은 남자, 반은 여자인 사람─옮긴이)

키가 8피트가 넘는 거인은 축 늘어진 커다란 두 팔을 갖고 있었고, 턱도 늘어져 있었다. 비만녀는 의자에 앉아 있는데, 살들이 늘어진 밀가루 빵 반죽처럼 보였다. 여자는 자기 살들을 손으로 찰싹찰싹 두드리거나 주물럭거리곤 했다. 그 옆에는 반대로 잔뜩 눌러놓은 것 같은 난쟁이가 작고 세련된 야회복을 입고 뽐내듯이 걸어 다니고 있었다. 어느 미개한 섬에서 데려온 야생 흑인은 먼지투성이 뼈다귀와 야자수 잎이 흩어져 있는 칸막이에 웅크리고 앉아 쥐를 산 채로 먹었다. 적당한 크기의 살아 있는 쥐를 가져온 사람은 무료로 그 쇼를 볼 수 있었다. 그래서 아이들은 튼튼한 봉투나 신발 상자에 쥐를 넣어서 갖고 왔다. 야생 흑인은 무릎을 웅크리고 앉아 목을 꺾고 털을 잡아 뽑은 쥐를 우적우적 씹어 삼켰다. 너무나도 흑인다운 굶주린 눈을 번뜩인 채로. 그가 진짜 야만인이 아니라는 사람도 있었다. 셀마 출신의 머리가 이상해진 보통 흑인이라나. 어쨌든 프랭키는 그 쇼를 더 이상 보고 싶지 않았다. 그녀는 인파를 헤치고 소두 인간에게 갔다. 존 헨리는 온종일 그 앞에 서 있었다. 머리가 자그마한 소두 인간은 한쪽 발로 껑충 껑충 뛰거나 키득거리면서 건방진 소리를 하곤 했다. 오렌지 정도 크기밖에 안 되는 머리는 한 줌의 머리카락만 남긴 채 깎여 있었는데, 머리카락 한 줌은 정수리 쪽에서 핑크색 리본으로 묶여 있었다. 그리고 마지막 칸막이는 항상 붐볐다. 왜냐하면 그곳은 '남녀추니'의 칸막이였기 때문이다. 양성을 모두 가진 남녀추니는 그야말로 과학의 기적이었다. 이 괴물은 글자 그대로 둘로 나뉘어 있었다. 왼쪽은 남자, 오른쪽은 여자였다. 왼쪽은 표범 모피를 걸치고, 오른쪽은 브래지어와 반짝이가 들어간 스커트를 입고 있었다. 얼굴의 반은 검은 수염이 자라고, 나머지 반은 화장으로 반짝거렸다. 둘 다 눈이 평범하지 않았다. 프랭키는 천막 안을 어슬렁어슬렁 돌아다니며 모든 칸막이를 살펴보았다. 그녀는 모든 프릭들이 두려웠다. 왜냐하면 그들이 모두 특별한 눈길로 그녀를 응시하며 눈을 맞추려는 것처럼 느껴졌기 때문이다. 그들의 눈은 이렇게 말하고 있는 듯했다. "너에 대해서는 잘 알고 있지"라고. 그녀는 그들의 가늘고 긴, 기형적인 눈이 두려웠다. 그 이후 지금까지 쭉, 그들의 눈을 잊지 못하고 있었다.

"그 사람들은 결혼을 한다든가 결혼식에 가는 일은 없겠네." 그녀가 말했다. "그 프릭들 말이야."

"어느 프릭을 말하는 거니?" 베레니스가 물었다.

"박람회의 프릭 말이야." 프랭키가 말했다. "작년 가을에 다 같이 봤잖아."

"아아, 그 사람들."

"그 사람들은 월급을 많이 받을까?" 그녀가 물었다.

그러자 베레니스가 대답했다. "그런 걸 내가 어떻게 알겠니?"

존 헨리는 있지도 않은 스커트 자락을 들어 올리는 시늉을 했다. 그리고 자신의 커다란 머리에 손가락을 갖다 대고 소두 흉내를 내며, 부엌 테이블 주위를 껑충껑충 뛰면서 춤을 추었다.

그러고 나서 말했다. "그녀는 지금까지 내가 본 사람 중에 제일 귀여운 여자아이였어. 그렇게 귀여운 사람은 지금까지 본 적이 없는걸. 넌 안 그랬어, 프랭키?"

"안 그랬어." 그녀는 말했다. "귀엽다는 생각은 전혀 안 들던걸."

"나도 동감이야." 베레니스가 말했다.

"흥!" 존 헨리는 끝까지 주장했다. "귀여웠다니까."

"솔직히 말해서," 베레니스가 말했다. "그 박람회장에 한데 모아 놓은 무리를 보고는 그저 소름이 끼쳤을 뿐이야. 특히 그 마지막 녀석 말이야."

프랭키는 거울에 비친 베레니스를 응시했다. 그리고 마침내 느린 목소리로 물었다. "나도 소름 끼쳐?"

"너?" 베레니스가 되물었다.

"나도 이대로 성장하면 프릭이 될 것 같지 않아?" 프랭키가 속삭이듯이 말했다.

"네가?" 베레니스가 반복해서 되물었다. "설마 그런 말도 안 되는 일이 있겠니?"

프랭키는 안심했다. 그녀는 곁눈질로 거울에 비친 자기 모습을 보았다. 시계가 천천히 여섯 시를 알렸다. 그녀가 말했다. "저기, 나도 크면 귀여워질까?"

"아마 그럴 거야. 그 질투로 돋은 뿔을 1인치나 2인치 잘라서

줄인다면 말이지."

프랭키는 왼발에 체중을 싣고 서 있었다. 그리고 오른쪽 엄지발 가락의 불룩한 끝부분으로 천천히 바닥을 문질렀다. 살갗 아래로 가시가 찌르는 느낌이 들었다. "진지하게 대답해 줘." 그녀가 말했다.

"몸에 살이 좀 붙으면 꽤 좋아질 거야. 그리고 예의 바르게 행동하면."

"하지만 일요일까지는?" 프랭키가 물었다. "어떻게든 결혼식 전까지 더 예뻐지고 싶어."

"그러면 몸을 깨끗이 해야 해. 팔꿈치를 문질러서 깨끗이 만들고 옷차림에도 신경을 쓰는 거야. 그렇게 하면 훨씬 좋아질 거란다."

프랭키는 마지막으로 한 번 더 거울에 비친 제 모습을 보았다. 그리고 뒤로 돌아섰다. 그녀는 오빠와 신부를 생각했다. 그녀 안에 딱딱한 응어리 같은 게 있어서, 아무리 해도 그것이 풀어지지 않았다.

"어떻게 하면 좋을지 모르겠어. 차라리 이대로 죽어 버리고 싶어."

"그럼 죽으면 될 거 아냐!" 베레니스가 말했다.

그러자 "죽으면 돼"라고 존 헨리가 메아리처럼 속삭였다.

세상이 멈췄다.

"집에 가." 프랭키가 존 헨리에게 말했다.

그는 커다란 두 무릎을 딱 붙이고 서 있었다. 더러워진 작은 손으로 하얀 테이블 모서리를 짚은 채 그대로 움직이지 않았다.

"내 말 안 들려?" 프랭키가 말했다. 그녀는 그를 향해 얼굴을 잔뜩 찌푸리며 스토브 위에 걸려 있던 프라이팬을 움켜쥐었다. 그리고 그를 쫓아 테이블 주위를 세 바퀴 돌고 나서 현관 밖으로 쫓아냈다. 그녀는 현관문을 잠그고 한 번 더 외쳤다. "집에 가!"

"참 나, 왜 그런 짓을 하는 거니?" 베레니스가 말했다. "넌 정말 심술궂기 짝이 없어."

프랭키는 2층 자기 방으로 통하는 계단 문을 열었다. 그리고 계단 아래쪽에 앉았다. 적막에 잠긴 부엌은 광기가 느껴지고, 어쩐지 슬펐다.

"알아." 그녀가 말했다. "하지만 혼자 조용히 앉아서 차분히 이것저것 생각하고 싶단 말이야."

그해 여름 프랭키는 자신이 프랭키라는 사실에 진심으로 넌더리가 나 있었다. 자기 자신을 도저히 좋아할 수가 없었다. 여름 내내 부엌에서 우왕좌왕하고 있는, 덩치만 컸지 아무 쓸모가 없는 게으름뱅이가 된 것 같았다. 지저분하고, 탐욕스럽고, 심술궂고, 그리고 비참했다. 그녀는 심술궂기 짝이 없을 뿐만 아니라, 범죄자이기도 했다. 만일 경찰에 그 사실이 알려지면 그녀는 재판을 받고 감옥에 가게 될지도 몰랐다. 하지만 그렇다고 프랭키가 지금까지 쭉 범죄자였거나 덩치만 큰 게으름뱅이였던 것은 아니다. 그해 사월까지 쭉 그녀는 다른 모두와 마찬가지로 평범하게 살고 있었다. 그녀는 클럽에 소속되어 있었고, 학교에서는 7학년이었다. 토요일 아침에는 아버지의 일을 돕고, 오후에는 항상 영화를 보러 갔다. 자기가 무언가를 두려워한다고 생각한 적도 없었다. 밤에는 아버지와 같은 침대에서 잤지만, 그것은 어둠이 두렵기 때문이 아니었다.

그해 봄은 길고도 기묘했다. 모든 것들이 변하기 시작했지만 프랭키는 변화를 잘 이해하지 못했다. 단조로운 회색빛 겨울이 지나가자 삼월의 바람이 세차게 유리창을 때리고, 파란 하늘에는 하얀 구름이 주름 지어 떠다녔다. 사월은 갑작스레 조용히 찾아왔다. 수목은 야생적이고 신선한 초록색으로 빛났다. 거리에는 은은한 색깔의 등나무 꽃이 흐드러지게 피어났다가 소리도 없이 죄다 졌다. 초록색 나무와 사월의 꽃에는 뭔가 프랭키의 마음을 슬프게 하는 것이 있었다. 어째서 그렇게 슬픈지 이유는 잘 알 수 없었다. 하지만 그것은 아무래도 범상치 않은 슬픔이었기 때문에, 프랭키는 어쨌든 이 거리를 떠나야 한다고 생각하게 되었다 그녀는 전쟁 뉴스를 읽고, 세상에 대해 생각하고, 여행 준비를 위해 가방에 짐을 꾸렸다. 하지만 어디로 가야 좋을지, 그걸 알 수가 없었다.

그해 프랭키는 세상에 대해 생각했다. 하지만 그녀는 세상을 학교에 있는 둥근 지구본 같은 것으로 생각하진 않았다. 세상은 나라가 색깔별로 예쁘게 나뉘어 칠해진 곳이 아니었다. 그녀에게 세상은 거대하고, 금이 가 뿔뿔이 흩어져 있고, 시속 1,000마일로 기세 좋게 회전하는 곳이었다. 학교에서 사용하는 지리 교과서는 시대에 뒤떨어진 것이었다. 세계 여러 나라들은 매일같이 변모하고 있었다. 프랭키는 신문을 통해 전쟁 뉴스를 좇고 있었는데, 세상에는 여러 가지 귀에 익숙하지 않은 이름의 장소가 있고, 전쟁은 무시무시한 속도로 전개되고 있어서, 때때로 뭐가 뭔지 영문을 알 수가 없었다. 패튼이 독일군을 추격해 프랑스를 가로지르던 여름이었다. 러시아와 사이판에서도 전투가 있었다. 그녀는 전투를 보고, 병사들을 보았다. 그러나 세상에는 너무나도 많고 다양한 전투가 있어, 마음속으로 거기에 있는 수백만 명의 병사를 한꺼번에 그려 보는 것은 불가능했다. 그녀는 한 러시아 병사를 상상해 보았다. 병사는 흙빛이 된 얼굴로 꽁꽁 언 총을 손에 들고 러시아의 눈 속에 얼어붙어 있었다. 갈고리눈의 일본 병사들이 밀림으로 뒤덮인 섬에서 초록색 덩굴 사이를 단신으로 빠져나가고 있었다. 유럽, 나무에 매달린 사람들, 그리고 푸른 바다에 떠 있는 전함. 4기통 엔진의 비행기와 불타는 도시, 철모를 쓰고 웃는 병사. 때때로 그러한 전쟁 사진과 세상의 사진이 그녀의 마음속에 소용돌이를 일으키며 머리를 어지럽혔다.

아주 예전에 그녀는 전쟁에서 전면적인 승리를 거두는 데는 두 달이면 충분하리라 예언했다. 그러나 이제는 더 이상 확신할 수가 없었다. 프랭키는 자기가 남자아이여서 해병대원으로 전쟁에 갈 수 있길 원했다. 비행기를 조종하고 금으로 된 훈장을 따는 일을 상상했다. 그러나 그녀는 전쟁에 참가할 수 없었고, 그로 인해 때때로 기분이 가라앉고 우울해졌다. 적십자에 가서 헌혈을 해 볼까도 생각했다. 일주일에 1쿼터를 헌혈하면 그것이 세계 각지의 오스트레일리아인, 전투 중인 프랑스인, 혹은 중국인의 혈관에 들어가는 것이다. 그렇게 되면 자신은 그 사람들과 피가 이어진 존재가 된다. 프랭키는 군의관들이 프랭키 아담스의 피만큼 빨갛고 힘찬 혈액은 지금까지 본 적이 없다고 하는 소리를 들을 수 있었다. 그녀는 미래를 그려 보았다. 전쟁이 끝나고 얼마 후 그녀의 피를 수혈한 군인들이 찾아와 "네 덕분에 목숨을 건졌어"라고 말하는 장면을. 그들은 그녀를 프랭키라고 부르지 않을 거였다. 아담스라고 부를 것이다. 그러나 전쟁을 위해 헌혈하는 계획이 실현될 일은 없었다. 적십자는 그녀의 혈액을 접수하지 않았다. 아직 너무 어리다는 이유였다. 그녀는 적십자에 화가 났다. 모든 곳이 자신을 내쫓는 것처럼 느껴졌다. 전쟁과 세상 모두 너무 속도가 빠르고, 거대하며, 불가사의했다. 세상에 대해 이것저것 진지하게 생각하다 보면 점점 두려워졌다. 독일인이나 폭탄, 일본인이 두려운 게 아니었다. 그녀가 두려웠던 것은 전쟁 속에 자기가 포함되어 있지 않다는, 세상이 어쩐지 자기로부터 분리된 듯이 보이는 것이었다.

그래서 그녀는 마을을 떠나 어딘가 먼 곳으로 가야 한다고 생각했다. 그해 봄의 끝자락은 어딘가 모르게 나른하고, 또 너무 감미로웠다. 긴 오후에 피어난 꽃은 오랫동안 피어 있고, 신록이 내뿜는 향기는 프랭키를 불쾌하게 만들었다. 마을 그 자체가 프랭키에게 상처를 주기 시작했다. 프랭키는 원래 슬픈 일이나 불쾌한 일이 있어도 울지 않았다. 그러나 그 계절에는 많은 것들이 프랭키를 갑자기 울고 싶게 만들었다. 아주 이른 아침 그녀는 때때로 정원에 나와 오랫동안 우두커니 서서 새벽하늘을 바라보았다. 마치 가슴속에 어떤 질문이 떠올랐는데 하늘이 대답해 주지 않는다는 표정으로. 그때까지 거의 신경도 쓰지 않던 일들이 그녀에게 상처를 주었다. 석양이 지는 길 위로 보이는 집들의 불빛, 골목에서 들려오는 모르는 사람의 목소리. 그녀는 그런 불빛을 조용히 응시하고 소리에 귀를 기울였다. 그러자 그녀 안에 있는 뭔가가 딱딱하게 굳어지면서 뭔가를 간절히 기다리는 느낌이 들었다. 그러나 불빛은 어느새 어두워지고 목소리는 사라져 갔다. 그녀는 계속해서 기다렸지만 아무 일도 일어나지 않았다. 그걸로 그냥 끝이었다. 나는 누구일까, 나는 이 세상에서 무엇이 되려는 걸까, 나는 왜 지금 여기 우두커니 서 있는 걸까, 왜 불빛을 바라보거나 귀를 기울이고, 새벽하늘을 가만히 올려다보고 있는 걸까. 그것도 오로지 혼자서. 그녀는 갑자기 그런 생각이 들게 만드는 것들이 두려워졌다. 그녀는 겁내고 있었다. 그런 그녀의 가슴속에는 이해할 수 없는 뻣뻣함이 있었다.

그리고 사월의 어느 날 밤, 그녀와 침대에 누워 있던 아버지가 불쑥 말했다. "이 긴 다리에 한 덩치 하는 딸은 아직도 아버지랑 함께 잘 생각이냐?" 아버지와 함께 잠을 자기에 그녀는 너무 커진 것이다. 그날 이후 그녀는 2층 방에서 혼자 자게 되었다. 그녀는 아버지에게 원망을 품었고, 두 사람은 곁눈질로 서로를 힐끔힐끔 살폈다. 그리고 그녀는 이제 이런 집에는 남고 싶지 않았다.

그녀는 마을 여기저기를 돌아다녔지만, 보이고 들리는 모든 것이 어중간하게 끝나 있는 듯했다. 그녀의 가슴에는 풀릴 일 없는 뻣뻣함이 생겨났다. 어쨌든 뭔가를 하려고 해 봤지만, 하는 일마다 모두 빗나갔다. 그녀는 둘도 없는 친구인 에블린 오웬에게 전화를 걸었다. 에블린은 축구 유니폼 한 벌과 스페인풍의 숄을 갖고 있었다. 그래서 한쪽이 축구 유니폼을 입고, 다른 쪽이 스페인풍 숄을 걸쳤다. 그런 모습으로 둘은 싸구려 잡화점으로 갔다. 하지만 그것은 우스워 보일 뿐, 프랭키가 원하던 것은 아니었다.

혹은 은은한 빛을 띤 봄의 석양이 내려앉으면, 달콤하고 씁쓸한 먼지와 꽃향기가 공중에 떠다니며 주위는 어두워져 창문에 불이 켜지고, 말꼬리를 길게 끌며 저녁 식사를 알리는 목소리가 들려왔다. 마을의 상공을 날아다니는 한 무리의 굴뚝새들이 보금자리로 돌아가면 하늘은 갑자기 휑하니 넓어졌다. 계절 특유의 기나긴 황혼이 지나가면 프랭키는 마을을 이리저리 걸어 다녔는데, 재즈를 닮은 슬픔에 신경이 동요되고 마음이 굳어 그대로 멈춰 버릴 것 같았다.

자기 안에 생기는 이 응어리를 풀 수 없었던 그녀는 어쨌든 무언가를 하려고 했다. 집으로 돌아가 머리에 석탄용 양동이를 뒤집어쓰기도 했다. 마치 미친 사람의 모자처럼. 그리고 부엌 테이블 주위를 빙글빙글 돌았다. 머리에 떠오른 건 죄다 해 보았다. 하지만 하는 것마다 모두 빗나갔고, 그것들은 그녀가 정말 하고 싶던 게 아니었다. 그런 어리석고 빗나간 일들을 한 후, 그녀는 울컥하고 공허한 기분으로 부엌 출입문에 서서 이렇게 말했다.

"이 마을을 모조리 부숴 버릴 수 있다면 좋을 텐데."

"그럼 빨리 부숴 버리면 되잖아. 단, 뭔가 하더라도 그렇게 지친 얼굴로 거기에 우두커니 서 있는 일만은 하지 말아 줘." 베레니스가 말했다.

그리하여 불가피한 말썽이 시작되었다.

그녀는 여러 가지 일을 했고 그때마다 말썽에 휘말렸다. 그녀는 법을 어겼다. 일단 범죄자가 되니 계속해서 법을 어기게 되었다. 장롱 서랍에서 아버지의 권총을 꺼내 몸에 지니고 온 마을을 돌아다니고, 공터에서 실탄을 시험 발사했다. 또 도둑으로 돌변한 그녀는 시어즈 앤 로벅 상점에서 만능칼을 훔쳤다. 오월의 어느 토요일 오후에는 아무도 모를 비밀스러운 죄를 저질렀다. 맥킨가 차고에서 바니 맥킨을 상대로 저속한 죄를 저질렀던 것이다. 그것이 얼마나 해서는 안 되는 일인지 그녀는 잘 몰랐다. 그 죄는 위가 수축될 듯한 구역질을 일으켜 그녀는 모든 사람의 눈을 두려워했다. 그녀는 바니를 미워했고, 죽여 버리고 싶었다. 때때로 한밤중에 홀로 침대에 누운 그녀는 그를 권총으로 쏘든가, 그의 미간에 칼을 던지는 계획을 세웠다.

둘도 없는 친구인 에블린 오웬은 플로리다로 이사를 갔다. 프랭키에게는 이제 더 이상 같이 놀 상대가 한 명도 남아 있지 않았다. 꽃이 흐드러지게 피어나는 긴 봄이 끝나고, 마을에 찾아온 여름은 추악하고 고독하며 터무니없이 너웠다. 날이 거듭될수록 그녀는 점점 더 마을을 떠나고 싶어졌다. 남아메리카나 할리우드, 혹은 뉴욕으로 도망가고 싶었다. 이를 위해 몇 번이나 여행 가방에 짐을 꾸렸다. 하지만 그중 어디로 가면 좋을지, 또 혼자 어떻게 거기에 가면 좋을지, 그녀는 짐작이 가질 않았다.

그래서 그녀는 집에 머무르며 부엌을 서성거렸다. 여름은 끝날 기미가 없었다. 삼복더위(도그 데이즈)를 맞이할 무렵, 그녀는 키가 5피트 5인치 4분의 3에 덩치만 큰 먹보 게으름뱅이가 되어 있었다. 그리고 심술궂기 짝이 없었다. 여전히 겁을 내고는 있었지만 예전만큼은 아니었다. 바니에 대한, 아버지에 대한, 그리고 경찰에 대한 두려움뿐이었다. 그러나 그 두려움마저 금세 사라져 버렸다. 오랜 시간이 흐르자 맥킨가 차고에서 저지른 죄도 어딘가로 멀리 사라져 버려 때때로 꿈속에서만 되살아날 뿐이었다. 그녀는 아버지나 경찰에 대해서는 되도록 생각하지 않기로 했다. 존 헨리, 그리고 베레니스와 함께 부엌에 틀어박혀 전쟁이나 세상에 대해서도 생각하지 않게 되었다. 이제 아무것도 그녀에게 상처를 주지 않았다. 다 어떻게 되든 상관없는 일이었다. 혼자 뒤뜰에 우두커니 서서 하늘을 올려다보지도 않았다. 사물의 다양한 소리나 여름의 목소리에 주의를 기울이지도 않았다. 더 이상 밤에 마을을 걷지도 않았다. 이런저런 슬픈 기분을 맛보고 싶지 않았고, 그런 일에는 일체 관여하지 않기로 했다. 그녀는 먹고, 연극 대본을 쓰고, 차고 옆 벽을 향해 칼을 던지고, 부엌 테이블에서 브리지 게임을 했다. 매일이 전날의 반복이었다. 단, 반복될 때마다 하루는 더 길어졌고, 그녀에게 상처를 주는 것은 아무것도 없었다.

그런 이유로 그 일이 일어난 금요일, 오빠와 신부가 집에 왔을 때, 프랭키는 모든 것이 변해 버렸다는 것을 깨달았다. 그러나 왜 그렇게 되었는지, 그리고 다음에 자기에게 무슨 일이 일어날지, 거기까지는 알 수 없었다. 그에 대해 베레니스와 이야기를 시도해 보았지만 베레니스도 전혀 알지 못했다.

"두 사람에 대해 생각하면," 그녀는 말했다. "가슴이 콕콕 쑤시면서 아파."

"그럼 그만 생각하렴." 베레니스가 말했다. "넌 하루 종일 두 사람에 대해 생각하거나 떠들기만 하고 있잖니."

프랭키는 자기 방으로 통하는 계단 맨 밑에 앉아 가만히 부엌을 바라보았다. 결혼식을 생각하면 가슴이 아파온다는 걸 알면서도 그 생각을 하지 않을 수가 없었다. 프랭키는 그날 아침 열한 시에 거실로 들어갔을 때, 오빠와 신부가 어떻게 보였는지를 떠올렸다. 집 안은 갑자기 조용해져 있었다. 왜냐하면 자비스가 방에 들어오자마자 라디오 스위치를 껐기 때문이다. 그해 여름 내내 밤낮없이 라디오를 켜 놓았기 때문에 결국 그 소리는 아무에게도 들리지 않는 소리가 되어 있었다. 그래서 그때 생겨난 기묘한 침묵은 프랭키를 놀라게 했다. 복도를 가로질러 거실 입구에 서서 오빠와 신부의 모습을 처음 보았을 때도 그녀는 충격을 받았다. 두 사람은 하나가 되어 그녀의 안에 말로 다 표현할 수 없는 감각을 불러

일으켰다. 그것은 봄이 주는 감각에 가까웠다. 그저 보다 당돌하고, 보다 날카로웠을 뿐이다. 그리고 같은 뻣뻣함이 느껴졌고, 그것은 역시 묘하게 같은 형태로 그녀를 두렵게 했다. 프랭키는 머리가 어지럽고 다리의 감각이 사라져 버릴 때까지 그 일에 대해 생각했다.

그녀는 베레니스에게 물었다. "처음 결혼했을 때 베레니스는 몇 살이었어?"

프랭키가 생각에 잠겨 있는 사이, 베레니스는 외출복으로 갈아입고 지금은 앉아서 잡지를 읽고 있었다. 그녀는 여섯 시까지 도착할 예정인 사람들을 기다리고 있었다. 허니와 T. T. 윌리엄스. 셋은 뉴 메트로폴리탄 티룸에 가서 저녁을 먹고, 함께 한껏 멋을 부리며 거리를 돌아다닐 예정이었다. 베레니스는 잡지를 읽으면서 한 마디 한 마디 단어의 형태로 입술을 움직이고 있었다. 베레니스의 검은 눈이 위를 향했다. 하지만 머리는 들어 올리지 않았기 때문에 유리로 된 파란색 눈은 아직 잡지를 읽고 있는 것처럼 보였다. 그 각각 다른 눈의 표정이 프랭키의 신경을 거슬렀다.

"열세 살이었어." 베레니스가 말했다.

"왜 그렇게 어린 나이에 결혼한 거야?"

"그냥 그러고 싶어서." 베레니스가 말했다. "난 그때 열세 살이었고, 그 후로 1인치도 자라지 않았어."

베레니스는 키가 매우 작았다. 프랭키는 그녀를 말끄러미 쳐다보다가 물었다. "결혼하면 더 이상 키가 자라지 않는다는 거야?"

"바로 그거지." 베레니스가 말했다.

"그건 몰랐는데." 프랭키가 말했다.

베레니스는 전부 네 번의 결혼을 했다. 첫 번째 남편인 벽돌공 루디 프리먼은 그녀가 가장 마음에 들어 하던, 좋은 사람이었다. 그는 베레니스에게 여우 털 코트를 사 주고, 같이 신시내티까지 가서 눈을 구경하기도 했다. 베레니스와 루디 프리먼은 한겨울 내내 눈 내리는 북부를 만끽하면서 보냈다. 두 사람은 서로 사랑했고, 9년 동안 부부 생활을 했다. 그러나 9년째가 되던 해 십일월 그는 건강이 나빠져 세상을 떠나고 말았다. 다른 세 명의 남편은 모두 끔찍했고, 재혼할 때마다 더욱더 질이 나빠졌다. 그들에 대한 이야기를 들으면 프랭키는 마음이 우울해졌다. 첫 재혼 상대는 늙고 가련한 알코올 중독자였다. 세 번째 남편은 정신이 이상해져 베레니스 앞에서 도저히 정상이라고 생각할 수 없는 짓을 했다. 한밤중에 뭔가 먹는 꿈을 꾸며 시트 끄트머리를 삼키곤 했던 것이다. 계속된 이해할 수 없는 짓으로 혼란스럽던 그녀는 결국 도망치지 않을 수 없었다. 마지막 남편은 최악이었다. 그는 베레니스의 한쪽 눈을 도려내고 그녀의 가구를 훔쳐 달아났다. 덕분에 그녀는 경찰을 불러야 했다.

"결혼할 때마다 베일을 썼어?" 프랭키가 물었다.

"두 번은 썼지." 베레니스가 말했다.

프랭키는 잠자코 있을 수가 없었다. 그녀는 부엌을 돌아다녔다. 오른발에 가시가 박혀서 발을 감싸고 걸어야 했지만 말이다. 양손 엄지손가락은 반바지 벨트에 쑥 찔러 넣고, 축축한 셔츠는 몸에 휘감겨 있었다.

이윽고 그녀는 부엌 테이블 서랍을 열고 고기를 써는 길고 예리한 칼을 꺼냈다. 그리고 자리에 앉아 통증이 있는 발의 복사뼈를 왼쪽 무릎 위에 올렸다. 가늘고 긴 발바닥은 깔쭉깔쭉하고 하얀 상처투성이였다. 왜냐하면 그야말로 여름 내내 못을 밟아댔기 때문이다. 프랭키만큼 튼튼한 발을 가진 사람은 이 마을에 없었다. 그녀는 노란 밀랍처럼 변한 군은살을 별로 아파하지도 않고 깎아 낼 수 있었다. 보통 사람은 할 수 없는 일이었다. 하지만 그녀는 바로 가시 뽑기에 돌입하진 않았다. 그냥 복사뼈를 무릎 위에 올리고 오른손에 칼을 든 채 테이블 너머로 베레니스의 얼굴을 바라보았다.

"말해 줘." 그녀가 말했다. "어떤 상황이었는지 자세한 부분까지 말해 줘."

"그런 걸 뭐 하러 물어 보니!" 베레니스가 말했다. "너도 다 봤잖아."

"그래도 말해 줘."

"이제 이 얘기는 이걸로 끝이다." 베레니스가 말했다. "네 오빠랑 신부는 오늘 아침 늦게 왔고, 너와 존 헨리는 두 사람을 보기 위해 정원에서부터 뛰어 들어왔어. 그러더니 이내 쿵쾅거리며 부엌으로 달려 나가 잽싸게 네 방으로 올라가 버렸지. 잠시 후 너는 오건디 드레스를 입고 이쪽 귀에서 저쪽 귀까지 2인치 정도로 두껍게 립스틱을 처바르고 내려왔어. 그리고 너희는 다 같이 거실에 앉았지. 날이 더웠어. 자비스가 미스터 아담스를 위해 위스키 병을 가져와서 두 사람은 그걸 마시고, 너와 존 헨리는 레모네이드를 마셨어. 그리고 식사를 마친 후에 네 오빠랑 신부는 세 시 기차를 타고 윈터힐로 돌아갔어. 결혼식은 돌아오는 일요일이야. 그게 다란다. 이제 만족하니?"

"그렇게 눈 깜짝할 사이에 둘 다 가 버리다니, 실망이야. 적어도 하룻밤 정도는 자고 가면 좋았을 텐데. 자비스는 꽤 오랫동안 집을 비웠잖아. 하지만 분명히 조금이라도 오래 둘이서만 있고 싶겠지. 자비스는 윈터힐로 돌아가서 무슨 군 관련 서류를 작성해야 한다고 했지만." 그녀는 크게 숨을 들이마셨다. "결혼식이 끝나면 어디로 가는 걸까?"

"신혼여행 말이구나. 네 오빠는 며칠 휴가를 얻었다고 했어."

"신혼여행은 어디로 가는 거야?"

"그걸 내가 어떻게 알겠니."

"가르쳐 줘." 프랭키는 또 말했다. "두 사람이 어때 보였는지, 자세한 부분까지 전부."

"어때 보였냐고?" 베레니스가 말했다. "그래, 두 사람은 아주 잘 어울렸어. 네 오빠는 남자다운 금발의 백인 젊은이, 신부는 검은 머리에 귀엽고 몸집이 작은 아가씨지. 보기 좋은 백인 커플이야. 너도 똑똑히 봤잖아? 이 바보야."

프랭키는 눈을 감았다. 그들의 모습을 머릿속에 그려 보지는 않았지만, 두 사람이 자기로부터 멀어져 가는 감촉은 느껴졌다. 두 사람은 사이좋게 열차를 타고 시시각각 내게서 멀어져 간다고 그녀는 생각했다. 그들은 둘이 하나가 되어 저 멀리 사라져 간다. 나는 홀로 이 부엌 테이블 앞에 남겨진다. 그래도 그녀의 일부는 두 사람과 함께 있었다. 그리고 그 일부가 그녀 자신에게서 점점 멀어져 가는 것 같았다. 그것은 한없이 멀어져 간다. 멀리 더 멀리. 무언가가 자신을 쭉쭉 끌어당기는 것 같아 기분이 나빠진다. 그것은 멀어져 간다. 어디까지고 끝없이. 그리고 부엌에 있는 프랭키는 테이블 앞에 남겨진 낡은 빈껍데기가 된다.

"엄청 이상한 느낌이야." 그녀가 말했다.

그녀는 발바닥을 얼굴에 가까이 가져갔다. 얼굴에 뭔가 축축한 것이 달라붙어 있었다. 눈물인지 땀인지 잘 알 수가 없었다. 그녀는 코를 훌쩍거리더니 가시를 빼기 위해 발을 깎기 시작했다.

"그렇게 하면 아프지 않아?" 베레니스가 물었다.

프랭키는 고개를 저을 뿐 대답하지 않았다. 하지만 잠시 후 말했다. "누군가를 만나서 나중에 상대의 외모보다 오히려 느낌 같은 것을 떠올릴 때가 있었어?"

"무슨 뜻이야?"

"이런 거야." 프랭키는 천천히 말했다. "그러니까 나는 확실히 두 사람을 봤어. 재니스는 초록색 드레스를 입고, 귀여운 초록색 하이힐을 신고, 머리는 올려 묶었지. 검은색 머리는 살짝 풀려 있었어. 자비스가 소파 옆에 서 있었어. 갈색 군복에 피부는 검게 그을린 혈기 왕성한 모습이야. 이런 멋진 커플은 지금까지 본 적이 없어. 하지만 그건 내가 보고 싶은 그들의 전부가 아니라는 느낌이 드는 거야. 내 머릿속은 흐리멍덩하고 두서가 없어서 여러 가지를 능숙하게 파악하지 못해. 그리고 두 사람은 눈 깜짝할 사이에 가 버렸지. 내가 무슨 말을 하고 싶은지 알겠어?"

"그렇게 하면 너무 아프잖아." 베레니스가 말했다. "바늘을 사용하면 되는데."

"내 발 같은 건 어떻게 돼도 상관없어." 프랭키가 말했다.

이제 막 여섯 시 반이었고, 저녁 시간의 일분일초는 눈부신 거울 같았다. 바깥에서 들려오는 휘파람 소리도 멈추고, 부엌에서는 아무것도 움직이지 않았다. 프랭키는 안쪽 포치로 통하는 문을 향해 얼굴을 돌리고 앉아 있었다. 안쪽 문에는 고양이가 들락거리기 위한 사각형 모양의 구멍이 뚫려 있었다. 그 옆에 라벤더 색깔로 변색된 우유가 든 접시가 있었다. '도그 데이즈'로 불리는 한여름에 접어들었을 무렵, 프랭키의 고양이가 모습을 감췄다. 도그 데이즈는 어떤 날들일까? 여름도 슬슬 끝을 향해 가고, 그때는 원칙적으로 아무 일도 일어나지 않는다. 그러나 만약에 어떤 변화가 찾아왔다면 그 변화는 도그 데이즈가 끝날 때까지 거기에 머문다. 일어난 일은 돌이킬 수 없고, 일단 발생한 실수는 바로잡지 않는다. 그것이 도그 데이즈다.

팔월에 베레니스는 모기가 문 오른팔 안쪽을 마구 긁어서 상처가 부스럼처럼 남고 말았다. 그 부스럼은 일단 도그 데이즈가 끝날 때까지는 낫지 않을 것이다. 작은 일가족 파리떼 두 무리가 존 헨리의 두 눈가에 자리를 잡았다. 그는 머리를 흔들고 눈을 깜박였지만 파리떼들은 언제까지고 그곳에 눌러앉았다. 그리고 고양이 찰스가 사라졌다. 프랭키는 고양이가 집을 떠나는 장면을 보지는 못했다. 그러나 팔월 14일, 저녁을 먹으라고 불러도 고양이는 오지 않았다. 고양이는 그대로 모습을 감춰 버렸다. 그녀는 여기저기 샅샅이 고양이를 찾아다녔고, 존 헨리에게는 이름을 부르면서 마을의 모든 골목을 걷게 했다. 그러나 그것은 어쨌든 도그 데이즈에 일어난 일이었고, 찰스는 아직까지 돌아오지 않았다. 매일 오후가 되면 프랭키는 베레니스에게 똑같은 말을 하고, 베레니스의 대답 역시 한 자도 틀리지 않고 똑같았다. 그런 이유로 이제 말은 줄줄 외워 부를 수 있는 밉살맞고 짧은 노래 같은 것이 되었다.

"그 아이가 어디로 갔는지 알 수 있다면 얼마나 좋을까."

"그런 늙어 빠진 도둑고양이 걱정은 그만하렴. 이제 돌아오지 않는다고 했잖니."

"찰스는 도둑고양이가 아니야. 순종 페르시아고양이에 가깝다고."

"흥, 페르시아라니 어처구니가 없구나." 베레니스가 말했다. "그 늙어 빠진 수컷은 이제 만날 수 없어. 그 고양이는 말이지, 친구를 찾으러 가 버린 거야."

"친구?"

"아아, 그렇고말고. 여자 친구를 찾아 어딘가를 어슬렁거리고 있을 거야."

"정말 그렇게 생각해?"

"당연하지."

"그럼 그 친구들을 집으로 데려오면 좋잖아. 고양이 일가가 우리 집에 와 준다면 난 대환영일 텐데."

"그 늙어 빠진 도둑고양이님은 이제 돌아오지 않는대도."

"그 아이가 어디로 갔는지 알 수 있다면 얼마나 좋을까?"

그런 식으로 날마다 음울한 오후가 되면 그들은 톱을 켜는 듯한 목소리로 단조로운 대화를 주고받았다. 그것은 마침내 프랭키에게 두 명의 미치광이가 맞추는 들쭉날쭉한 운율을 떠올리게 했다. 그녀는 베레니스에게 이렇게 말하며 대화에 종지부를 찍곤 했다. "모든 것이 내게서 떠나간 것 같아." 그녀는 테이블에 머리를 처박고 두려움을 느꼈다.

하지만 그날 오후 프랭키는 이 모든 것을 완전히 바꿔 버리고 말았다. 어떤 생각이 그녀의 머리에 떠오르자 그녀는 칼을 내려두고 테이블에서 일어났다.

"내가 뭘 해야 할지 알겠어." 갑자기 그녀가 말했다. "들어 봐."

"들려."

"경찰에 신고하는 거야. 그렇게 하면 찰스를 찾아 줄 거야."

"나라면 그런 짓은 하지 않을 거야." 베레니스가 말했다.

프랭키는 복도의 전화기를 들고 경찰에게 고양이에 대해 설명했다. "순종에 가까운 페르시아수고양이예요." 그녀는 말했다. "하지만 털은 짧아요. 색깔은 아주 멋진 회색이고, 목 근처에 작은 흰색 반점이 있어요. 찰스라고 부르면 대답을 해요. 하지만 그렇게 불러도 대답을 하지 않을 때는 찰리나, 라고 부르면 다가올지도 몰라요. 제 이름은 미스 F. 재스민 아담스입니다. 주소는 글로

브 스트리트 124예요."

그녀가 부엌으로 돌아오자 베레니스는 킥킥거리며 웃고 있었
다. 부드럽고 높은 웃음소리였다. "아이고, 그 녀석들은 분명히 여
기로 경찰을 보내서 널 꽁꽁 묶어 밀레지빌(조지아 주 중부의 도시.
큰 형무소가 있는 것으로 유명하다—옮긴이)의 감옥까지 데려갈 거야.
파란색 제복을 입은 뚱보들이 수고양이 한 마리를 찾으러 여기저
기 골목을 돌아다니면서 '아아, 찰스, 이리 와, 이리 오렴. 자, 자,
이쪽으로 오렴, 찰리나, 착하지!'라고 불러내기라도 할 거라고 생
각하는 거야? 졌다, 졌어!"

"어휴, 시끄러워." 프랭키가 말했다.

베레니스는 테이블 앞에 앉아 있었다. 웃음을 멈춘 그녀는 커피
를 식히기 위해 하얀 사기 접시에 흘려가면서 그 까만 눈을 짓궂
게 이리저리 굴리고 있었다.

"게다가 대부분 말이지," 그녀가 말했다. "경솔하게 경찰에 연
루되는 건 현명한 처사가 아니야. 설사 뭔가 이유가 있다 치더라
도."

"경솔하게 경찰에 연루되는 건 뭐야?"

"넌 아까 네 이름과 주소를 그 사람들에게 확실히 가르쳐 줬잖
아. 그 녀석들은 내키면 널 체포할 수도 있단 말이야."

"흥, 그렇게 하라지." 프랭키가 성을 내며 말했다. "그런 걸 신경

쓸 것 같아?" 갑자기 자기가 범죄자라는 사실을 누군가가 알았대도 상관없다는 생각이 들었다. "나를 체포하고 싶으면 여기 와서 체포하면 될 거 아냐."

"그냥 놀린 것뿐이야." 베레니스가 말했다. "네 유머 감각은 도대체 어디로 간 거니?"

"나는 감옥에 가는 게 좋을지도 몰라."

프랭키는 테이블 주위를 걸으면서 그들이 계속 멀어져 가는 것을 몸으로 느꼈다. 열차는 북쪽을 향해 1마일씩 착실하게 마을에서 멀어져 갔다. 북쪽으로 갈수록 공기에 한기가 섞이기 시작하고, 더해 가는 어둠은 겨울의 황혼을 연상시켰다. 열차는 굽이굽이 돌아 1마일씩 산간 지역으로 올라갔다. 그러자 기적 소리에서 겨울의 울림을 감지할 수 있었다. 두 사람은 가게에서 산 캔디 상자를 돌리고 있다. 초콜릿은 접힌 자국이 남아 있는 작은 컵에 들어 있다. 두 사람은 차창을 스쳐 가는 겨울다운 경치에 눈길을 주고 있다. 지금 그들은 이 마을에서 멀리 떨어진 곳에 있다. 그리고 윈터힐에 도착하려고 하고 있다.

"앉아." 베레니스가 말했다. "정신 사나우니까."

갑자기 프랭키가 웃음을 터트렸다. 그녀는 손등으로 얼굴을 닦고 테이블로 돌아왔다.

"자비스가 하는 말 들었어?"

"뭐?"

프랭키는 웃고 또 웃었다.

"다들 C. P. 맥도날드에게 투표할지 말지에 대해 이야기했어. 그랬더니 자비스가 이렇게 말했지. '흥, 만약에 그 변변찮은 인간이 들개 몰이꾼에 입후보했대도 난 절대 찍어 주지 않을 거야'라고. 그렇게 재치 있는 말은 들어 본 적이 없어."

베레니스는 웃지 않았다. 그녀는 까만 눈으로 흘깃 곁눈질을 했는데, 그 말이 어디가 웃긴지 금세 알아차리고는 다시 프랭키에게 시선을 돌렸다. 베레니스는 핑크색 크레이프 드레스를 입고 있었고, 핑크색 깃털이 달린 모자는 테이블 위에 놓여 있었다. 파란 유리 눈은 그녀의 검은 얼굴에 솟아난 땀까지 파랗게 보이게 했다. 베레니스는 모자의 깃털 장식을 손으로 쓰다듬었다.

"그리고 재니스가 무슨 말을 했는지 알아?" 프랭키가 물었다. "아빠가 내 키가 얼마나 자랐는지 얘기했을 때, 그렇게 엄청 커 보이진 않는다고 했어. 재니스는 열세 살이 될 때까지 키가 거의 다 자랐대. 그렇게 말했다고, 베레니스!"

"네, 네. 알겠습니다요."

"나는 지금 딱 알맞게 컸고 아마 이 이상 크는 일은 없을 거라고 했어. 그녀가 말하길, 모든 패션모델이나 여배우들은……."

"그런 말은 안 했어." 베레니스가 말했다. "나도 똑똑히 들었다고. 그녀가 한 말은 네가 이미 대부분 성장을 마친 게 아닐까, 하는 얘기뿐이었어. 그 이상은 딱히 말한 게 없어. 네 이야기를 들으면 모르는 사람은 그녀가 그 문제에 대해 강연이라도 한 줄 알겠구나."

"그녀가 말한 건……."

"그게 너의 난감한 점이야, 프랭키. 다른 사람이 뭔가 대수롭지 않게 얘기를 해도, 넌 그걸 머릿속에서 원래 모습이 남지 않을 만큼 죄다 바꿔 버려. 펫 아줌마가 클로리나에게 네 태도가 사랑스럽다고 한 적이 있었지. 클로리나는 그걸 너에게 전했고. 그냥 그게 다였어. 그런데 넌 그걸 온 동네에 퍼뜨리고 다녔잖니. 미세스 웨스트가 네가 동네에서 태도가 제일 세련되니 할리우드에 가야 한다고 생각한다는 식으로 말이야. 그리고 네가 말은 안 하고 머릿속으로 무슨 생각을 하는지, 난 정말 짐작도 못하겠어. 넌 너 자신에게 조금이라도 위로가 되면 그걸 원하는 만큼 실컷 부풀린단 말이야. 그게 나쁜 지적이어도 역시 비슷한 태도를 보이고. 만사를 머릿속에서 너한테 유리한 쪽으로 죄다 바꿔 버리는 거야. 그게 네 문제점이야."

"나한테 잔소리는 그만해 줄래?" 프랭키가 말했다.

"잔소리 같은 게 아냐. 이건 한 치의 거짓도 없는 진실이라고."

"조금은 그런 면이 있을지도 몰라." 프랭키는 마지못해 인정했다. 눈을 감자 부엌은 한없이 고요했다. 심장이 두근거리는 게 느껴졌다. 입을 열었을 때, 그녀는 속삭이듯이 말했다. "내가 알 필요가 있는 건 말이지, 내가 좋은 인상을 줬을까 하는 거야."

"인상? 인상이라니 그게 무슨 말이야?"

"그래." 프랭키가 말했다. 그녀의 눈은 여전히 감겨 있었다.

"글쎄, 그런 걸 내가 어떻게 알겠니?"

"그러니까 내 행동이 어땠냐는 거야. 난 제대로 잘했을까?"

"하지만 넌 딱히 한 게 없잖아?"

"한 게 없다고?" 프랭키가 물었다.

"넌 아무것도 안 했어. 그저 그 두 사람을, 유령이라도 보는 것 같은 눈으로 멍하니 보고 있었을 뿐이야. 그리고 둘이 결혼식에 대해 이야기를 꺼내자 네 귀가 마치 양배추 잎만큼 커지더니 쫑긋 튀어나와서……."

프랭키는 손을 올려 왼쪽 귀를 만졌다. "그렇지 않아." 그녀는 단호한 목소리로 말했다. 그리고 잠시 후에 말을 덧붙였다. "넌 언젠가 네 자신의 그 잘난 척하는 혓바닥이 뿌리부터 뽑혀서 눈앞 테이블에 놓여 있는 걸 내려다보게 될 거야. 그때 기분이 어떨 것 같아?"

"말이 심한 거 아냐?" 베레니스가 말했다.

프랭키는 얼굴을 찌푸린 채 자기 발에 박힌 가시를 내려다보았다. 그녀는 칼로 가시를 빼내는 작업을 마쳤다. 그리고 말했다. "다른 사람은 아파서 이렇게 못했을 거야." 그녀는 방 안을 몇 번이고 돌고 또 돌았다. "좋은 인상을 주지 못했던 건 아닐까 싶어서 너무 무서워."

"그게 뭐 어쨌다는 건데?" 베레니스가 물었다. "T. T와 허니가 일찍 와 주지 않으려나. 너랑 둘이 있으면 머리가 이상해질 것 같아."

프랭키는 왼쪽 어깨를 으쓱이며 아랫입술을 깨물었다. 그리고 갑자기 자리에 앉더니 테이블 위에 이마를 쾅, 하고 처박았다.

"그만하라니까!" 베레니스가 말했다. "그러면 못써."

그러나 프랭키는 그대로 자리에 앉아 몸에 단단히 힘을 줄 뿐이었다. 팔꿈치 안쪽에 얼굴을 묻고 두 주먹을 꽉 움켜쥐었다. 까칠한 목소리는 마치 누가 목이라도 조르고 있는 것 같았다. "둘 다 아주 멋졌어." 그녀는 말했다. "두 사람은 함께 무척 즐거운 시간을 보내고 있을 거야. 나를 두고 가 버렸으면서."

"일어나렴." 베레니스가 말했다. "똑바로 앉아야지."

"두 사람은 왔다 가 버렸어." 그녀는 말했다. "나를 이런 기분으로 남겨 둔 채 그냥 가 버렸다고."

"이런!" 베레니스가 감개무량하다는 듯이 말했다. "역시 그런 거였구나."

부엌은 몹시 조용했다. 그녀는 구두 굽으로 4박자를 두드렸다. 원, 투, 쓰리, 쾅! 그녀의 눈은 까맣고, 짓궂은 기색을 띠고 있었다. 굽을 부딪치며 리듬을 맞추고, 비트를 타고 재즈풍의 목소리로 노래라도 부르는 것처럼 말했다.

프랭키는 홀딱 빠졌어!
프랭키는 홀딱 빠졌어!
프랭키는 홀딱 빠졌어!
결혼식에 완전히!

"그만해." 프랭키가 말했다.

프랭키는 홀딱 빠졌어!
프랭키는 홀딱 빠졌어!

베레니스는 언제까지고 그 노래를 계속했다. 그 목소리에는 열이 날 때 머릿속에서 마치 심장처럼 고동치는 광적인 울림이 있었다. 프랭키는 머리가 어지럽기 시작했다. 그녀는 부엌 테이블에 놓인 칼을 집어 들었다.
"그만하라고 했지!"

베레니스가 쓱 노래를 멈췄다. 부엌은 갑자기 축소되면서 정적
에 휩싸였다.

"칼을 내려놓으렴."

"싫어."

그녀가 칼끝을 손바닥에 대고 꾹 누르자 칼날이 천천히 휘기 시
작했다. 칼은 유연하고, 예리하고, 길었다.

"그걸 내려놔. 지금 뭘 하는 거야!"

그러나 프랭키는 일어나서 신중하게 목표를 정했다. 그녀의 눈
은 가늘어지고, 칼의 감촉이 양손의 떨림을 멎게 했다.

"그걸 버려!" 베레니스가 말했다. "알았으니까 버리라고!"

온 집 안이 쥐 죽은 듯이 고요했다. 텅 빈 집이 뭔가를 조용히
기다리고 있는 것 같았다. 그리고 휘잉, 하고 칼이 허공을 가르는
소리가 들리더니 칼끝이 꽂히는 소리가 났다. 계단으로 통하는 문
정중앙에 박힌 채 칼이 흔들리고 있었다. 흔들림이 잦아들 때까
지, 그녀는 가만히 칼을 보고 있었다.

"나는 이 마을에서 칼을 제일 잘 던져." 그녀가 말했다.

그녀 뒤에 서 있던 베레니스는 아무 말도 하지 않았다.

"대회가 있다면 내가 우승할 텐데."

프랭키는 문에서 빼낸 칼을 부엌 테이블 위에 내려놓았다. 그리
고 손바닥에 침을 뱉어 두 손을 쓱쓱 문질렀다.

베레니스가 간신히 말했다. "프랜시스 아담스, 넌 언젠가 따끔한 맛을 보게 될 거야."

"표적에서 몇 인치 벗어나지도 않아."

"집 안에서 칼을 던지는 것에 대해, 네 아버지가 어떻게 말했는지 잘 기억하고 있을 텐데?"

"난 너에게 경고했을 뿐이야. 놀리지 말라고."

"넌 집 안에서 살 자격이 없어." 베레니스가 말했다.

"이 집에서 사는 것도 그렇게 길지 않을 거야. 이런 집에서는 빨리 나갈 테니까."

"덩치만 컸지 아무짝에도 쓸모없는 인간이 사라진다니, 더 이상 성가시지 않아 좋겠네." 베레니스가 말했다.

"두고 보는 게 좋을 거야. 난 이 마을에서 떠날 테니까."

"그래서 어디로 갈 생각인데?"

프랭키는 방구석을 모두 둘러봤다. 그리고 말했다. "아직 몰라."

"난 알아." 베레니스는 말했다. "넌 머리가 이상해져서 병원에 들어갈 거야. 그게 너의 종착점이야."

"아니야." 프랭키가 말했다. 그녀는 가만히 서서 불길한 그림이 나란히 걸린 벽을 둘러보았다. 그리고 눈을 감았다. "나는 윈터힐에 갈 거야. 결혼식에 가는 거야. 그리고 이 두 눈을 걸고 예수님께 맹세해. 가서 다시는 여기로 돌아오지 않을 거라고."

계단 문에 박힌 칼이 부들부들 흔들릴 때까지, 그녀 역시 자기가 진짜 그 칼을 던질 거라는 확신은 없었다. 그리고 실제로 입 밖으로 내뱉을 때까지, 자기가 그런 말을 할 거라는 생각은 전혀 하지 않았다. 그 선언은 갑자기 나타난 칼 같은 것이었다. 그녀는 그 말이 자기 안에 박혀 부들부들 흔들리는 것을 느꼈다. 그 흔들림이 가라앉기를 기다렸다가 그녀는 다시 입을 열었다.

"결혼식이 끝나도 나는 여기로 돌아오지 않을 거야."

베레니스는 프랭키의 축축한 앞머리를 뒤로 넘겨 주면서 천천히 입을 열었다. "있지, 슈가. 너 진심으로 그런 말을 하는 거니?"

"당연하지!" 프랭키는 말했다. "내가 여기 서서 적당히 이야기를 지어내고 그걸 하느님께 맹세한 거라고 생각하는 거야? 저기 베레니스, 가끔 너란 사람은 이 세상 그 누구보다도 사물을 잘 이해하지 못하는 게 아닐까 하는 생각이 들어."

"하지만," 베레니스는 말했다. "넌 어디로 가야 할지 모른다고 했잖아. 그 얘기는 결국 어딘가로 가 버리겠지만, 어디로 가면 좋을지 모른다는 거잖아? 그건 말이 앞뒤가 전혀 안 맞는데?"

프랭키는 제자리에 서서 부엌 구석구석을 위에서 아래로 훑어보았다. 그녀는 세상에 대해 생각했다. 세상은 맹렬한 속도로 뿔뿔이 흩어지면서 빙글빙글 회전하고 있었다. 지금까지보다 더 속도를 올려서, 더 뿔뿔이 흩어지고, 더 크게 부풀어 올랐다. 다양한 전쟁의 정경이 튀어나와 그녀의 머릿속에서 충돌했다. 그녀는 선명한 색깔의 꽃이 흐드러지게 피어난 섬을 보고, 회색 파도가 밀려오는 북쪽 해안 지대를 보았다. 폭격을 받은 눈, 비틀거리며 걷는 병사들의 다리, 전차와 비행기. 비행기 한 대는 날개를 파괴당해 불이 붙은 채 사막의 하늘에서 추락한다. 세상은 시끄러운 전투 탓에 계속해서 금이 가고, 1분 동안 1,000마일의 속도로 회전하고 있다. 프랭키의 머릿속에서 여러 지명이 소용돌이쳤다. 중국, 피치빌, 뉴질랜드, 파리, 신시내티, 로마. 회전하는 거대한 세상에 대해 생각하고 있으면 어느새 두 다리가 덜덜 떨리고, 두 손바닥에 땀이 맺힌다. 하지만 그녀는 여전히 어디로 가야 좋을지 알 수 없었다. 결국 그녀는 부엌을 돌아보다 말고 베레니스에게 물었다.

"마치 누군가가 온몸의 피부를 벗겨낸 것 같은 기분이 들어. 진짜야. 차갑고 맛있는 초콜릿 아이스크림이 있으면 좋을 텐데."

두 손을 프랭키의 어깨에 올린 베레니스는 고개를 저으며 보이는 쪽 눈을 가늘게 뜨고 프랭키의 얼굴을 뚫어져라 보고 있었다.

"하지만 아까 말한 건 전부 진짜야." 프랭키는 말했다. "결혼식이 끝나면 난 이제 여기로는 돌아오지 않을 거야."

그때 뭔가 소리가 들려서 돌아보니 허니와 T. T. 윌리엄스가 출입구 앞에 서 있었다. 허니는 베레니스와 같은 젖을 먹고 자란 사이로, 얼굴은 전혀 닮지 않았다. 그는 마치 어느 외국에서 온 사람 같은 생김새를 하고 있었다. 가령 쿠바라든가 멕시코 같은. 피부 색은 밝아서 거의 라벤더색에 가까웠다. 기름기가 낀 것처럼 반짝 거리는 가늘고 조용한 눈에 몸매는 날씬했다. 두 사람 뒤에는 T. T. 윌리엄스가 서 있었다. 그는 덩치가 크고 피부는 새까맸다. 하 얗게 센 머리의 그는 베레니스보다 연상이있다. 교회에 갈 때 입 을 법한 양복을 입고, 버튼 구멍에 빨간색 배지를 달고 있었다. T. T. 윌리엄스는 베레니스랑 사귀는 사이로, 유복한 흑인이었다. 그 는 흑인용 레스토랑을 경영하고 있었다. 병약한 허니는 하는 일 없이 지내고 있었다. 군대에서도 퇴짜를 맞아 자갈 채취장에서 삽 을 들고 일했지만, 내장에 탈이 난 뒤로는 힘든 노동을 할 수 없게 되었다. 세 사람은 시커멓게 출입구에 모여 서 있었다.

"왜 그렇게 살금살금 들어오는 거야?" 베레니스가 물었다. "발 소리가 안 들렸어."

"너랑 프랭키가 꽤 열심히 이야기에 빠져 있는 것 같아서." T. T 가 말했다.

"준비는 다 됐어." 베레니스가 말했다. "언제든지 나갈 수 있어. 하지만 가기 전에 가볍게 한잔하고 갈까?"

T. T. 윌리엄스는 프랭키를 보더니 발을 고무락댔다. 그는 상당 히 예의가 바르고 붙임성이 좋았다. 그리고 항상 옳은 일을 하려

고 애썼다.

"프랭키는 고자질하지 않아." 베레니스가 말했다. "그렇지?"

프랭키는 그런 질문에는 대답할 생각도 없었다. 허니는 진홍색의 헐렁한 레이온 양복을 입고 있었다. 그녀가 말했다. "그 양복 꽤 멋진데, 허니. 어디서 샀어?"

마음만 먹으면 허니는 백인 학교 선생님처럼 명료한 말투가 가능했다. 라벤더색 입술은 나비처럼 빠르고 가볍게 움직일 수 있었다. 그러나 지금은 흑인풍의 한마디를 되돌려줬을 뿐이었다. 그의 목에서 나온 소리는 힘없고 의미가 불명확한 검은 울림이었다. "아~ 응."

그들 앞에 진이 나란히 놓였다. 오그라든 머리를 쭉 펴는 약이 든 병에 담겨 있던 진이었다. 그러나 아무도 그것을 입에 대지 않았다. 베레니스는 파리에 대해 뭔가를 이야기했다. 프랭키는 그들이 자기가 자리를 비우기를 기다리고 있다는, 마치 따돌림을 당한 것 같은 느낌이 들었다. 그녀는 출입구에 서서 그들을 보고 있었다. 아직 그곳을 떠나고 싶지 않았다.

"물을 탔으면 좋겠어, T. T?" 베레니스가 물었다.

그들은 테이블을 둘러싸고 있었고, 프랭키는 그들과 떨어져 홀로 출입구에 서 있었다.

"여러분, 그럼 안녕." 그녀가 말했다.

"잘 있어, 슈가." 베레니스가 말했다. "오늘 여기서 한 시시한 이야기는 모두 잊어버려. 그리고 어두워지기 전에 미스터 아담스가 돌아오지 않으면 웨스트 씨 집에 가서 존 헨리랑 놀려무나."

"흥, 어둠 같은 건 하나도 무섭지 않아." 프랭키가 말했다. "잘 가."

그녀는 문을 닫았지만, 등 뒤로 그늘의 목소리가 들려왔다. 부엌문에 머리를 대자 흑인 특유의 고무락대는 목소리를 들을 수 있었다. 그것은 다정스레 높아졌다가 다시 가라앉았다.

'그럼, 그럼'처럼 들리는 소리. 그러고 나서 뒤섞인 고무락거림에서 빠져나오듯이 허니의 목소리가 확실히 들려왔다. "우리가 여기 들어왔을 때, 너랑 프랭키 사이에 무슨 일 있었어?" 그녀는 귀를 가만히 문에 갖다 대고 베레니스가 그에 관해 뭔가 말하기를 기다렸다. 잠시 후 대답이 들려왔다. "어이없는 일이었어. 프랭키의 머리는 나사가 살짝 풀려 있거든." 그들이 나갈 때까지 그녀는 귀를 쫑긋 세우고 있었다.

텅 빈 집은 차츰 어두워졌다. 밤에는 항상 그녀와 아버지 둘만 집에 있었다. 저녁 식사가 끝나면 베레니스는 곧장 자기 집으로 돌아가 버렸기 때문이다. 예전에는 현관 옆의 방을 다른 사람에게 빌려 주었다. 할머니가 세상을 떠난 해의 일로, 프랭키는 그때 아홉 살이었다. 방을 빌린 것은 말로 부부였다. 프랭키가 그들에 대해 기억하는 것은 마지막에 들었던 "저 사람들은 조심성이 없다니까"라는 말뿐이다. 그래도 그들이 거기 살았던 그 계절, 프랭키는 말로 부부와 현관 옆방에 매료되어 있었다. 그녀는 두 사람이 집에 없을 때, 방에 들어가 몰래 그들의 소지품을 뒤지는 것을 좋아했다. 미세스 말로의 향수 분무기, 뽀얀 핑크색 파우더 퍼프, 미스터 말로의 나무로 된 구둣골. 그러나 어느 날 오후 프랭키는 이해할 수 없는 어떤 일이 일어났고, 그 후 그들은 설명도 없이 집을 떠났다. 때는 여름날의 일요일로, 복도로 통하는 말로 부부의 방문이 열려 있었다. 그 틈으로 방의 일부가 보였다. 화장대 일부와 침대 발판이 보였다. 거기에는 미세스 말로의 코르셋이 놓여 있었다. 그 조용한 방에서 알 수 없는 소리가 들려왔다. 문지방을 넘어갔을 때, 그 광경을 흘깃 본 것만으로 그녀는 깜짝 놀라 소리를 지르면서 부엌으로 달려갔다. 말로 씨가 발작을 일으키고 있다고 말이다. 베레니스는 당황해서 복도를 달렸다. 하지만 방을 들여다본 베레니스는 그저 입술을 꽉 다문 채 세차게 문을 닫았을 뿐이었다. 그리고 그 일을 아버지에게 보고한 것 같았다. 왜냐하면 아버지가 그날 밤 말로 부부에게 나가 줘야겠다고 말했기 때문이다. 프랭키는 베레니스를 통해 어떻게 된 일인지 알아내려고 했다. 하지만 베레니스는 "저 사람들은 전혀 조심성이 없다니까"라고 했을 뿐이다. 그리고 덧붙였다. "이 집 가족 구성을 생각하면 적어도 문을 닫는 정도의 절도는 있었어야지"라고. '가족 구성'이 자기를 가리킨다는 것쯤은 알았지만, 그래도 도대체 거기서 무슨 일이 있었는지 그녀는 이해하지 못했다. 그것은 어떤 발작이었던 걸까? 하지만 베레니스는 이렇게 대답했을 뿐이다. "베이비, 그건 흔한 발작이야." 그러나 프랭키는 베레니스의 말투를 보고 보다 깊은 의미가 있는 것 같다는 사실을 감지했다. 어쨌든 그 후로 프랭키는 말로 부부를 '조심성이 없는 사람들'로 기억하게 되었다. 그들은 조심성이 없기 때문에 조심성이 없는 물건을 소유하고 있었던 것이다. 그래서 시간이 지나 말로 부부에 대한 기억이나 발작에 대한 기억을 떠올리지 않게 되고, 기억하는 것이라곤 그들의 이름과 그들이 현관 옆방을 빌렸다는 정도가 된 후에도, 그녀는 '조심성 없는 사람들'을 뿌얀 핑크색 파우더 퍼프나 향수 분무기와 연결 짓곤 했다. 그 후 현관 옆방을 세놓는 일은 없었다.

프랭키는 현관 모자걸이 근처로 가서 아버지의 모자 하나를 골라 썼다. 그리고 거울에 비친, 흐릿하고 추한 자신의 얼굴을 보았다. 결혼식에 대한 대화가 어쩐지 잘못된 방향으로 흘러가고 말았다. 그날 오후 그녀가 한 질문은 전부 잘못된 질문이었다. 베레니스의 대답도 전부 장난스러운 것이었다. 그녀는 자기 안에 있는 감정에 능숙하게 이름을 붙일 수가 없었다. 그녀는 쭉 거기 서 있었다. 깊어가는 그림자가 그녀로 하여금 유령을 떠올리게 할 때까지.

프랭키는 집 앞 거리로 나와 하늘을 올려다보았다. 두 주먹을 허리에 대고 입을 벌린 채 가만히 하늘을 보았다. 라벤더색 하늘이 점점 더 어두워졌다. 그녀는 해질녘 이웃 사람들의 목소리를 듣고, 이제 막 물을 뿌린 잔디의 선명하고 신선한 냄새를 맡았다. 해는 막 저물기 시작하고 부엌은 아직 너무 더워서, 그녀는 그 시간이 되면 종종 밖으로 나오곤 했다. 그럴 때면 칼 던지기 연습을 하거나, 앞마당에 놓인 차가운 음료수 가판대에 앉아 있곤 했다. 혹은 뒤뜰로 돌아갔다. 정자 그늘은 어둡고 시원했다. 그녀는 연극 대본을 썼다. 이제는 무대 의상이 몸에 맞지 않고, 정자의 포도 넝쿨 아래서 연기를 하기에 키가 너무 많이 자랐지만 말이다. 그해 여름 그녀는 아주 '차가운' 연극을 쓰고 있었다. 에스키모와 얼어붙은 탐험가들이 나오는 연극이었다. 그리고 날이 저물어서야 다시 집 안으로 들어갔다.

하지만 그날 저녁 그녀는 칼 던지기나 차가운 음료수, 그리고 연극도 마음이 내키지 않았다. 집 앞에 서서 가만히 하늘을 바라볼 마음도 더는 들지 않았다. 왜냐하면 그녀의 마음은 옛날과 같은 질문을 하고 있었고, 지난봄 무렵과 마찬가지로 다시 두려움을 느끼고 있었기 때문이다.

볼품없고 하찮은 일을 생각해야지, 라고 그녀는 생각했다. 그래서 해질녘 하늘에서 시선을 돌려 자기가 사는 집을 찬찬히 뜯어보았다. 프랭키는 마을에서도 가장 볼품없는 집에 살고 있었다. 하지만 그녀는 이제 그곳에서 오래 살지 않으리라는 것을 알고 있었다. 사람이 없는 집은 어두웠다. 프랭키는 발길을 돌려 블록 끝까지 걸어가서 모퉁이를 돈 뒤 길을 쭉 따라 웨스트가까지 갔다. 존 헨리가 프런트 포치 난간에 기대고 서 있었다. 등 뒤에는 불이 켜진 창문이 있어서 그의 모습은 마치 노란색 종이 위에 놓인 작고 검은 종이 인형처럼 보였다.

"있지," 그녀가 말했다. "아빠가 언제 마을에서 돌아오실지 모르겠어."

존 헨리는 대답을 하지 않았다.

"나 혼자 저 아무도 없는 어둡고 낡은 집에 돌아가고 싶지 않아."

그녀는 길에 서서 존 헨리를 보고 있었다. 그리고 재치 있는 정치적 발언에 대해 떠올렸다. 그녀는 엄지손가락을 반바지 주머니에 찔러 넣으며 물었다. "혹시 네가 투표를 한다면 누구한테 할 거야?"

존 헨리의 목소리가 여름밤을 밝고 높게 울렸다. "몰라."

"가령 너라면 시장 선거에서 C. P. 맥도날드 씨에게 한 표를 던질 거야?"

존 헨리는 대답하지 않았다.

"어떻게 할 거야?"

그러나 그녀는 존 헨리의 입을 열게 할 수 없었다. 존 헨리는 때때로 상대방이 무슨 말을 해도 대답을 하지 않을 때가 있었다. 그래서 그녀는 맞장구쳐 주는 말도 없이 혼자서 말을 해야 했고, 혼자서 그러고 있다 보면 아무래도 맥이 빠지고 말았다. "있지, 나라면 들개 몰이꾼을 뽑는 선거라고 해도 그런 사람에게는 투표하지 않을 거야."

해가 저무는 거리는 몹시 고요했다. 오빠와 신부는 벌써 윈터힐에 도착했을 터였다. 이미 이 마을에서 100마일이나 떨어진 먼 도시에 있는 것이다. 그들은 함께 윈터힐에 가 있고, 나는 어디까지나 내 모습 그대로 혼자 이 지겹고 오래된 마을에 남겨져 있다. 하지만 그녀의 마음을 더 슬프고 고독하게 하는 것은 100마일이라는 거리가 아니었다. 그것은 그 두 사람은 꼭 붙어 있는데, 나는 어디까지나 나일 수밖에 없으며, 그들에게서 분리되어 외톨이로 여기에 남겨졌다는 사실이었다. 그렇게 생각하며 침울해 있는데, 갑자기 모든 것을 설명하는 생각 하나가 머리에 떠올랐다. 그랬던 거라고, 자기도 모르게 소리 내어 외칠 뻔했다. "나와 두 사람은 우리였던 거야"라고. 어제까지, 그리고 12년 인생을 통틀어 그녀는 그저 프랭키였다. 그녀는 '나'라는 인간으로, 외톨이로 방황하며 여러 가지 일을 해야 했다. 다른 사람들은 모두, 그녀를 제외한 모두가 '우리'라고 칭할 만한 것을 갖고 있었다. 베레니스가 '우리'라고 할 때 그것은 허니와 빅 마마, 그리고 그녀의 보금자리와 교회를 의미했다. 아버지가 '우리'라고 할 때 그것은 가게까지 포함된 의미였다. 여러 클럽 멤버들은 모두 자기가 속해야 할, 자기가 이야기해야 할 '우리'를 갖고 있었다. 군대의 병사들도 '우리'를 갖고 있고, 복역하는 죄수들도 '우리'를 갖고 있었다. 하지만 프랭키에게는 '우리'라고 부를 만한 것이 하나도 없었다. 이 별것도 아닌 여름, 그녀에게는 존 헨리, 베레니스라는 '우리'가 존재했지만, 그건 아무리 생각해도 사절하고 싶은 종류의 '우리'였다. 하지만 그런 것들 모두가 갑자기 끝을 알리더니 상대가 바뀌어 버렸다. 그리고 거기에는 오빠와 신부가 있었다. 그녀는 그때 처음으로 두 사람이 예전부터 자기 내부에 있던 무언가처럼 느껴졌다. '그들은 나의 우리인 거야'라고 말이다. 그래서 두 사람이 윈터힐에 가 버리고 홀로 남겨졌을 때, 대단히 두서없는 기분이 들었다고. 즉, 프랭키의 낡고 빈 껍질만 마을에 오도카니 남겨지고 말았던 것이다.

"왜 그렇게 고개를 숙이고 있는 거야?" 존 헨리가 말을 걸었다.

"배가 좀 아파." 프랭키가 말했다. "안 좋은 걸 먹었기 때문일지도 몰라."

존 헨리는 여전히 버팀목을 붙잡고 난간 위에 서 있었다.

"저기," 그녀가 잠시 후 말했다. "우리 집에 가서 같이 저녁 먹고 나랑 자지 않을래?"

"안 돼." 그가 대답했다.

"왜?"

존 헨리는 양팔을 펼쳐 균형을 잡으면서 난간 위를 걸었다. 창문의 노란 불빛 앞에서 그는 작은 찌르레기처럼 보였다. 반대쪽 버팀목에 무사히 도착할 때까지 그는 입을 열지 않았다.

"왜냐고 물어봐도?"

"그러니까 왜?"

그는 아무 말도 하지 않았기 때문에 프랭키는 덧붙여 말했다. "뒤뜰에 인디언 텐트로 오두막을 만들어 거기서 함께 자는 건 어때? 분명히 재밌을 거야."

존 헨리는 그래도 말이 없었다.

"우리는 사촌이지? 언제나 사이좋게 지내 왔잖아. 선물도 잔뜩 줬고."

조용하고 가볍게, 존 헨리는 다시 난간 위를 걸어 반대편 버팀목을 안고 서서 그녀를 보았다.

"그러니까," 그녀가 말을 걸었다. "왜 우리 집에 안 오는 건데?"

드디어 그가 입을 열었다. "왜냐하면 말이지, 난 가고 싶지 않기 때문이야, 프랭키."

"이 바보 같으니라고!" 그녀는 소리쳤다. "내가 이렇게까지 초대하는 건 네 꼬락서니가 하도 딱하고 외로워 보였기 때문이야."

존 헨리는 난간에서 폴짝 뛰어내렸다. 그러고는 맑고 투명한 아이 같은 목소리로 대답했다.

"하지만 난 조금도 외롭지 않은걸."

프랭키는 축축한 두 손바닥을 반바지 옆구리에 닦았다. 그리고 자신을 타일렀다. 자, 이제 휙 뒤로 돌아 곧장 집으로 가는 거야, 라고. 하지만 스스로에게 그렇게 명령하면서도 실제로는 깔끔하게 그곳을 떠날 수는 없었다. 아직 해가 완전히 진 것은 아니었다. 길에 늘어서 있는 집들은 어둡고, 창문에는 불이 켜져 있었다. 나뭇잎이 빽빽한 수목 근처로 어둠이 모여들고, 저 멀리 보이는 풍경은 들쭉날쭉한 회색빛이었다. 아직 하늘은 밤의 어둠으로 물들어 있지 않았다.

"뭔가 잘못된 것 같아." 그녀는 말했다. "지나치게 조용해. 좋지 않은 징조를 알리는 벌레의 신호 같은 게 있어. 폭풍우가 온다는 쪽에 100달러를 걸어도 좋아."

존 헨리는 난간 뒤에서 그녀를 조용히 지켜보고 있었다.

"엄청나게 큰 여름철 폭풍우야. 태풍일지도 몰라."

프랭키는 거기 서서 여름이 오기를 기다렸다. 그리고 마침 그때 색소폰 연주가 시작됐다. 거리의 어디선가, 그다지 멀지 않은 곳에서 색소폰이 블루스를 연주하기 시작했다. 울적한 곡은 탄식을 담고 있었다. 그 슬픈 음색을 연주하는 사람은 흑인 청년이었는데, 프랭키는 그가 누구인지 몰랐다. 고개를 갸웃거리며 눈을 감은 그녀는 그저 가만히 서서 귀를 기울였다. 그 곡 안에는 봄을 모조리―거기에 있던 꽃과 낯선 사람들의 눈, 그리고 비를―그녀 안으로 되돌리는 무언가가 있었다.

곡은 낮고 어둡고 구슬펐다. 하지만 귀를 기울이고 있으니, 잠시 후 곡조가 확 바뀌면서 화려하고 와일드한 재즈 음악이 흐르고, 악기는 경쾌하게 춤추기 시작했다. 지그재그를 그리며 화려하게 상승해 갔다. 밝고 흥겨운 재즈 연주의 마지막에, 음악은 세심하게 흔들리면서 기세를 잃고 희미해져 갔다. 그리고 음악은 다시 처음 연주한 블루스로 돌아갔다. 마치 기나긴 말썽의 계절이 왔음을 알리는 것처럼. 어두운 길에 서서 심장을 꽉 옥죄고 있자, 프랭키는 두 무릎이 들러붙고 목구멍이 딱딱해졌다. 그리고 아무 예고도 없이 그 일이 일어났다. 프랭키는 처음에 그 일이 일어난 것을 믿을 수가 없었다. 곡이 드디어 마지막에 접어드나 싶던 바로 그때, 음악이 뚝 끝나 버린 것이다. 악기는 침묵했다. 색소폰이 갑자기 연주를 마쳤다. 그녀는 얼마 동안 그 사실을 받아들일 수 없었다. 그리고 완전히 망연자실하고 말았다.

그녀는 간신히 존 헨리 웨스트에게 속삭이듯이 말했다. "그는 악기에 고인 침을 없앨 동안 담배를 한 대 피워야 했던 거야. 이제 좀 있으면 끝까지 확실히 불겠지."

그러나 음악은 다시 들려오지 않았다. 중단된 곡은 완결되지 않았다. 그리고 단단히 옥죄고 있는 몸을 그녀는 더 이상 견딜 수 없었다. 뭔가 지금까지 한 적이 없는, 엄청나게 와일드하고 느닷없는 일을 해야 할 것 같은 기분이 들었다. 주먹으로 자기 머리를 때려 봤지만, 그 정도로는 너무 부족했다. 그래서 소리 내어 뭔가를 떠들기 시작했다. 하지만 초반에는 자기가 하는 말에 스스로도 관심을 기울이지 않았고, 무슨 말을 하려고 하는지 자신도 짐작이 가질 않았다.

"난 베레니스에게 이 마을을 영원히 떠날 거라고 했는데, 그녀는 믿지 않았어. 때때로 드는 생각이지만, 그렇게 이해력이 나쁜 여자는 세상에 또 없을 거야." 그녀는 소리 높여 불평을 늘어놓았다. 그 목소리는 톱날처럼 들쭉날쭉하고 뾰족했다. 이야기를 하면서도 자기가 이제부터 도대체 무슨 말을 하려고 하는지 전혀 예측할 수가 없었다. 그녀는 이야기하는 제 목소리를 들었다. 그러나 그 말들은 제대로 된 의미를 갖고 있지 않았다. "그런 바보 같은 여자를 타일러 봤자, 시멘트 덩이에 대고 이야기를 하는 거나 마찬가지야. 난 몇 번이고 반복해서 말했거든. 난 무슨 일이 있어도 이 마을을 떠나서 영영 돌아오지 않을 거라고 말이야. 왜냐하면 그건 불가피한 일이니까."

그녀는 존 헨리에게 이야기하는 것이 아니었다. 이미 그를 보고 있지도 않았다. 그는 불이 켜진 창문에서 떨어져 있었는데, 여전히 포치에서 그녀의 말을 듣고 있었다. 잠시 후 그가 말했다.

"어디로?"

프랭키는 대답하지 않았다. 그녀는 갑자기 동작을 멈추고 침묵했다. 새로운 느낌이 엄습했기 때문이다. 앞으로 갈 장소를, 마음속 깊은 곳에서 알고 있다는 뜻밖의 느낌이었다. 그건 이미 알고 있고, 장소 이름은 조금만 있으면 확실해질 거였다. 프랭키는 주먹을 깨물면서 이를 기다렸다. 하지만 이름을 무리해서 찾아내려고 하진 않았고, 회전하는 세상에 대해서도 생각하지 않았다. 그녀는 머릿속으로 오빠와 신부의 모습을 보았다. 그러자 심장이 꽉 조여 당장이라도 터져 버릴 것 같았다.

존 헨리가 어린애처럼 새된 목소리로 물었다. "넌 나랑 같이 밥을 먹고 인디언 텐트에서 같이 자고 싶어?"

그녀는 대답했다. "노."

"좀 전에는 그러자고 나를 졸랐잖아!"

하지만 그녀는 존 헨리 웨스트와 토론을 할 생각이 없었고, 그의 말에 대답할 생각도 없었다. 왜냐하면 그 순간 프랭키는 이해했기 때문이다. 자기가 누구이고, 어떻게 세상으로 나갈지를. 꽉 죄어 왔던 심장이 갑자기 넙죽 열려 두 개로 갈라졌다. 심장이 두 개의 날개처럼 분리되었다. 이어서 입을 열었을 때 그녀의 목소리는 차분했다.

"내가 어디로 갈지 난 알아."

그가 물었다. "어디로 갈 건데?"

"윈터힐로 갈 거야." 그녀는 말했다. "결혼식에 가는 거야."

그녀는 기다렸다. "그건 이미 알아"라고 말할 기회를 상대에게 준 것이다. 하지만 결국은 그녀 스스로 뜻밖에 찾아온 진실을 말했다.

"난 그 사람들과 함께 갈 거야. 윈터힐에서 결혼식이 끝난 뒤 그 두 사람이 가는 곳으로, 거기가 어디든 함께 따라갈 거야. 난 그 사람들과 떨어지지 않을 거야."

그는 아무 말도 하지 않았다.

"난 그 두 사람을 매우 사랑해. 어디에 가도 쭉 함께 있을 거야. 난 그 사실을 예전부터 확실히 알고 있었어. 그 사람들에게서 앞으로도 쭉 떨어지지 않으리라는 걸 말이야. 난 그 사람들을 그만큼 깊이 사랑하고 있어."

거기까지 말하고 나니 그녀는 이제 망설일 것도, 걱정할 것도 없었다. 눈을 뜨니 밤이 있었다. 라벤더색 하늘이 드디어 어둠에 휩싸이고, 비스듬히 비추는 별빛과 비틀린 어둠이 있었다. 그녀의 마음은 두 개의 날개처럼 나뉘어 있고, 이렇게 아름다운 밤을 본 것은 태어나서 처음이었다.

　프랭키는 거기 서서 똑바로 밤하늘을 응시했다. 익숙한 질문이 그녀에게 다시 찾아왔을 때―나는 도대체 뭘까, 나는 세상에 나와 어떤 인간이 될까, 왜 지금 이 순간 나는 여기에 서 있을까―그녀의 가슴은 이제 더 이상 아프지 않았다. 대답이 확실히 눈앞에 있었기 때문이다. 드디어 그녀는 자기가 무엇인지를 알고, 이제부터 자기가 어디로 가야 하는지를 이해할 수 있었다. 그녀는 오빠와 새언니를 사랑하고 있고, 결혼식의 일원인 것이다. 세 사람은 손에 손을 잡고 세상으로 나아가고, 앞으로도 쭉 함께할 거였다. 마침내 두려움에 가득 찬 봄과 미칠 듯한 여름을 지나, 그녀의 두려움은 사라진 것이다.

2부

1

    결혼식 전날은 F. 재스민이 지금까지 마주한 그 어떤 날과도 달랐다. 토요일인 그날 그녀는 마을에 나갔는데, 출구가 없는 공백 같던 여름의 끝과 함께 갑자기 마을이 그녀 앞에 크게 펼쳐져 있었다. 그리고 그녀는 마을에 새로운 방식으로 속해 있었다. 결혼식 덕분에 F. 재스민은 눈에 보이는 것 모두가 자신과 연결되어 있는 것처럼 느껴졌다. 그 토요일, 그녀는 갑자기 새로운 멤버로 마을 여기저기를 돌아다녔다. 마치 여왕님이라도 된 듯 당당하게 걸으며 가는 곳마다 사람들과 이야기를 나눴다. 그날 그녀는 처음부터 세상과 멀어져 있지 않았다. 문득 정신이 든 그녀는 확실히 세상의 일부가 된 느낌을 받았다. 그리고 많은 일이 일어나기 시작했다. 하지만 그 어떤 것도 F. 재스민을 놀라게 하진 못했다. 적어도 마지막을 제외하면, 모든 것은 마법에 걸리기라도 한 것처럼 자연스러웠다.

존 헨리의 큰할아버지뻘인 찰스 아저씨의 농원에서는, 눈가리개를 한 노새가 빙글빙글 같은 원을 돌며 사탕수수를 빻고, 시럽을 만들기 위한 액즙을 짜고 있었다. 여름 내내 같은 곳을 빙글빙글 돌고 있다는 점에서 프랭키는 그 시골 노새와 다소 비슷했을지도 모른다. 마을에서 프랭키는 항상 싸구려 잡화점의 카운터를 정처 없이 물색하거나, 팰리스 극장 맨 앞줄에 앉거나, 아버지의 가게에서 시간을 죽이거나, 길모퉁이에 서서 군인들을 바라보곤 했다. 하지만 그날 아침은 전혀 달랐다. 그때까지 들어갈 생각은 해 보지도 않은 장소에, 그녀는 성큼성큼 걸어 들어갔다. 예를 들어 F. 재스민은 어느 호텔에 들어갔다. 그곳은 마을에서 가장 고급스러운 호텔은 아니었다. 두 번째로 고급스럽다고 할 수도 없었다. 하지만 그곳은 어쨌든 호텔이고, F. 재스민은 거기에 있었다. 게다가 그녀는 한 군인과 같이 있었다. 좀 더 말하면, 그것은 전혀 생각지도 못한 일이었다. 그때까지 그녀는 단 한 번도 그 군인을 본 적이 없었기 때문이다. 바로 어제까지의 프랭키가 마술사의 전망경으로 그런 광경을 보면서 이게 너의 미래라는 말을 들었다면 농담하지 말라고 입을 삐쭉거렸을 게 틀림없다. 하지만 그날 아침에는 실로 여러 가지 일들이 일어났다. 그리고 그날 가장 기묘했던 것은 놀라움의 감각이 반전된 것이었다. 전혀 생각지도 못한 일이 일어나도 그녀는 그다지 이상하다고 생각하지 않았다. 그녀를 놀라게 하고 고개를 갸웃거리게 하는 것은 오히려 옛날부터 봐서 익숙한, 평소와 같은 것들뿐이었다.

새벽에 눈을 떴을 때부터 그날은 시작되었다. 오빠와 오빠의 신부는 지난밤 분명히 그녀의 마음속 가장 깊은 곳에 잠들어 있었을 것이다. 그래서 눈을 떴을 때 처음으로 머리에 떠오른 것은 결혼식에 대한 것이었다. 그리고 바로 그다음에 생각한 것은 마을에 대한 것이었다. 그녀는 이제 태어난 고향을 떠나려고 하니까, 오늘이 마지막 날이니까, 라는 이유로 마을이 이상한 방식으로 자기를 움직여 마을로 오기를 기다리고 있는 것처럼 느껴졌다. 방의 창문은 동틀 녘의 서늘한 푸른빛으로 물들어 있었다. 매킨가의 늙다리 수탉이 시간을 알렸다. 그녀는 재빨리 일어나서 머리맡의 불을 켜고 모터 스위치를 켰다.

망설이고 있던 것은 어제까지의 프랭키였다. F. 재스민에게 이제 망설임은 없었다. 결혼식 같은 건 먼 옛날부터 아주 익숙한 것처럼 느껴졌다. 어두운 하룻밤을 경계로 모든 게 달라진 것이다. 지난 12년 동안에는 뭔가 급격한 변화가 일어나면, 변화가 일어나는 사이에는 항상 어떤 의심 같은 것이 있었다. 그러나 하룻밤 푹 자고 아침에 눈을 뜬 그녀는 변화가 조금도 급격하게 느껴지지 않았다. 2년 전 여름, 웨스트네 가족과 함께 세인트 피터항까지 여행을 갔을 때도 그랬다. 바닷가에서 보내는 첫날 밤, 잔물결이 일렁이는 회색빛 바다와 텅 빈 모래사장은 그녀가 태어나서 처음 본 것이었다. 그녀는 눈을 가늘게 뜨고 그 일대를 걸어 다니며 의아하다는 듯이 여러 가지를 만져 보곤 했다. 그러나 하룻밤 자고 일어났을 때는 세인트 피터항을 태어나면서부터 쭉 알고 있는 듯한 기분이 들었다. 결혼식도 마찬가지였다. 거기에는 아무 의문도 없고, 이제는 결혼식 외의 다양한 것들에 시선을 돌릴 수 있었다.

파랑과 흰색 줄무늬가 들어간 잠옷 바지 차림으로 그녀는 책상에 앉았다. 잠옷 바지는 무릎까지 걷고 있었다. 그녀는 아무것도 신지 않은 오른쪽 엄지발가락 끝을 바닥에 대고 달달 떨면서 이 마지막 하루에 뭘 해야 할까 생각했다. 그중 몇 가지를 차례차례 떠올려 볼 수 있었지만, 그밖에도 손가락으로 세거나 일람표에 글로 쭉 나열할 수 없는 몇 가지가 있었다. 그녀는 먼저 '미스 F. 재스민 아담스 에스크와이어'라고 부조로 비스듬히 인쇄된, 자그마한 사교용 명함을 만들어야 한다고 생각했다(에스크와이어는 통상 남성에게만 쓰는 경칭—옮긴이). 그녀는 녹색 차양모를 쓴 뒤 마분지를 잘라내고 양쪽 귀 뒤에 펜을 꽂았다. 그러나 머리는 쉼 없이 바쁘게 움직이고, 곧바로 마을로 나갈 준비를 하기 시작했다. 그날 아침 그녀는 몸단장에 정성껏 신경을 썼다. 가장 어른스럽고 고급스러워 보이는 옷을 골랐다. 핑크색 오건디 드레스를 입고, 립스틱을 바르고, '스위트 세레나데'를 뿌렸다. 유난히 일찍 일어난 아버지는 그녀가 계단 아래로 내려갔을 때 이미 이리저리 부엌을 돌아다니고 있었다.

"안녕, 아빠."

아버지 로얄 퀸시 아담스는 마을의 메인 스트리트에서 조금 떨어진 장소에서 보석상을 운영하고 있었다. 아침 인사를 들은 그는 웅얼웅얼 신음하듯이 대답했다. 왜냐하면 그는 일찍 일어나 커피를 석 잔 마시기 전에는 제대로 된 대화를 시작할 마음이 들지 않는 어른이었기 때문이다. 번잡한 일상으로 나서기 전, 그는 조용하고 평화로운 한때를 필요로 했다. F. 재스민이 한밤중에 물을 마시기 위해 눈을 떴을 때, 그녀는 아버지가 방 안에서 부스럭대며 이리저리 움직이는 소리를 들었다. 그리고 그날 아침 그의 얼굴은 치즈처럼 창백하고, 핏발 선 눈은 지친 기색이 역력했다. 아버지는 평소처럼 커피 잔을 받침 접시 위에 두려고 하지 않았다. 모양이 잘 맞지 않아 달그락달그락 소리를 냈기 때문이다. 그래서 잔을 테이블 위나 난로 위에 직접 올려 두는 바람에 여기저기 갈색 고리 자국이 찍혀 있었다. 그리고 파리들이 조용히 고리 안에 앉아 있었다. 바닥에 떨어진 설탕이 발아래서 버석거리는 소리를 낼 때마다 그는 얼굴을 가늘게 찌푸렸다. 오늘 아침 그는 무릎이 나온 회색 바지를 입고 목 언저리 단추를 잠그지 않은 파란색 셔츠를 입고 있었다. 넥타이는 느슨하게 풀려 있었다. 본인은 일단 인정하지 않았지만, F. 재스민은 사월의 어느 밤 "이 긴 다리에 한 덩치 하는 딸은 아직도 아버지랑 함께 잘 생각이냐?"라는 말을 들은 이래 아버지에게 남몰래 원망을 품어 왔다. 하지만 오늘 아침 원망은 이미 어딘가로 사라진 후였다. 그녀는 갑자기 태어나서 처음으로 아버지를 본 것 같은 기분이 들었다. 그리고 지금 눈앞에 있는 아버지뿐만 아니라, 지난날의 영상이 그녀의 머릿속에 휘몰아치며 서로 엇갈렸다. 변화하는 기억과 고정된 기억이 F. 재스민을 멈춰 세우고 고개를 갸웃거리게 했다. 현실의 방에서, 동시에 자기 내부의 어딘가에서 그녀는 아버지를 조용히 응시했다. 하지만 확실히 말해 둬야 할 게 있었다. 그래서 입을 열었을 때 그녀의 목소리는 전혀 자연스럽지 않았다.

"아빠, 말해 둘 게 있어. 결혼식이 끝나면 난 집으로 돌아오지 않을 거야."

아버지는 남의 말을 듣기 위한 귀를 확실히 갖고 있었다. 길게 늘어진 커다란 귀는, 가장자리가 라벤더색으로 물들어 있었다. 하지만 실제로 아버지는 아무것도 듣고 있지 않았다. 그는 홀아비였다. 아내는 딸을 낳은 다음 날 세상을 떠났다. 그 뒤로는 홀아비답게, 지금까지 쭉 자신의 방식대로 살아왔다. 때에 따라서는, 특히 이른 아침 시간에는 딸이 하는 말이나 새로운 제안에 전혀 귀를 기울이지 않았다. 그래서 그녀는 날카로운 목소리로 아버지의 귀에 말을 억지로 밀어 넣어야 했다.

"결혼식용 드레스랑 결혼식용 구두, 투명한 핑크색 스타킹을 사야 돼."

그 말을 들은 그는 잠시 생각한 후에 허락의 뜻으로 고개를 끄덕였다. 그리츠(톱으로 켠 옥수수—옮긴이)가 끈적끈적한 파란 거품을 내면서 천천히 끓고 있었다. 테이블을 세팅하면서 아버지를 보고 있자니 그녀의 머릿속에 어떤 기억이 문득 되살아났다. 유리창에 서리꽃이 피고 난로가 요란한 소리를 내는 어느 겨울 아침이었다. 부엌 테이블에 앉아 어려운 산수 문제를 풀고 있는데, 마지막에 아버지가 어깨 너머로 몸을 숙여 제일 어려운 부분을 도와주었다. 그녀는 그때 아버지의 뻣뻣한 갈색 손이 기억났다. 설명을 해 주는 목소리도. 그리고 그녀의 눈에 어느 봄날의 푸르고 긴 밤도 떠올랐다. 아버지는 해가 쉬 지지 않는 프런트 포치에 앉아두 다리를 난간에 올리고 성에가 낀 병맥주를 마시고 있었다. 그녀를 피니 가게까지 보내 사 오게 했던 맥주였다. 아버지가 가게 작업대에 웅크리고 앉아 있는 모습도 떠올랐다. 아버지는 아주 작은 태엽을 가솔린에 담그거나, 혹은 휘파람을 불면서 보석 기능공이 사용하는 확대경으로 시계를 들여다보고 있었다. 갑자기 날아든 회상이 소용돌이쳤다. 계절마다 각각의 색이 있었다. 태어나서 처음으로 그녀는 지금까지 살아온 12년 인생을 돌아보고, 그것을 멀리서 총체적으로 바라볼 수 있었다.

"아빠," 그녀가 말했다. "편지는 쓸게."

아버지는 뭔가 잃어버렸지만 뭘 잃어버렸는지 생각해 내지 못하는 사람처럼 새벽의 선명함이 점차 사라져 가는 부엌을 어정버정 돌아다니고 있었다. 그 모습을 보고 있으니 예전의 원망은 어디론가 사라지고 미안한 기분이 들었다. 자기가 없어지면 집에 홀로 남은 그는 외로워질 것이다. 그녀는 아버지에게 뭔가 사죄의 말을 하고 싶었고, 사랑한다고도 말하고 싶었다. 하지만 바로 그때 아버지가 헛기침을 했다. 그것은 항상 딸에게 잔소리를 하기 전에 하는, 특별한 종류의 헛기침이었다.

"뒤쪽 포치 도구함에 넣어 둔 몽키 렌치랑 드라이버가 어떻게 되었는지 가르쳐 주지 않겠니?"

"몽키 렌치랑 드라이버……," F. 재스민의 어깨는 축 처지고, 왼발은 오른쪽 허벅지에 딱 달라붙을 때까지 올라가 있었다. "빌려 줬어, 아빠."

"지금은 어디 있니?"

F. 재스민은 잠시 생각하다가 대답했다. "웨스트 씨 집에 있어."

"여기서 확실히 말해 두지만," 아버지는 그리츠를 휘젓던 스푼을 들어 자신의 말을 강조하듯이 흔들면서 말했다. "만약에 네가 해도 되는 일과 안 되는 일을 구별하는 분별력과 판단력을 갖고 있지 않다면," 그는 위협하듯이 한참 딸의 얼굴을 노려본 뒤 말을 이었다. "너는 예의범절을 배울 수밖에 없어. 지금부터 당분간은 잘못을 저지르면 안 된다. 안 그러면 진짜 예의범절을 제대로 배우게 될 거야." 그러고는 코를 킁킁거렸다. "이건 토스트 타는 냄새 아니냐?"

그날 아침 F. 재스민은 이른 시간에 집을 나섰다. 새벽녘의 부드러운 회색빛이 흐려지면서 수채화 물감 같은 연파랑색으로 물들기 시작한 하늘은 아직 완전히 마르지 않은 것처럼 보였다. 반짝반짝 빛나는 공기는 신선하고, 햇볕에 갈색으로 그을린 잔디에는 시원해 보이는 아침 이슬이 맺혀 있었다. 길을 걷고 있는데 어느 집 뒤뜰에서 아이들의 목소리가 들려왔다. 마당을 파 수영장을 만들려는 이웃 아이들이 서로 싸우는 목소리였다. 키와 나이가 제각각인 아이들은 어디에도 속해 있지 않았다. 지금까지 프랭키 시절의 그녀는 여름이 되면 이 근처에서 수영장을 만드는 소년들의 리더 같은 역할을 했었다. 하지만 열두 살이 된 지금, 그녀는 잘 알고 있었다. 열심히 여기저기 마당에 구멍을 판들—아이들은 그것이 맑고 투명하고 시원한 물을 담은 수영장이 될 거라고 추호도 의심하지 않았지만―결국은 진흙이 가득한 얕은 도랑으로 전락하리라는 사실을.

그날 아침 F. 재스민은 마당을 가로지르면서 마음의 눈으로 아이들이 우르르 모여 있는 곳을 보았다. 길 건너에서 들려오는 그들의 떠들썩한 고함 소리를 듣고, 태어나서 처음이지만, 그 울림들 속에서 뭔가 달콤한 것을 감지하고 감동했다. 신기한 일이지만, 그녀가 내내 싫어했던 자기 집 정원조차, 약간이긴 하지만 역시 마음에 와닿았다. 꽤 오랫동안 정원을 보지 않은 것 같은 기분이 든 것이다. 정원의 느릅나무 아래에는 그녀가 예전에 차가운 음료수를 팔던 가판대가 놓여 있었다. 그늘이 움직이면 들어 옮길 수 있도록 가벼운 나무 상자로 만들어진 간판에는 '듀 드롭 인(아침 이슬 정자)'이라고 쓰여 있었다. 아침나절 그녀는 양동이에 넣은 레모네이드를 발치에 두고, 두 발을 카운터 위에 올린 채 멕시칸 모자를 얼굴 위에 비스듬히 눌러쓰고, 눈을 감고, 햇볕에 따뜻해진 밀짚의 진한 향기를 맡으면서 손님을 기다리곤 했다. 때때로 손님이 왔다. 그러면 그녀는 존 헨리를 시켜 에이 앤 피 상점에 가서 캔디를 사 오게 했다. 하지만 손님이 없을 때는 악마의 유혹을 이기지 못하고 팔 것을 자기가 모조리 마셔 버리곤 했다. 그러나 그날 아침 거기에 놓인 가판대는 아주 작고 초라해 보였다. 그녀는 자기가 그런 가게를 여는 일은 이제 두 번 다시는 없을 거라고 생각했다. F. 재스민에게는 가게를 하려는 발상 자체가 아주 옛날에 생겨났다가 이제는 완전히 끝나 버린 일처럼 여겨졌기 때문이다. 문득 그녀의 머리에 어떤 계획이 떠올랐다. 내일부터 재니스와 자비스와 함께 어딘가 멀리 떨어진 장소에 있을 때면, 옛 시절을 이모저모 되돌아보자, 그리고…… 하지만 F. 재스민의 계획은 도중에 흐지부지되고 말았다. 왜냐하면 두 사람의 이름이 머리에 떠오르자 결혼식의 기쁨이 그녀 안에 끓어오르면서 팔월임에도 불구하고 몸서리가 쳐질 정도였기 때문이다.

메인 스트리트 역시 F. 재스민에게 오랜 세월을 거친 후 오랜만에 다시 찾은 장소 같은 인상을 주었다. 실제로는 지난 수요일에 걸어서 왔다 갔다 했는데 말이다. 벽돌로 지은 비슷한 가게들이 대략 네 블록에 걸쳐 이어진 메인 스트리트에는 새하얀 은행 건물이 있고, 멀리에는 창문이 많이 달린 면 방적 공장이 있었다. 폭이 넓은 도로는 풀이 무성하고, 좁은 분리대에 의해 나뉘어 있었다. 도로의 양쪽으로 자동차가 천천히 달렸다. 회색으로 눈부시게 빛나는 보도, 그 위를 걸어가는 사람들, 가게 앞에 세워진 얼룩말 무늬의 차양 텐트, 모든 것이 예전과 똑같았다. 그러나 그날 아침 그 길을 걷는 그녀는 전혀 모르는 거리를 방문한 여행자처럼 자유롭다고 느꼈다.

그뿐만이 아니었다. 먼저 메인 스트리트 왼쪽을 걷다가 다시 오른쪽 보도를 걸어서 돌아왔는데, 길에 들어서자마자 그녀는 그 일이 일어난 것을 알 수 있었다. 그것은 그녀가 중간에 만나거나 스쳐 지나간 사람들과 관계가 있었다. 그중에는 아는 사람들도 있었고, 전혀 모르는 사람들도 있었다. 늙은 흑인이 달그락달그락 소리를 내는 짐수레 좌석에 의기양양 몸을 세우고 앉아서, 눈가리개를 찬 애처로운 노새를 몰아 토요 시장을 향해 가고 있었다. F. 재스민은 그를 봤고, 그 또한 그녀를 봤다. 겉으로 봐서는 그게 다였다. 하지만 시선을 흘깃 교환함으로써 F. 재스민은 그의 눈과 자신의 눈 사이에 뭐라 말할 수 없는 새로운 유대감(커넥션)이 생겨난 것을 느꼈다. 마치 두 사람이 그 순간 서로를 잘 알게 된 것처럼. 심지어 짐수레가 포장된 도로를 달그락달그락 소리를 내며 통과할 때, 그의 고향 들판과 시골길, 새카맣고 고요한 소나무의 모습이 그녀의 뇌리에 떠오르기까지 했다. 그리고 그녀는 상대도 자기에 대해 알았으면 좋겠다고 생각했다. 결혼식이라든가.

네 블록을 걷는 사이 비슷한 일이 연달아 일어났다. 맥두걸 가게에 들어가는 여성과의 사이에, 퍼스트 내셔널 은행 앞에서 버스를 기다리는 몸집이 작은 남성과의 사이에, 테드 라이언이라는 이름의 아버지 친구와의 사이에. 그것은 말로는 잘 설명할 수 없는 느낌이었다. 나중에 집에서 그것을 설명했을 때, 미간을 쭉 끌어 올린 베레니스는 놀리는 듯 과장된 말투로 이렇게 말했다. "커넥션? 커넥션이라고?" 하지만 그 느낌은 확실히 그곳에만 있었다. 부름에 대한 응답에 가까운 커넥션이었다. 그뿐만이 아니다. 그녀는 퍼스트 내셔널 은행 앞 보도에서 10센트짜리 동전을 발견했다. 다른 날이라면 굉장히 깜짝 놀랐을 것이다. 그러나 그날 아침 그녀는 멈춰 서서 그것을 드레스 앞자락으로 싹싹 닦아 핑크색 지갑에 던져 넣었을 뿐이었다. 이제 막 해가 뜬 신선한 푸른 하늘 아래서, 길을 걸으며 느끼는 그 느낌은 자기 안에 새롭게 태어난 가벼움, 힘, 자격의 느낌이었다.

처음으로 결혼식에 대해 말한 곳은 '블루 문'이라는 가게였다. 그녀는 일부러 길을 돌아가 블루 문을 찾았다. 가게는 메인 스트리트가 아니라 하천과 경계를 이루는 프런트 애버뉴라고 불리는 길에 있었다. 길을 돌아서 간 것은 원숭이와 원숭이 곡예사가 연주하는 풍금 소리가 들려왔기 때문이다. 그녀는 그 방향으로 발길을 옮겼다. 그해 여름 내내 한 번도 원숭이와 원숭이 곡예사를 보지 못했기에, 마을에서 보내는 이 마지막 날에 그들과 맞닥뜨린다는 게 어떤 계시처럼 느껴지기도 했다. 꽤 오랫동안 모습을 보지 못했기 때문에, 그녀는 때때로 원숭이나 원숭이 곡예사가 이미 죽은 게 아닐까, 하고 생각했을 정도였다. 그들은 겨울에는 마을에 오지 않았다. 차가운 바람이 몸에 좋지 않기 때문이었다. 시월이 되면 그들은 남쪽 플로리다로 옮겨 갔다. 그리고 따뜻해지는 봄이 끝날 무렵 다시 거리로 돌아왔다.

원숭이와 원숭이 곡예사는 이 마을뿐만 아니라 여러 마을을 떠돌아 다녔다. 그러나 프랭키 시절의 그녀가 기억하는 한, 마을의 여러 나무 그늘에서 여름 동안에는―올여름은 제외하고―항상 그들과 맞닥뜨리곤 했다. 원숭이는 아주 귀여웠고 원숭이 곡예사인 남자도 느낌이 좋았다. 프랭키는 언제나 그들이 좋았다. 그녀는 그들에게 앞으로의 계획에 대해 이야기하고 싶어 참을 수가 없었고, 그들이 결혼에 대한 것도 알아주길 바랐다. 그래서 반쯤 망가진 풍금에서 나는 소리가 희미하게 귓가에 들려왔을 때, 그녀는 곧장 그들을 찾으려 했다. 음악은 프런트 애버뉴 강 근처에서 들려오는 듯했다. 그녀는 메인 스트리트를 벗어나 서둘러 샛길을 걸었다. 그러나 프런트 애버뉴에 도착하기 직전, 풍금 소리가 멈췄다. 아무리 길을 둘러봐도 원숭이와 원숭이 곡예사는 보이지 않았다. 일대는 쥐 죽은 듯이 고요하고, 그들은 어느 곳에서도 보이지 않았다. 아마도 어느 출입구나 가게 안에 들어가 있을 거라고 그녀는 생각했다. 그래서 F. 재스민은 주의 깊게 사방을 살피며 천천히 길을 걸었다.

프런트 애버뉴에는 마을에서 가장 초라하고 조그마한 가게들이 늘어서 있었지만, 그 거리는 항상 그녀를 끌어당겼다. 거리 왼편에는 창고가 줄지어 서 있고, 창고 사이로 갈색 강과 초록색 나무가 보였다. 거리 오른편에는 '군용 위생구'라는 간판을 건 가게가 있었는데, 도대체 뭘 파는 곳인지 그녀로서는 전혀 짐작이 가지 않았다. 그밖에도 다양한 가게가 있었다. 진열대의 부서진 얼음 안에서 생선 한 마리가 놀란 눈을 뜨고 있는, 비린내 나는 생선 가게. 전당포. 중고 의류를 파는 가게에는 유행이 지난 옷이 좁은 입구 언저리에 걸려 있고, 바깥쪽 길에는 찢어진 신발이 일렬로 늘어서 있었다. 그리고 마지막에 '블루 문'이라는 이름의 가게가 있었다. 벽돌이 깔린 길은 반짝반짝 빛나며 분노하고 있는 것처럼 보였다. 도랑을 따라 걸으면서 그녀는 달걀 껍데기나 썩은 레몬 껍질 같은 것을 봤다. 그곳은 결코 칭찬 받을 만한 거리는 아니었다. 그러나 프랭키 시절의 그녀는 가끔씩 그곳에 가는 것을 좋아했다.

거리는 오전과 평일 오후에는 한산했다. 그러나 늦은 오후나 휴일이 되면 거리는 9마일 앞에 있는 훈련지에서 나온 군인들로 넘쳐났다. 그들은 다른 거리보다 프런트 애버뉴를 마음에 들어 했는데, 때때로 거리는 갈색 옷을 입은 병사들이 흐르는 강처럼 보였다. 그들은 휴가를 받아 마을에 오면 무리를 지어 쾌활하고 소란스럽게 행동하거나 성인 여성을 동반하고 길을 걸었다. 프랭키는 항상 선망의 눈으로 그들을 바라보곤 했다. 전국 각지에서 온 그들은 머지않아 세계 각지로 흩어져 가는 것이다. 그들은 좀처럼 지지 않는 여름의 황혼 속에서 동료들과 함께 행동했다. 거리 한쪽에 혼자 멀리 떨어져서 프랭키는 카키색 반바지에 멕시칸 모자 차림으로, 그들을 바라보고 있을 수밖에 없었다. 먼 지방의 소리와 기후가 그들 주위를 떠다니는 듯했다. 그녀는 그들이 떠나온 수많은 도시와 그들이 앞으로 갈 나라들을 상상했다. 그에 비해 나는 영원히 이 마을에 매여 있는 것이다. 그런 생각을 하면 소리 없이 밀려오는 부러움에 가슴이 저리곤 했다. 그러나 그날 아침 그녀는 한 가지 속셈으로 가슴이 벅차오른 상태였다. 결혼식과 자신의 다양한 계획에 대해 사람들에게 이야기하는 것 말이다. 원숭이와 원숭이 곡예사를 찾아 타는 듯이 뜨거운 길을 걸어 '블루 문' 앞까지 왔을 때, 그녀의 머릿속에는 그들이 가게 안에 있을지도 모른다는 생각이 떠올랐다.

'블루 문'은 프런트 애버뉴 가장 안쪽에 있었다. 프랭키 시절의 그녀는 종종 밖에 서서 철망으로 된 문에 손바닥과 얼굴을 바싹 붙이고 안에서 무슨 일이 벌어지고 있는지 조용히 들여다보곤 했다. 손님들(대부분 군인들이다)은 부스석에 앉거나 카운터 앞에 서서 술을 마시고 주크박스 주위에 무리 지어 있곤 했다. 가게에서는 때때로 갑자기 소동이 일어났다. 어느 늦은 오후 그녀는 '블루 문' 앞을 지나가다 안에서 거친 고함 소리와 병이 깨지는 소리를 들었다. 거기 서서 보고 있으니, 경찰이 옷이 갈기갈기 찢어진 채 비틀거리는 한 남자를 연행해 나왔다. 남자는 울부짖으며 소리를 질러댔는데, 찢어진 셔츠에는 피가 묻어 있고 눈물이 더러워진 뺨을 적시고 있었다. 소나기가 내린 뒤 무지개가 떴던 사월 어느 오후의 일이었다. 요란한 사이렌 소리와 함께 호송차가 달려왔고, 가련한 범죄자는 감방에 들어갔다가 형무소로 이송되었다. 프랭키는 '블루 문'에 대해 잘 알고 있었지만, 안에 들어간 적은 한 번도 없었다. 그녀가 그 안에 들어가면 안 된다는 법은 어디에도 없었다. 철망문이 잠겨 있거나 쇠사슬이 쳐져 있는 것도 아니었다. 그러나 누가 말한 건 아니지만, 그녀는 그곳에 어린아이가 들어가면 안 된다는 것을 알 수 있었다. '블루 문'은 휴일을 맞은 군인들과 자유로운 성인을 위한 장소였다. 프랭키 시절의 그녀는 그곳에 들어갈 자격이 없다는 것을 알고 있었다. 그래서 가게 주위를 배회할 뿐, 안에는 한 번도 들어가지 않았던 것이다. 그러나 결혼식 전날 아침, 모든 것은 달라져 있었다. 그녀가 알고 있던 낡은 규칙은 F. 재스민에게 아무 의미도 없었다. 그래서 그녀는 망설임 없이 가게 안으로 발을 들여놓았다.

'블루 문'에는 빨강 머리의 한 병사가 있었다. 이 남자는 결혼식 전날에 그야말로 예상도 못한 형태로 이 이야기에 얽히게 된다. 하지만 F. 재스민은 처음에는 그의 존재를 알아채지 못했다. 그녀는 원숭이 곡예사를 찾고 있었고, 그는 거기에 없었다. 그 군인을 제외하면 가게 안에는 '블루 문'의 사장인 포르투갈 사람뿐이었는데, 그는 카운터 안에 있었다. 그는 F. 재스민이 결혼식 이야기를 한 첫 상대였다. 그가 선택된 것은 단순히 제일 가까이에 있는 적당한 사람이었기 때문이다.

거리의 선명한 불빛 속에 있다가 안으로 들어오니 '블루 문'은 어두워 보였다. 카운터 뒤에 있는 어두침침한 거울 위에서 파란 네온 불빛이 타오르듯이 빛나며, 사람들의 얼굴을 초록색으로 은은하게 물들이고 있었다. 선풍기가 천천히 돌아가고 있어, 미지근하고 시큼한 냄새가 나는 미풍이 잔잔하게 일렁였다. 아침 시간의 가게는 몹시 조용했다. 부스석은 전부 비어 있었다. 가장 안쪽에는 불이 밝게 켜진, 2층으로 올라가는 나무 계단이 있었다. 가게 안에서는 김빠진 맥주와 모닝커피 냄새가 났다. F. 재스민은 카운터 안쪽에 있는 주인에게 커피를 주문했고, 커피를 가져온 그는 그녀 앞에 놓인 스툴에 앉았다. 그는 몹시 넙데데한 얼굴에 안색이 좋지 않은, 서러운 표정의 남자였다. 길이가 긴 하얀 앞치마를 한 그는 스툴 위에서 몸을 앞으로 숙인 채 두 발을 가로대에 올려놓고 로맨스 잡지를 읽고 있었다. 그에게 결혼식에 대해 말하고 싶은 마음이 벅차올라 금방이라도 넘칠 것 같은 상태가 되자, 그녀는 어떻게 이야기를 시작하면 좋을지 머릿속에서 필사적으로 단어를 찾았다. 두 사람이 대화를 시작할 때는 뭔가 성숙하고 자연스러운 첫마디가 필요했다. 그녀는 살짝 떨리는 목소리로 이렇게 말을 꺼냈다. "정말 범상치 않은 여름이었죠?"

포르투갈인은 그녀가 하는 말을 듣지 못했는지 계속해서 로맨스 잡지를 읽고 있었다. 그래서 프랭키는 같은 말을 되풀이했다. 마침내 그가 자신을 향해 눈을 돌리고 주의를 기울이고 있다는 걸 알게 되자 그녀는 목소리를 높여 말했다. "내일 우리 오빠가 윈터힐에서 결혼식을 올려요." 그녀는 곧장 본격적인 이야기를 시작했다. 마치 서커스에서 강아지가 종이를 붙인 고리 안으로 뛰어들듯이. 이야기를 할수록 목소리는 더욱더 또렷하고, 명료하고, 확실해졌다. 그녀는 자신의 계획이 이미 완전히 정해졌고, 의문의 여지는 일체 없는 것처럼 이야기했다. 포르투갈인은 고개를 한쪽으로 살짝 기울이며 이야기를 들었다. 그의 까만 눈 주위는 동그란 모양으로 칙칙한 회색빛을 띠고 있었다. 그는 때때로 혈관이 툭툭 불거진 핏기 없는 축축한 손을 얼룩이 묻은 앞치마에 닦았다. 그녀는 결혼식과 자신의 계획에 대해 이야기했고, 상대방은 그에 대해 이의를 제기하거나 의문을 드러내지 않았다.

프랭키는 베레니스를 떠올리면서 진짜 절실한 생각이 떠올랐을 때는, 자기 집 부엌에 있는 사람보다 전혀 모르는 남을 상대로 이야기하는 게 훨씬 편하다고 생각했다. 자비스나 재니스, 결혼식, 윈터힐 같은 몇 가지 단어를 말할 때 느껴지는 설렘은 아주 강력해서 F. 재스민은 그것을 다 이야기하고 나서 처음부터 한 번 더 반복하고 싶을 정도였다. 포르투갈인은 귀 뒤에 꽂은 담배를 꺼내 카운터 위에 톡톡 두드렸지만 불은 붙이지 않았다. 인공적인 네온 불빛 속 그의 얼굴은 경악한 듯이 보였다. 이야기가 끝났지만 그는 입을 열지 않았다. 결혼식 이야기의 여운은 어전히 그녀 안에 남아 있었다. 기타의 마지막 화음이 줄을 튕긴 후에도 여전히 이어지듯이. 그런 여운 속에서 뒤로 돌아선 F. 재스민은 블루 문의 입구와 사각형 모양으로 보이는 작열하는 거리를 향해 시선을 던졌다. 어두운 그림자가 된 사람들이 길을 걷고 있었고, 발소리가 '블루 문' 안에 메아리쳤다.

"그건 나에게 대단히 신기하게 느껴지는 거야." 그녀는 말했다. "태어난 이후 쭉 이 마을에서 살아왔는데 내일부터는 두 번 다시 여기로 돌아오지 않을 거라는 사실이."

그때 그녀는 처음으로 그의 존재를 인식했다. 이 마을에서 보내는 기나긴 마지막 하루를, 마지막에 이상한 식으로 비틀어 버리게 될 병사가 바로 거기에 있는 것을. 훗날 그녀는 그때를 돌아보며 닥쳐올 광기를 경고하는 힌트 같은 것을 자기가 느꼈는지 생각해 내려고 했다. 하지만 그때 그는 카운터에 서서 맥주를 마시고 있는, 지극히 평범한 군인에 불과해 보였다. 키가 크지도 작지도 않고, 뚱뚱하지도 마르지도 않은 남자. 빨강 머리를 제외하면 그에게서는 평범하지 않는 구석을 전혀 찾아볼 수 없었다. 그는 근처 훈련지에서 마을로 잠시 쉬러 나오는 수천 명의 군인들 중 하나에 불과했다. 그러나 '블루 문'의 어두운 조명 속에서 그 군인의 눈을 가만히 들여다보고 있으니, 그녀는 자기가 평소와는 다른 눈으로 상대를 보고 있다는 사실을 깨달았다.

그날 아침 처음으로 F. 재스민은 선망의 시선으로 병사를 보고 있지 않았다. 그는 어쩌면 뉴욕이나 캘리포니아에서 왔을지도 몰랐다. 그러나 그날 아침 그녀는 그것을 딱히 부러워하지 않았다. 그는 앞으로 영국이나 인도로 갈지도 몰랐다. 하지만 그것 역시 부럽지 않았다. 어수선한 봄과 미칠 듯한 여름 동안 그녀는 병사들을 괴로운 마음으로 바라보고 있었다. 그들은 왔다가 가는 사람들이고, 그녀는 언제까지나 이 마을에 매여 있는 사람이었기 때문이다. 하지만 다음 날 결혼식을 앞둔 지금, 모든 것은 변해 있었다. 군인의 눈을 들여다보는 그녀의 눈에서 선망이나 결핍의 기색은 깨끗이 지워져 있었다. 대신 거기에는 우연히 만난 전혀 모르는 사람과 자기 사이에 느껴지는 뭐라 설명할 수 없는 유대감이 있었는데, 그 외에도 또 다른 종류의 인식 같은 것이 생겨나 있었다. F. 재스민은 그와 자기가 우호적이고 자유로운 여행자이며, 어딘가로 이동하는 도중 일시적으로 이곳에서 쉬면서 잠시 특별한 시선을 교환하고 있다는 느낌을 품게 되었다. 두 사람은 오랫동안 서로를 보고 있었다. 선망의 무게가 제거되자 F. 재스민은 마음의 평안을 얻었다. '블루 문'은 조용했고, 그녀가 말한 결혼식 이야기는 희미한 메아리로 아직 남아 있는 것처럼 느껴졌다. 그렇게 동료 여행자로서 오랫동안 시선을 나눈 뒤 먼저 얼굴을 돌린 쪽은 군인이었다.

"그래." F. 재스민은 잠시 후 딱히 누구를 향해서랄 것도 없이 말했다. "그건 아주 기묘한 느낌이 드는 거야. 뭐랄까, 이 마을에 쭉 머문다면 반드시 하게 될 모든 것을 해치워야 할 것 같은 기분이 드는 거지. 오늘 하루만이 아니라 말이야. 자, 이제 가야겠어. 아디오스." 그녀는 포르투갈인을 향해 마지막 말을 던지고, 동시에 멕시칸 모자(그녀는 전날까지 여름 내내 그 모자를 쓰고 있었다)를 집어 들기 위해 자동적으로 손을 뻗었다. 하지만 거기에는 아무것도 없었기 때문에 동작은 힘을 잃고 손은 갈 곳을 잃고 말았다. 그녀는 재빨리 머리를 긁으며 마지막으로 군인을 슬쩍 본 뒤 '블루 문'을 나섰다.

그날 아침은 지금까지 알고 있던 다른 모든 아침과 달랐다. 거기에는 몇 가지 이유가 있었다. 물론 첫째로 결혼식 이야기를 해야 했다는 것을 들 수 있다. 꽤 옛날이야기지만, 프랭키 시절의 그녀는 어떤 게임을 하면서 마을을 돌아다니기를 좋아했다. 잔디가 깔린 정원을 가진 집이 늘어선 북쪽 거리에서 영락한 사탕수수

공장, 그리고 흑인들이 사는 슈거빌까지, 그녀는 거침없이 돌아다녔다. 멕시칸 모자를 쓰고 발목 위까지 끈을 묶는 부츠를 신은 뒤 카우보이 밧줄을 허리에 감고서 마치 멕시코인이 된 것처럼. 미, 노, 스피크, 잉글리시. 아디오스, 부에노스 노체스. 아블라, 포키, 피키, 푸, 라고 아무렇게나 멕시코 말을 지껄이면서. 때때로 어린 애들이 주위에 모여들면 프랭키는 모두를 잘 속여 넘겼다는 생각에 득의양양해 했다. 그러나 그런 게임을 마치고 집으로 돌아오면 어쩐지 속은 것 같은, 채워지지 않는 기분이 엄습했다. 그날 아침 그녀는 문득 멕시코인 흉내를 내며 기뻐했던 옛날 일을 떠올렸다. 그리고 당시와 같은 몇몇 장소에 가 보았다. 거기에 있는 사람들은—대부분이 모르는 사람들이었지만—예전과 변함이 없었다. 하지만 그날 아침에는 사람들을 속이거나 뭔가를 흉내 낼 기분이 들지 않았다. 그러기는커녕 그녀는 남들이 자신을 있는 그대로 인정해 주길 바라는 마음이 들었다. 자기를 알아주길 바라는 마음이나 인정받고 싶은 욕구의 필요성은 아주 강력한 것이었기 때문에, F. 재스민은 무시무시하게 내리쬐는 햇빛과 숨이 막힐 듯한 먼지 속에서, 마을 여기저기를 몇 마일이나 돌아다니고 있다는 사실을 (적어도 5마일은 걸었을 것이다) 완전히 잊고 있었다.

그날에 관한 두 번째 사실은 그때까지 잊고 있던 음악이 갑자기 머릿속에 솟아오른 것이었다. 오케스트라가 연주하는 미뉴에트와 행진곡과 왈츠, 혹은 허니 브라운의 재즈 색소폰 같은 여러 가지 음악의 조각들. 에나멜가죽 구두를 신은 그녀의 발은 항상 그런 곡에 맞춰 스텝을 밟으며 걷고 있었다. 그날 아침이 평소와 달랐던 마지막 이유는 서로 다른 세 부분이 겹치면서 자신의 세계가 이루어진 듯이 보인 것이었다. 지금까지 프랭키로 살아온 12년의 세월, 오늘이라는 그날, 그리고 JA라는 똑같은 이니셜을 가진 세 사람이 함께 멀리 떨어진 여러 장소에 가게 될 앞으로의 날들 말이다. 길을 걷는 동안, 그녀는 먼지를 뒤집어쓴 채 굶주린 눈을 한 옛 프랭키의 망령이 조금 떨어진 곳에서 말없이 터벅터벅 걷고 있는 것처럼 느껴졌다. 결혼식 이후의 미래에 대한 생각이 머리 위 하늘처럼 끝없이 펼쳐져 있었다. 그리고 그날 하루도 오랜 과거나 앞으로의 빛나는 미래와 똑같이 중요하게 여겨졌다. 마치 스윙도어에 경첩이 중요한 것과 마찬가지로. 과거와 미래가 뒤섞인 하루이기 때문에, F. 재스민은 그날이 길고 색다른 하루가 되리라는 것을 조금도 의심하지 않았다. 말로는 잘 표현할 수 없지만, F. 재스민이 마음속으로 그날 아침을 지금까지 체험한 다른 어떤 아침과도 다르다고 느낀 데는 주로 그런 이유가 있었다. 또한 이런 모든 사실과 느낌을 뛰어넘어, 진짜 나를 알아줬으면 좋겠다는, 인정받고 싶다는 절실한 마음이 있었다.

메인 스트리트 근처 마을의 북쪽, 나무 그늘이 있는 길을 따라 그녀는 걸었다. 레이스 커튼이 달린 하숙집이 줄지어 늘어선 곳이었다. 하숙집 포치 난간 너머에는 인적 없는 빈 의자만 있었는데, 잠시 후 어떤 부인이 프런트 포치를 빗자루로 쓸고 있는 모습이 눈에 띄었다. F. 재스민은 이 사모님에게 처음에는 날씨 이야기를 좀 하고 자신의 계획에 대해 이야기했는데, '블루 문' 카페의 포르투갈인이나 그날 만나게 될 다른 모든 사람에게 그랬던 것처럼, 결혼식에 대한 이야기는 확실히 정해진 시작과 끝을 갖고 있었다. 마치 시작과 끝이 정해진 노래처럼.

처음 이야기를 시작했을 때, 그녀의 마음에 갑자기 정숙함이 찾아들었다. 몇 개의 이름을 말하고 계획을 밝힐수록, 기분이 점점 고양되고 경쾌해지면서 마지막에는 만족감이 뒤따랐다. 한편 사모님은 빗자루에 기댄 채 이야기를 듣고 있었다. 그녀의 등 뒤로 열린 현관문 사이로 계단이 보였다. 왼쪽에는 편지를 두는 테이블이 있고, 어두운 안쪽에서는 무청을 삶는 뜨겁고 진한 향기가 풍겨왔다. 그 울렁이는 냄새와 어둑어둑한 현관이 F. 재스민의 기쁨과 뒤섞이면서 그녀는 부인의 눈을 들여다보며 진심으로 좋아할 수 있었다. 상대방의 이름조차 모르긴 했지만.

사모님은 아무 이의를 제기하지 않았고 비난도 하지 않았다. 한마디도 하지 않았다. 그녀는 F. 재스민이 발길을 돌려서 떠나려고 하자 드디어 입을 열었다. "아이고 깜짝이야"라고. 그러나 F. 재스민은 이미 경쾌한 밴드 음악에 맞춰 발걸음도 가볍게, 서둘러 앞으로 가고 있었다.

나무 그늘이 드리운 잔디밭 근처에서 옆길로 빠진 그녀는 도로 공사를 하고 있는 몇 명의 남자들과 마주쳤다. 녹아내린 타르와 뜨거운 자갈의 후텁지근한 냄새, 윙윙거리는 트랙터 소리가 주변 공기를 요란하게 뒤흔들고 있었다. F. 재스민이 자기 계획을 이야기하려고 고른 상대는 트랙터를 운전하는 남자였다. 옆으로 달려간 그녀는 남자의 그을린 얼굴을 잘 보기 위해 고개를 돌렸다. 목소리가 상대방에게 잘 들리도록 입가에 손을 대고 확성기처럼 만들었다. 그래도 목소리가 전해지고 있는지 확신할 수가 없었다. 왜냐하면 이야기가 끝났을 때 남자가 소리 내어 웃으며 그녀를 향해 뭐라고 소리쳤는데, 무슨 말을 하는지 하나도 알아듣지 못했기 때문이다. 이렇게 시끄럽고 활기찬 장소는 F. 재스민이 프랭키의 망령을 가장 확실히 볼 수 있는 곳이었다. 프랭키는 떠들썩한 곳 주변을 어슬렁거리며 커다란 타르 덩어리를 씹어대고, 점심시간에는 근처로 다가가 도시락이 열리기를 지켜보곤 했었다. 도로 공사 현장 근처에는 크고 멋진 오토바이가 서 있었다. 발걸음을 옮기기 전에 F. 재스민은 그것을 찬찬히 감상한 뒤, 넓은 가죽 시트에 퉤, 하고 침을 뱉어 주먹으로 정성껏 문질렀다. 그녀는 마을 외곽 부근의 고급 주택가에 도착했다. 벽돌로 지은 새집들이 늘어

서 있고, 집과 보도 사이에는 화단이 조성되고, 포장된 진입로에
는 자동차가 주차된 곳이었다. 그러나 고급 주택가일수록 길에서
마주치는 사람들은 줄어들었다. 그래서 F. 재스민은 방향을 바꿔
마을 중심가로 돌아갔다. 태양은 달궈진 쇠뚜껑처럼 그녀의 머리
위에 떠 있고 슬립은 가슴에 찰싹 달라붙었다. 오건디 드레스마저
땀에 젖어 몸 이곳저곳에 엉겨 붙었다. 행진곡은 점점 작아지면서
꿈결 같은 바이올린 곡으로 바뀌고, 그에 따라 그녀의 발걸음도
어슬렁어슬렁 느려졌다. 그런 류의 음악에 맞춰 그녀는 마을 반대
쪽으로 걸어갔다. 메인 스트리트와 제당 공장을 지나 공장 지구의
구불구불한 회색 도로 쪽으로 향했다. 자욱한 먼지와 초라한 회색
오두막으로 북적이는 이곳이라면 결혼식 이야기를 할 수 있는 상
대는 더 쉽게 발견될 터였다.

(이렇게 돌아다니는 사이, 때때로 그녀의 머릿속 저편에서 사소한 대화
같은 것이 희미하게 들려왔다. 그것은 베레니스의 목소리였다. 이날 아침 일
어난 일을 알았을 때 그녀가 할 것 같은 말이었다. 온 마을을 쏘다녔단 말이
지, 라고 목소리가 말했다. 모르는 사람에게 말을 걸면서 돌아다녔다니! 지
금까지 살면서 그런 바보 같은 이야기는 들은 적이 없어! 베레니스의 목소리
는 이런 식으로 들려왔지만, 특별한 인식 없이 그대로 지나쳐 갔다. 파리의
윙윙거리는 날개 소리처럼)

공장 지구의 초라한 골목과 꼬불꼬불한 길에서 벗어난 그녀는

보이지 않는 한 선을 넘었다. 그것은 슈거빌과 백인 마을을 사이에 둔 경계선이었다. 슈거빌에는 공장 지구와 마찬가지로 오두막집(임시 가옥) 두 채와 썩은 야외 변소가 이어져 있었는데, 둥글게 다듬은 울창한 향나무가 그곳에 단단히 그림자를 드리우고, 몇몇 포치 위에는 화분 속 고사리가 시원스럽게 늘이져 있었다. 그곳은 그녀가 잘 아는 지역이었다. 길을 걸으며 그녀는 그곳의 몇몇 샛길과 오랜 세월 다양한 기후 아래 익숙해진 여러 모습을 떠올렸다. 빨래하는 여자들의 검은 무쇠솥 아래로 타오르던 오렌지색 불꽃조차 추위에 떨고 있는 듯 보이던 하얗게 얼어붙은 겨울 아침. 그리고 세찬 바람이 불던 가을밤.

그러나 그날의 여름 햇빛은 눈이 멀 정도로 눈부셨다. 그 속에서 그녀는 많은 사람들을 만나 이야기를 했다. 얼굴이나 이름을 아는 사람도 있었고, 전혀 모르는 사람도 있었다. 하지만 새로운 사람에게 이야기를 할 때마다 결혼식 계획은 점점 더 확실해졌고, 결국에는 확고부동한 것이 되었다. 열한 시 반이 될 무렵 그녀는 완전히 지쳐 있었다. 머릿속에 흐르던 음악마저 힘을 잃었고, 진정한 나 자신을 인정받고 싶다는 욕구는 일단 채워진 뒤였다. 그래서 그녀는 출발 지점으로 돌아가기로 했다. 눈부시게 빛나는 보도가 뜨겁게 타오르며 하얗게 반사되는, 인적조차 드문 메인 스트리트로.

마을로 나올 때마다 그녀는 아버지의 가게 앞을 지나갔다. 아버지의 가게는 '블루 문'과 같은 블록에 있었다. 그러나 메인 스트리트에서 두 집밖에 떨어져 있지 않아 위치로는 훨씬 더 뛰어났다. 가게는 길고 가느다란 외양으로, 고가의 보석이 벨벳 상자에 든 채 진열창에 진열되어 있었다. 진열창 너머로는 아버지의 작업대가 있어, 길을 걸으면서 그곳에서 일하는 아버지를 볼 수 있었다. 작은 시계 위로 고개를 숙인 채, 나비처럼 섬세하게 움직이는 갈색 손. 마을에서 아버지는 유명하다고 해도 좋을 존재였다. 모두가 그 모습과 이름을 알고 있었다. 그러나 아버지는 그것을 자랑스럽게 생각하진 않아서, 길을 가다 멈추고 자기를 바라보는 사람이 있어도 결코 고개를 들지 않았다. 그러나 그날 아침 아버지는 작업대 앞에 있지 않았다. 카운터 안에서 접혀 있던 셔츠 소매를 내리고 웃옷을 걸친 뒤 밖으로 나가려고 하는 것 같았다.

길고 가느다란 유리 진열장에는 보석과 시계, 은 세공품들이 눈부시게 빛나고, 가게 안은 시계를 수리하기 위한 등유 냄새가 났다. 아버지는 코끝에 맺힌 땀을 집게손가락으로 닦고는 난감한 듯이 코를 쓱쓱 문질렀다.

"아침부터 도대체 어딜 갔던 게냐? 네가 보이지 않는다고 베레니스가 두 번이나 연락을 했어."

"내내 마을을 돌아다녔어." 그녀가 말했다.

그러나 아버지는 듣고 있지 않았다. "이제부터 펫 아주머니 댁에 갈 참이야." 그가 말했다. "오늘 아주머니 댁에 슬픈 소식이 왔단다."

"무슨 슬픈 뉴스?" F. 재스민이 물었다.

"찰스 아저씨가 돌아가셨어."

찰스 아저씨는 존 헨리 웨스트의 큰할아버지였다. 그녀와 존 헨리는 친사촌이지만, 찰스 아저씨와 그녀 사이에는 혈연관계가 없다. 그는 21마일 떨어진 렌플로 로드의, 붉은 목화밭으로 둘러싸인 빛바랜 목조 컨트리 하우스에 살았다. 상당한 고령으로, 꽤 예전부터 병을 앓고 있었다. 사람들은 그의 한쪽 발이 이미 무덤에 들어가 있는 거나 마찬가지라고 말했다. 항상 침실용 슬리퍼를 신고 있던 그는 이제 이 세상에 없었다. 하지만 그건 결혼식과는 무관한 일이었다. 그래서 F. 재스민은 "불쌍한 찰스 아저씨, 안됐네"라고 말한 게 전부였다.

아버지는 가게를 둘로 나누는, 시큼한 냄새가 나는 잿빛 벨벳 커튼 안쪽으로 들어갔다. 커튼 앞은 입구에서 가까운 넓은 점포에 해당하고, 커튼 안쪽은 좁고 먼지가 많은 사적인 공간이었다. 안쪽에는 음료수 냉각기와 상자가 진열된 선반이 있고, 밤에 도둑이 가져가지 못하게 다이아몬드 반지를 넣어 두는 커다란 철제 금고가 있었다. F. 재스민은 커튼 너머로 아버지가 바스락거리며 움직이는 소리를 들었다. 그리고 조심스럽게 진열창 앞에 있는 작업대에 앉았다. 초록색 깔개 위에는 분해된 시계 부품들이 나란히 놓여 있었다.

그녀 안에도 시계공의 피가 강하게 흐르고 있어서, 프랭키 시절의 그녀는 아버지의 작업대에 앉는 것을 매우 좋아했다. 보석 세공용 확대경이 달린 아버지의 안경을 쓰고, 자못 바쁘다는 듯이 얼굴을 찌푸리며 시계 부품을 등유에 적시곤 했다. 그녀는 선반 앞에서도 일했다. 길에서 시간을 죽이던 이들이 그녀를 보기 위해 진열창 앞에 모일 때도 있었다. 그럴 때면 그녀는 그들이 이렇게 말하는 것을 상상하곤 했다.

"프랭키 아담스는 아버지 가게에서 일하면서 일주일에 15달러를 받는대. 그녀는 가장 어려운 시계를 수리하고 아버지와 함께 우드맨 오브 더 월드 클럽에 나가. 저것 봐, 그녀는 집안의 자랑이자 마을 전체의 큰 자랑거리야." 까다로운 표정을 지은 채 분주하게 시계에 매달리면서, 그녀는 머릿속으로 그런 대화를 상상하곤 했다. 하지만 오늘은 깔개 위에 펼쳐진 시계 부품을 보면서도 보석 세공용 확대경을 쓰지는 않았다. 찰스 아저씨가 돌아가신 일에 대해, 뭔가 좀 더 말해야 할 것 같은 기분이 들었기 때문이다.

아버지가 커튼 안에서 나왔을 때 그녀는 말했다. "찰스 아저씨도 예전에는 지도자적인 입장에 있는 시민이었어. 이 지역 전체에 큰 손실이 될 거야."

하지만 그 발언은 딱히 아버지를 감탄하게 만든 것 같지 않았다. "집에 가거라. 베레니스가 네 행방을 찾아 여기저기 전화를 걸었거든."

"있지, 결혼식에 입을 드레스를 사도 된다고 했던 거 기억나? 스타킹이랑 구두도."

"맥두걸 상점에서 외상으로 사 두려무나."

"어째서 늘 맥두걸 상점에서 쇼핑을 해야 하는 거지? 이 지역 가게라는 이유만으로 말이야." 그녀는 문을 나서면서 불평을 쏟아냈다. "이제부터 내가 갈 곳에는 맥두걸 상점보다 백배나 큰 가게가 몇 개씩 있는데."

퍼스트 뱁티스트 교회의 종탑 시계가 열두 시를 알리고, 제당 공장에서 사이렌이 울리기 시작했다. 거리는 깊은 밤에 빠진 것처럼 고요에 휩싸여 있었다. 풀이 무성한 중앙 분리대를 향해 비스듬히 주차된 차마저 잔뜩 지쳐 잠이 든 것처럼 보였다. 점심 식사 때 밖으로 나온 몇몇 사람들은 차양 텐트가 드리우는 퉁명스러운 그림자 밖으로 나가지 않고 있었다. 태양은 하늘색을 앗아가고, 벽돌로 지은 가게는 격렬한 태양빛 아래 오그라들어 거무스름하게 보였다. 한 건물 꼭대기에는 앞으로 뻗은 장식 처마가 달려 있었는데, 멀리서 보면 마치 벽돌로 지은 건물 자체가 녹아내리는 것처럼 불길한 인상을 주었다. 그런 정오의 고요함 속에서, 그녀는 다시 원숭이 곡예사의 풍금 소리를 들었다. 그 소리가 들리면 그녀의 발은 항상 자석에 이끌리듯이 자연스럽게 그쪽을 향하곤 했다. 이번에야말로 그들을 찾아내서 작별 인사를 해야 한다.

F. 재스민은 서둘러 길을 걸으며 마음의 눈으로 두 사람을 보고 있었다. 그리고 그들이 자기를 기억하고 있을까 생각했다. 프랭키는 항상 그 원숭이와 원숭이 곡예사를 좋아했다. 그들은 서로 몹시 닮아 있었다. 둘 다 얼굴에 질문을 던지는 듯 걱정스러운 표정을 짓고 있었다. 마치 항상 "우리가 하는 게 틀린 건 아닐까"라고 걱정하는 것처럼. 실제로 원숭이가 하는 일은 대부분 틀려 있었다. 원숭이는 곡에 맞춰 춤을 춘 뒤 작고 귀여운 모자를 벗어 손에 들고 청중 사이를 돌아다녀야 했는데, 종종 이를 착각해서 인사를 한 뒤 모자를 청중이 아니라 원숭이 곡예사를 향해 내밀었다. 원숭이에게 애원하던 곡예사는 결국 툴툴거리며 알 수 없는 불평을 하곤 했다. 그가 때리려는 시늉을 하면, 원숭이는 몸을 움츠리고 마찬가지로 툴툴거리며 불평을 했다. 그리고 그들은 똑같이 겁먹은 듯 초조한 표정을 지으며 서로를 바라보는 것이었다. 주름진 두 얼굴은 몹시 서글퍼 보였다. 한참 동안 그들을 구경한 뒤로, 프랭키 시절의 그녀는 그들에게 완전히 매료돼 뒤따라 다니면서 그들과 같은 표정을 짓게 되었다. 그리고 지금 F. 재스민은 무슨 일

이 있어도 그들을 만나야 한다고 생각했다.

그녀는 엇나간 박자의 풍금 소리를 똑똑히 들었다. 하지만 그 것은 메인 스트리트에서 들려온 것이 아니었다. 그 앞쪽, 아마 다음 블록 모퉁이를 돌아서 보이는 어딘가였다. F. 재스민은 발걸음을 서둘러 그곳으로 향했다. 모퉁이에 가까워질수록 또 다른 소리가 들려와 호기심을 자극하자, 그녀는 멈춰 서서 귀를 기울였다. 마치 풍금 소리를 제압하듯이, 시비를 거는 듯한 남자의 목소리와 흥분해서 항의하는 원숭이 곡예사의 날카로운 목소리가 들려왔다. 원숭이까지 아우성을 치고 있는 듯했다. 그러더니 갑자기 풍금 소리가 멈추고 두 개의 다른 목소리가 커지면서 미친 듯이 중첩되기 시작했다. F. 재스민은 모퉁이에 도착했다. 그곳은 시어스 앤 로벅 상점의 모퉁이였다. 천천히 상점을 지나 모퉁이를 돈 그녀는 자기도 모르게 눈을 부릅떴다.

그곳은 프런트 애버뉴로 내려가는 좁은 언덕길로, 강렬하게 빛나는 태양 탓에 눈이 부신 그 길에 원숭이와 원숭이 곡예사가 있었다. 그리고 한 군인이 지폐 다발을 꼭 쥔 손을 내밀고 있었다. 얼핏 봐도 100달러는 되는 것 같았다. 병사는 화가 난 것 같았고, 원숭이 곡예사도 흥분한 듯 얼굴이 하얗게 질려 있었다. 두 사람은 말다툼을 하고 있었고, F. 재스민이 볼 때 병사는 원숭이를 사고 싶어 하는 것 같았다. 문제의 원숭이는 시어스 앤 로벅 상점의 벽돌로 된 벽에 기댄 채, 몸을 숙이고 떨고 있었다. 더운 날씨에도 원숭이는 은색 단추가 달린 작고 빨간 상의를 입고 있었고, 무섭고 절박해 보이는 작은 얼굴은 재채기를 하려는 사람과 비슷한 표정을 하고 있었다. 비참하게 몸을 떨면서, 원숭이는 누구에게랄 것도 없이 인사를 계속하며 허공에 모자를 내밀고 있었다. 원숭이는 오가는 고성이 자기 때문이라는 걸 알고, 그로 인해 자기를 비난하고 있다고 느끼는 듯했다.

F. 재스민은 가까이에 서서 소동의 내용을 알아내려고 귀를 기울였다. 그때 갑자기 군인이 원숭이의 목에 걸린 쇠사슬을 움켜쥐었다. 그리고 그녀가 무슨 일이 벌어졌는지 알아차릴 틈도 없이, 날카로운 소리를 지르던 원숭이가 재빨리 프랭키의 다리와 몸을 타고 올라와 어깨 위에 웅크려 앉더니 조그만 두 손으로 그녀의 머리를 감싸 쥐었다. 그것은 순식간에 일어난 일로, 충격을 받은 그녀는 꼼짝도 할 수 없었다. 두 사람의 목소리는 멈췄고, 의미를 알 수 없는 원숭이 울음소리를 제외하면, 길은 찬물을 끼얹은 듯이 조용해졌다. 군인은 깜짝 놀란 듯 멍한 표정으로, 지폐 다발을 움켜쥔 손을 여전히 내밀고 있었다.

제일 먼저 정신을 차린 것은 곡예사였다. 그가 부드러운 목소리로 원숭이를 불렀다. 그러자 원숭이가 그녀의 어깨에서 내려와 곡예사가 짊어진 풍금 위로 올라갔다. 그리고 둘은 그 자리를 떠났다. 그들은 서둘러 모퉁이를 돌았는데, 모퉁이를 돌기 직전 똑같은 표정으로 나란히 이쪽을 돌아보았다. 마치 나무라는 듯한, 험상궂은 표정이었다. F. 재스민은 벽돌로 된 벽에 기댄 채 아직도 원숭이의 무게를 어깨에 느끼고 있었다. 먼지투성이의, 후텁지근한 냄새도 맡을 수 있었다. 군인은 둘의 모습이 보이지 않게 될 때까지 투덜거리고 있었다. F. 재스민은 그제야 그가 빨강 머리라는 것, 그리고 '블루 문'에 있던 군인이라는 것을 깨달았다. 그가 달러 지폐 다발을 주머니에 쑤셔 넣었다.

"저 원숭이는 정말 귀여워요." F. 재스민이 말했다. "하지만 그런 식으로 몸을 타고 올라오니 뭔가 엄청 이상한 기분이 드네."

군인은 그제야 처음으로 그녀의 존재를 알아챈 것 같았다. 그의 표정이 점점 달라졌다. 성난 표정이 사라져 갔다. 그가 F. 재스민을 위아래로 훑어보았다. 머리 꼭대기에서 단벌 오건디 드레스로, 그리고 그녀가 신고 있는 검정 펌프스까지.

"당신은 정말 그 원숭이 갖고 싶었나 봐요." 그녀가 말했다. "저도 항상 원숭이가 갖고 싶었죠."

"뭐라고?" 그가 물었다. 마치 혀가 펠트 천이나 엄청 두꺼운 압지로 만들어진 듯 목소리가 둔했다. "그래서 우리는 어디로 가는 거지? 당신이 내가 가는 쪽으로 오든가, 아니면 내가 당신이 가는 쪽으로 갈까?"

F. 재스민은 그런 전개를 예상하지 못했다. 그 군인은 동료 여행자처럼 여행지에서 우연히 만난 다른 여행자와 함께하려는 것이었다. 순간적이지만, 그녀는 예전에 그 말을 어디선가 들은 적이 있다는 느낌이 들었다. 아마도 영화 속 대사일 것이다. 따라서 정해진 대사에 걸맞은 정해진 대답이 있을 터였다. 하지만 기존의 대사를 몰랐던 그녀는 신중하게 대답했다.

"당신은 어디로 갈 건데요?"

"자, 잡아 봐"하고 그가 팔꿈치를 내밀었다.

정오의 햇살 아래 그림자를 드리우면서, 두 사람은 길을 걸었다. 그날 그녀에게 말을 걸고 함께 가자고 말해 준 사람은 그 병사뿐이었다. 그러나 결혼식 이야기를 하려고 했을 때, 그녀는 거기에 뭔가가 빠진 느낌이 들었다. 그녀는 아침부터 온 마을을 돌며 많은 사람들에게 자기 계획을 이야기했기 때문에, 어쩌면 약간 마음이 진정됐을 수도 있었다. 아니면 사실은 군인이 다른 사람의 이야기를 듣고 있지 않다는 사실을 감지했을지도 모른다. 그는 곁눈질로 그녀의 핑크색 오건디 드레스를 보고 있었는데, 입가에는 엷은 미소가 걸려 있었다. F. 재스민은 아무리 노력해도 군인의 속도에 맞춰 걸을 수가 없었다. 왜냐하면 그는 두 다리가 몸에 느슨하게 달라붙은 것처럼 제멋대로 걷고 있었기 때문이다.

"괜찮으면 어느 주에서 왔는지 가르쳐 줄래요?" 그녀는 정중한 말투로 물었다.

대답이 돌아오기 전, 순간적으로 그녀의 머리는 바쁘게 움직이면서 할리우드일까, 뉴욕일까, 메인일까, 마음껏 상상의 나래를 펼쳤다. 병사가 대답했다. "아칸소야."

아칸소는 미연방의 48개 주 중에서 그녀가 별다른 내력을 못 느끼는, 대단히 드문 주의 하나였다. 그러나 풀 죽은 그녀의 상상력은 금세 반대로 방향을 틀었다.

"이제 어디로 가요?"

"그냥 이리저리 돌아다니고 있을 뿐이야." 군인이 말했다. "3일 동안 외출 허가를 받아서 자유의 몸이거든."

그는 질문의 의미를 착각하고 있었다. 왜냐하면 그녀는 세계 어느 나라로 가게 될지 모르는 군인에게 어디로 파병될지를 질문했기 때문이다. 그녀가 질문의 뜻을 설명하기도 전에 그가 말했다.

"저 모퉁이를 돌면 근처에 내가 묵는 호텔 같은 게 있어." 그리고 다시 그녀의 드레스에 달린 주름진 옷깃을 쳐다보며 덧붙였다. "너를 어디선가 본 것 같은 기분이 들어. 혹시 '아이들 아워'에 춤추러 갔었니?"

두 사람은 프런트 애버뉴를 걸었다. 거리는 이제 토요일 오후의 분위기를 내고 있었다. 생선 가게가 있는 건물 2층 창가에서는 한 여자가 금발 머리를 말리면서 그 아래로 걸어가는 군인 두 명에게 말을 걸고 있었다. 마을의 명물인 거리의 전도사는 길모퉁이에 서서 설교를 하고 있었다. 그러나 F. 재스민의 머리는 주위에서 일어나고 있는 일에 신경 쓸 여력이 없었다. 군인이 말한 춤과 '아이들 아워'에 대한 언급은 이야기에 나오는 마술 지팡이처럼 그녀의 심금을 울렸다. 그녀는 그때 처음으로 자신이 군인과 둘이서 걷고 있다는 사실을 깨달았다. 그는 몰려다니며 길에서 즐겁게 소란을 떨거나 여자들을 데리고 걷던 무리의 한 사람인 것이다. 프랭키가 잠든 사이에, '아이들 아워'에서 춤을 추며 즐거운 시간을 보내는. 그녀는 에블린 오웬스를 제외하고 그 누구와도 춤을 춘 적이 없고, '아이들 아워'에는 발을 들여놓은 적조차 없었다.

그런데 지금 F. 재스민은 군인 한 명과 나란히 걷고 있었고, 그는 정체를 알 수 없는 즐거움 속에 그녀를 밀어 넣고 있었다. 그러나 그녀가 그 일로 인해 그저 득의양양하기만 한 건 아니었다. 거기에는 뭔가 알 수 없는, 말로는 표현할 수 없는 의구심이 있어서 그녀를 불안하게 했다. 한낮의 공기는 뜨거운 시럽처럼 끈끈했다. 그리고 거기에는 방적 공장의 염색 실이 내뿜는 숨 막히는 냄새도 섞여 있었다. 원숭이 곡예사의 풍금 소리가 메인 스트리트 쪽에서 희미하게 들려왔다.

군인이 발길을 멈췄다. "여기가 호텔이야." 그가 말했다.

두 사람은 '블루 문' 앞에 와 있었다. 그것을 호텔이라고 부르는 소리를 듣고 F. 재스민은 깜짝 놀랐다. 그때까지는 단순한 카페라고 생각했기 때문이다. 그녀를 위해 철망문을 밀면서 병사의 몸이 흔들리는 모습을 그녀는 눈여겨보았다. 눈부신 햇빛 속에 있다가 가게로 들어가니 시야가 새빨개지면서 아무것도 보이지 않았고, 잠시 후에는 새까매졌다. 푸른 불빛에 눈이 익숙해지기까지는 다소 시간이 걸렸다. 그녀는 군인을 따라 오른쪽에 나란히 있는 부스석 중 하나에 앉았다.

"맥주가 좋겠지." 군인은 딱히 대답을 요구하지도 않고 말했다. 마치 그게 당연하다는 듯이.

F. 재스민은 맥주 맛을 좋아하지 않았다. 몇 번 아버지 잔을 뺏어 마신 적이 있는데, 입이 휘어질 것 같았다. 하지만 병사는 그녀에게 선택의 여지를 주지 않았다. "응, 그거면 돼." 그녀는 말했다. "고마워요."

그녀는 지금까지 종종 호텔에 대해 생각했고 연극 속에 등장시킨 적도 있지만, 실제로 호텔에 발을 들여놓은 것은 이번이 처음이었다. 그녀의 아버지는 몇 차례 호텔에 묵은 적이 있어서, 한번은 몽고메리 호텔에 비치된 작은 비누 두 개를 갖고 오기도 했다. 그녀는 그것을 소중히 간직해 두었다. 그녀는 새로운 호기심을 느끼며 '블루 문' 안을 둘러보았다. 그러자 갑자기 아주 새침한 기분이 들어 부스석 테이블 앞에서 드레스를 세심하게 정돈했다. 파티나 교회 모임 때 스커트 주름이 망가지지 않도록 조심하듯이. 그녀는 몸을 꼿꼿이 세워 앉고, 새침한 표정을 지었다. 하지만 아무리 봐도 '블루 문'은 진짜 호텔이라기보다는 단순한 카페로밖에 보이지 않았다. 애처롭고 창백한 얼굴의 포르투갈인은 보이지 않고, 대신 반짝이는 금니를 가진 뚱뚱한 여성이 카운터에 서서 군인에게 웃으며 맥주를 따랐다. 안쪽 계단은 2층에 있는 호텔 방으로 통하는 것 같았다. 계단에는 리놀륨이 깔려 있고, 파란색 네온등이 이를 비추고 있었다. 라디오에서는 시엠송의 멋진 코러스가 들려왔다. 덴틴 츄잉껌! 덴틴 츄잉껌! 덴틴 츄잉껌! 맥주 냄새를 풍기는 공기는 그녀로 하여금 벽 뒤에 쥐가 죽어 있는 방을 떠올리게 했다. 병사는 맥주잔 두 개를 들고 부스석으로 돌아왔다. 그러고는 손 위로 쏟아진 거품을 혀로 핥더니 그 손을 바지 엉덩이에 닦았다. 그가 자리에 앉자 F. 재스민은 지금까지 한 번도 낸 적 없는 목소리로 말했다. 콧소리가 섞인 하이 톤의 목소리로, 우아하고 품위 있게.

"이건 정말 두근거리는 일 아닌가요? 우린 이렇게 같은 테이블에 앉아 있어요. 하지만 한 달 후에 우리가 어디에 있을지, 그건 아무도 알 수가 없단 말이죠. 군대는 당장 내일이라도 당신을 우리 오빠처럼 알래스카로 보낼지 몰라요. 아니면 프랑스나 아프리카, 미얀마로 보낼 수도 있겠죠. 그리고 나 역시 어디에 있을지 짐작도 가질 않아요. 가능하다면 우리는 얼마 동안 알래스카에 가도 좋을 것 같다는 생각이 들어요. 그리고 어딘가 다른 곳으로 가는 거예요. 파리가 해방됐다면서요? 전쟁이 당장 다음 달에라도 끝나는 게 아닐까요?"

잔을 들어 올린 군인은 머리를 뒤로 젖히며 맥주를 들이켰다. 지독한 맛이긴 했지만, F. 재스민도 몇 모금 홀짝거려 봤다. 그날 그녀는 세상을 뿔뿔이 흩어져 금이 가고, 시속 1,000마일로 빙글빙글 회전하는 구체로 보지 않았다. 그래서 전쟁이나 먼 곳의 어지러운 광경이 그녀의 머리를 어지럽히는 일도 없었다. 지금까지 세상이 이렇게 가깝게 느껴진 적은 없었다. '블루 문'의 부스석에서 테이블을 사이에 두고 군인과 마주하고 있으니, 갑자기 그녀와 오빠와 신부, 이렇게 셋이서 알래스카의 차가운 하늘 아래를 걷고 있는 광경이 눈앞에 떠올랐다. 그곳은 단단하게 뭉친 초록색 얼음이 파도처럼 밀려와 해변을 뒤덮고 있었다. 그들은 햇빛이 내리쬐는 빙하 위로 올라갔다. 은은한 푸른빛이 빙하를 관통하고 있었고, 세 사람은 밧줄 하나로 서로의 몸을 묶었다. 다른 빙하에서 건너온 친구들이 알래스카어로 JA를 이니셜로 하는 그들의 이름을 불렀다. 이어서 그녀는 세 사람을 아프리카에서 보았다. 시트 같은 천을 몸에 두른 수많은 아랍인들과 함께 모래가 섞인 바람을 맞으면서, 낙타를 탄 그들은 빠르게 앞으로 나아갔다. 미얀마에는 어두운 정글이 있었는데, 그녀는 그것을 〈라이프〉지 사진으로 본 적이 있었다. 결혼식 덕분에 그 먼 지역들과 세상이 손에 닿을 듯이 가까운 장소로 느껴졌다. 윈터힐에서 그곳까지가 이 마을에서 윈터힐까지처럼 느껴졌다. F. 재스민에게 다소 비현실적으로 느껴지는 건 오히려 지금이었다.

"응, 그건 정말 흥분되는 일이에요." 그녀는 한 번 더 말했다.

맥주를 다 마신 군인은 주근깨가 난 손등으로 젖은 입가를 닦았다. 그의 얼굴은 동그랗지 않았지만, 화려한 네온 불빛 때문에 불룩해 보였다. 얼굴에는 주근깨가 족히 1,000개는 나 있었다. 그녀가 군인의 외모 중에서 귀엽다고 느낀 것은 환해 보이는 빨간색 곱슬머리뿐이었다. 파란색 눈은 너무 몰려 있고, 흰자위가 다 드러나 있었다. 그는 어딘가 함축적인 표정으로 그녀를 바라보았다. 그것은 한 여행자가 또 다른 여행자를 바라보는 표정이 아니라, 비밀스러운 음모를 공유하는 사람 같은 시선이었다. 오륙 분 동안 그는 아무 말도 하지 않았다. 그리고 마침내 입을 열었지만, 그 말은 아무 의미도 갖고 있지 않았고, 그녀는 전혀 이해할 수가 없었다. 그녀의 귀에는 그가 이렇게 말한 것처럼 들렸다.

"이 귀여운 아가씨(디쉬)는 누굴까?"

테이블 위에 접시(디쉬)는 없었다. 그가 꺼낸 말에 뭔가 숨은 뜻이 있다고 느낀 그녀는 불안해졌다. 그래서 그녀는 대화의 방향을 바꾸려고 노력했다.

"우리 오빠는 육군에 있다고 아까 얘기했죠?"

그러나 군인은 듣고 있지 않은 것 같았다. "어디선가 확실히 널 만난 것 같은 기분이 드는데 말이야."

F. 재스민의 의심은 깊어졌다. 군인은 그녀를 실제보다 훨씬 연상으로 생각하는 것 같았다. 하지만 어찌된 일인지 상대방의 그런 생각이 무조건 기쁘지는 않았다. 대화를 이어가기 위해 그녀는 말했다.

"개중에는 빨강 머리를 별로 좋아하지 않는 사람도 있지만, 난 빨강 머리를 좋아해요." 그리고 오빠와 신부를 떠올리며 이렇게 덧붙였다. "짙은 갈색이나 금발도 좋지만요. 남자아이에게 곱슬머리를 주다니, 신은 쓸데없는 짓을 하시는 것 같아요. 많은 여자아이들이 불쏘시개 같은 직모로 돌아다니고 있는데 말이죠."

군인은 부스석 테이블 위로 몸을 구부린 채 계속해서 그녀를 바라보았다. 그가 손가락을 움직이기 시작했다. 세 번째 손가락과 네 번째 손가락이 테이블을 가로질러 그녀를 향해 또각또각 걸어왔다. 손가락은 지저분하고 손톱 밑은 검은 때가 껴 있었다. F. 재스민은 뭔가 이상한 일이 일어날 듯한 예감이 들었다. 마침 그때 갑자기 작은 소동이 일어났다. 군인 서너 명이 엎치락뒤치락하며 호텔로 들어온 것이다. 알 수 없는 목소리가 들리면서 스윙도어가

와당탕 소리를 냈다. 테이블을 가로지르던 군인의 손가락이 멈춰섰다. 그가 다른 군인들을 흘깃 봤을 때, 그의 눈에서 함축적인 표정이 재빨리 사라졌다.

"그 원숭이는 확실히 귀여워요." 그녀가 말했다.

"원숭이?"

의심은 뭔가 잘못됐다는 느낌으로 굳어졌다. "그러니까 좀 전에 당신이 사려고 했던 원숭이 말이에요. 도대체 어떻게 된 거죠?"

뭔가가 잘못되었고 군인은 두 주먹을 머리에 갖다 댔다. 그러고는 몸에서 힘이 빠지며 마치 쓰러지듯이 의자 등받이에 털썩 몸을 기댔다. "아아, 그 원숭이 말이군!" 그는 복잡한 목소리로 말했다. "맥주를 진탕 마시고 나서 쨍쨍 내리쬐는 햇빛 속을 걷고 있었어. 어쨌거나 밤새 마셔댔거든." 그는 한숨을 쉬었다. 그의 두 손은 테이블 위에 아무렇게나 펼쳐져 있었다. "금방이라도 지쳐 쓰러질 것 같아."

F. 재스민은 그때 처음으로 도대체 나는 이런 곳에서 뭘 하고 있는 걸까, 하는 생각이 들었다. 그리고 집으로 얌전히 돌아가는 게 좋을지도 모른다고 생각했다. 다른 군인들은 계단 옆 테이블석 주위에 모여 있고, 금니를 한 여성은 카운터 안에서 분주히 일하고 있었다. F. 재스민은 맥주를 다 마셨고, 빈 잔 안쪽에는 크림 상

태의 거품이 레이스의 선처럼 남아 있었다. 호텔의 퀴퀴하고 갑갑한 냄새가 갑자기 그녀의 기분을 묘하게 만들었다.

"이제 집에 가야겠네요. 맥주 잘 마셨어요."

그녀는 부스석에서 일어났다. 그러자 군인이 손을 뻗어 그녀의 드레스 자락을 붙잡았다. "이봐!" 그가 말했다. "그렇게 가 버릴 거 없잖아. 오늘 밤 약속을 하자. 아홉 시에 나랑 데이트하는 건 어때?"

"데이트?" F. 재스민은 머리가 커지다가 산산조각이 난 듯한 기분이 들었다. 맥주 덕분에 다리도 어딘가 이상해져 있었다. 두 다리가 아니라 네 다리를 움직여야 할 것 같은 느낌이었다. 만약에 다른 날이었다면, 누군가가(하물며 군인이) 자기에게 데이트를 신청하다니 이건 도저히 있을 수 없는 일이라고 여겼을 것이다. 데이트라는 말부터가 자기보다 훨씬 더 나이가 많은 아가씨들이 사용하는 어른스러운 말이었다. 그러나 이때도 역시 그녀의 기쁨에 찬물을 끼얹은 것이 있었다. 만약에 F. 재스민이 아직 열세 살도 되지 않았다는 사실을 안다면, 그는 그녀에게 데이트를 신청하지 않았을 거였다. 처음부터 말을 걸지도 않았을 것이다. 난처한 일이 일어날지도 모른다는 느낌이 들었다. 가벼운 불안이 엄습했다. "글쎄, 그건 좀……." "괜찮지?" 그가 강요하듯이 말했다. "아홉 시에 여기서 만나지 않을래? 그리고 '아이들 아워'나 어디 다른 곳에 가자. 그럼 됐지? 여기서 아홉 시에 만나는 거다."

"오케이." 그녀는 말했다. "기꺼이 그렇게 하죠."

그녀는 불타는 듯 달아오른 보도로 다시 나왔다. 그 분노로 가득 찬 번쩍이는 햇빛 속에 길을 걷는 사람들은 어둡게 오그라들어 보였다. 아침 같은 결혼식 기분으로 돌아가기 위해서는 다소 시간이 걸렸다. 왜냐하면 호텔 안에서 보낸 30분이 의식의 틀을 미묘하게 흩트려 놓았기 때문이다. 하지만 회복에 그리 오랜 시간은 걸리지 않았다. 메인 스트리트에 도착했을 즈음 그녀는 다시 결혼식 기분으로 돌아가 있었다. 길에서 같은 학교에 다니는 2학년 아래인 한 여자아이를 발견한 F. 재스민은 그녀를 불러 세워 결혼식 이야기를 했다. 군인에게 데이트 신청을 받은 이야기도 했다. 그 말을 하는 목소리에는 자못 자랑하는 느낌이 있었다. 그 소녀는 F. 재스민이 결혼식 때 입을 옷을 사러 가는 데 같이 가 주었다. 옷을 사는 데는 한 시간이나 걸렸다. 아름다운 드레스를 열두 벌 이상 입어 봤기 때문이다.

그러나 결혼식 기분으로 돌아간 가장 큰 이유는 집에 가는 길에 일어난 어떤 사건 때문이었다. 그것은 눈의 신비로운 착각으로, 상상의 산물이었다. 집을 향해 걷고 있을 때 갑자기 그녀는 격렬한 충격을 받았다. 마치 가슴에 칼이 콱 내리꽂혀 부들부들 떨리는 느낌이었다. F. 재스민은 한쪽 발을 들어 올린 채 그 자리에 얼어붙었다. 처음에는 도대체 무슨 일이 일어난 건지 알 수 없었다. 그녀의 뒤에 비스듬히 뭔가가 있어서, 왼쪽 눈 근처에서 반짝 빛났던 것이다. 그녀는 그 형상을 반밖에 파악할 수 없었다. 그것은 어둡고 이중으로 된 물체로, 방금 지나친 골목 안쪽에 있었다. 그리고 반만 보인 그 물체와 눈 한쪽 구석에 반짝하고 포착된 섬광 덕분에, 오빠와 신부의 영상이 갑자기 뇌리를 스쳐갔다. 톱니 모양의 번개처럼 밝은 빛 속에서 그녀는 두 사람의 모습을 봤다. 순간 두 사람이 집 거실 벽난로 앞에 나란히 서 있고, 오빠가 신부의 어깨에 팔을 두르고 있는 모습을. 그 모습이 너무나도 선명하고 강렬했기 때문에, F. 재스민은 자비스와 재니스가 실제로 골목 안에 서 있고, 그 모습이 일순 자기 시야에 들어온 것처럼 느껴질 정도였다. 그러나 두 사람이 지금 여기서 100마일 가까이 떨어진 윈터힐에 있다는 사실을 그녀는 너무나도 잘 알고 있었다.

F. 재스민은 허공을 딛고 있는 발을 포장된 도로에 내려놓으면서 천천히 돌아섰다. 식료품점과 잡화점 사이에 낀 좁은 골목은 눈부신 햇살이 미치지 않아 컴컴해 보였다. 그녀는 곧장 골목 안쪽을 들여다보진 않았다. 왠지 모르게 두려움 비슷한 것을 느꼈기 때문이다. 그녀는 마치 훔쳐보듯이 벽돌담을 따라 천천히 시선을 움직여 한 번 더 그곳에서 어두운 이중 그림자를 보았다. 도대체 뭘까? F. 재스민은 숨을 죽였다. 골목 안에는 그저 두 명의 흑인

아이들이 있을 뿐이었다. 둘 중 키가 큰 남자아이가 다른 작은 아이의 어깨에 팔을 두르고 있었다. 그게 다였다. 하지만 그 각도나 서 있는 자세, 그들이 취한 포즈는 문득 오빠와 신부의 모습을 되살아나게 했고, 그것이 그녀에게 충격을 주었던 것이다. 그날 아침은 두 사람을 쏙 빼닮은 형상과 함께 이렇게 마무리되었다. 오후 두 시가 되기 전에 그녀는 집으로 돌아왔다.

2

그날 오후는 베레니스가 지난주 월요일에 굽다가 실패한 케이크의 가운데 부분 같았다. 프랭키 시절의 그녀는 케이크 굽기에 실패하면 기뻐했는데, 이는 악의로 그러는 게 아니라 무너진 케이크를 제일 좋아했기 때문이다. 그녀는 촉촉하고 끈끈하게 뭉친 가운데 부분을 좋아했다. 그래서 어른들이 왜 그걸 실패라고 하는지 도저히 이해할 수 없었다. 일요일인 그날 베레니스가 구운 것은 빵 모양 케이크로, 가장자리는 살짝 높이 솟아 있고 한가운데는 축축한 상태로 푹 꺼져 있었다. 밝고 고양된 아침이 지나간 후에 찾아온 오후는 어쩐지 무겁고 나른하며, 견고했다. 마치 케이크의 가운데 부분처럼. 그리고 그날은 거기서 보내는 마지막 오후였기 때문에, F. 재스민은 지금까지 질리도록 본 부엌에서 이것저 것 평소와는 다른 감미로운 것들을 발견할 수 있었다. 두 시에 그 녀가 귀가했을 때, 베레니스는 옷을 다리고 있었다. 존 헨리는 테 이블 앞에 앉아 실감개로 비눗방울을 불고 있었다. 그리고 비밀스 러운 초록색 눈으로 가만히 그녀의 얼굴을 쳐다보았다.

"도대체 어디를 쏘다니고 있었던 거니?" 베레니스가 물었다.

"넌 모르는 걸 우린 알고 있지." 존 헨리가 말했다. "뭔지 알고 싶어?"

"뭔데?"

"베레니스랑 나도 결혼식에 가게 되었어."

오건디 드레스를 벗고 있던 F. 재스민은 그 말을 듣고 깜짝 놀 랐다.

"찰스 아저씨가 돌아가셨거든."

"그 이야기는 나도 들었어. 그런데……."

"그래," 베레니스가 말했다. "불쌍하게도 그분은 오늘 아침 세 상을 떠나셨어. 그래서 가족 분들이 시신을 가족 묘지가 있는 오 펠리카로 모시게 됐지. 그동안 존 헨리는 우리랑 함께 있을 거야."

이렇게 되면 찰스 아저씨의 죽음은 어떤 형태로든 결혼식에 영 향을 끼친 셈이다. 그녀는 잠시 머릿속으로 그 일에 대해 생각했 다. 베레니스가 다림질을 마칠 때까지, 그녀는 자기 방으로 통하는 계단에 페티코트 차림으로 앉아 있었다. 찰스 아저씨는 마을에서 떨어진 곳에 있는, 나무 그늘이 드리운 목조 주택에 살고 있었다. 그는 너무 나이가 들어 옥수수를 통째로 씹어 먹을 수 없을 정도였다. 올 유월에 병을 얻은 이후 내내 생사를 오가는 상황이 이어졌다. 그는 갈색으로 쪼그라든 노쇠한 몸으로 침대에 가만히 드러누워만 있었다. 벽에 걸린 그림이 모두 기울어져 있다고 불평을 해서, 사람들은—사실은 기울어지지 않았지만—액자 속 그림을 전부 없애야 했다. 또 사실은 그렇지 않았지만, 자기 침대가 놓인 각도가 잘못됐다고 불평을 하는 바람에 사람들은 침대 위치를 옮겨야 했다. 얼마 후 그는 목소리가 나오지 않게 되었다. 뭔가 말을 하려고 하면 갑자기 목이 도배된 것처럼 굳어 버려 무슨 말을 하는지 아무도 이해하지 못했다. 어느 일요일, 웨스트가 사람들이 그를 문병하러 갔을 때 프랭키도 이에 동행했었다. 그녀는 침실의 활짝 열린 입구로 살금살금 다가가 안을 들여다보았다. 노인은 나무로 만든 조각품처럼 보였다. 마치 갈색 나무에 새긴 몸 위에 시트를 덮고 있는 것 같았다. 움직이는 것은 눈밖에 없었는데, 그 눈은 파란 젤리 같았다. 당장이라도 파랗고 축축한 젤리 공이 빠져나와 경직된 얼굴 위로 데굴데굴 구를 것 같았다. 그녀는 입구에서 가만히 그를 보았는데, 잠시 뒤 무서운 생각이 들어 뒤로 물러섰다. 사람들은 그가 무슨 말을 하는지 드디어 알아들을 수 있었다. 그는 햇빛이 창문을 통해 잘못된 방향으로 들어온다고 불평하고 있었다. 하지만 실제로 그를 지독하게 괴롭히는 것은 태양의 위치가 아니었다. 그를 괴롭히고 있는 것은 죽음이었다.

F. 재스민은 눈을 뜨고 기지개를 쭉 켰다.

"죽는다는 건 정말 무시무시한 일이야!" 그녀는 말했다.

"아아," 베레니스가 말했다. "그 사람은 지금까지 아주 지독하게 고생했고, 이제 수명이 다한 거야. 하느님이 그 때를 결정하신 거지."

"그야 그럴지도 모르지만, 결혼식 전날에 죽다니 좀 이상하지 않아? 게다가 어째서 아줌마랑 존 헨리가 결혼식에 따라와야 하는 건데? 여기서 집을 보면 되잖아."

"프랭키 아담스," 베레니스가 말했다. 그리고 양손을 허리에 대고 장승처럼 우뚝 섰다. "너만큼 자기 맘대로 하는 인간은 이 세상에 다시없을 거야. 우리는 다 같이 이 부엌에 쭉 갇혀……."

"프랭키라고 부르지 마!" 그녀가 말했다. "더 이상 같은 말을 자꾸 하게 하지 말라고."

예전 같으면 이른 오후 이맘때쯤 악단이 연주하는 감미로운 음악이 들려왔을 것이다. 하지만 라디오가 꺼진 지금, 엄숙하리만치 정숙한 분위기에 휩싸인 부엌에는 먼 곳의 소리만 들려올 뿐이었다. 길을 가는 흑인 장사꾼의 목소리였다. 그는 흑인답게 질질 끄는 목소리로 몇몇 채소의 이름을 외치고 있었다. 그 반쯤 풀린 태엽처럼 맥 빠진 목소리만 들어서는 도대체 무슨 뜻의 단어를 말하는지 알 수 없었다. 이웃집에서는 쇠망치를 두드리는 소리가 들려왔다. 한 번 두드릴 때마다 그 소리는 메아리가 되어 주위를 떠돌았다.

"내가 오늘 아침 어디 있었는지 안다면 아줌마는 분명히 깜짝 놀랄걸? 난 온 마을을 돌아다니며 이곳저곳에 갔어. 원숭이랑 원숭이 곡예사도 만났어. 그 원숭이를 사려고 하는 군인이 있었는데, 100달러를 내밀더라고. 누군가가 길에서 원숭이를 사려는 장면을 본 적 있어?"

"됐어. 그 녀석 취했던 거야?"

"취했냐고?" F. 재스민이 되물었다.

"아아," 존 헨리가 말했다. "그 원숭이랑 원숭이 곡예사 말이구나!"

베레니스의 질문은 F. 재스민을 당황하게 했고, 그녀는 생각을 정리하는 데 다소 시간이 걸렸다. "취했던 것 같진 않아. 보통 이런 대낮부터 취하진 않잖아." 그녀는 베레니스에게 군인 이야기를 할 생각이었지만 이제는 좀 망설여졌다. "하지만 듣고 보니 뭐……" 그녀는 말을 하다 말고 무지갯빛 비눗방울이 소리도 없이 부엌을 가로지르는 것을 바라보았다. 맨발에 페티코트만 걸친 차림으로 부엌에 앉아 있으니 군인에 대해 어떻게 판단하면 좋을지 알 수 없게 되었다. 그리고 저녁 약속을 생각하니 마음이 흔들렸다. 결심이 서지 않은 그녀는 화제를 바꿨다. "내 옷 중에 좋은 옷은 전부 빨아서 다려 줘. 윈터힐에 갖고 가야 하니까."

"왜?" 베레니스가 물었다. "윈터힐에는 딱 하루만 있는 거야."

"말했잖아." F. 재스민이 말했다. "결혼식이 끝나면 이제 여기에는 돌아오지 않을 거라고."

"바보 같은 소리 하지 마. 넌 내가 생각한 것보다 훨씬 지혜가 부족한 것 같아. 그 사람들이 너를 신혼여행에 데리고 갈 리가 없잖아. 둘이면 충분, 또 한 명은 실례라고 하잖니? 그게 결혼이라는 거야. 둘이면 충분, 또 한 명은 실례."

진부한 속담에 맞서는 것은 F. 재스민의 특기가 아니었다. 그녀는 속담을 자기가 쓰는 연극이나 대화에 즐겨 사용했지만, 그에 맞서 토론하는 것은 대단히 어려운 일이었다. 그래서 그녀는 말했다.

"두고 보면 알게 될 거야."

"홍수를 떠올려 봐. 노아와 그의 방주를 말이야."

"그게 지금 이 이야기랑 무슨 상관이야?"

"그가 어떻게 동물을 골랐는지 기억하니?"

"아아, 이제 됐어. 시끄러워." 그녀는 말했다.

"한 쌍으로 골랐어." 베레니스가 말했다. "어떤 동물이든 두 마리씩 방주에 태웠단 말이야."

그날 오후의 언쟁은 처음부터 끝까지 일관되게 결혼식에 관한 것이었다. 베레니스는 F. 재스민의 생각에 따르는 것을 단호히 거부했다. 처음부터 그녀는 F. 재스민의 목덜미를 거머쥘 기세였다. 마치 경찰이 불량한 짓을 하는 현장을 덮치듯이. 그리고 그녀를 애초의 출발점으로 다시 데려오려고 했다. F. 재스민에게는 이미 먼 옛날처럼 느껴지는, 그 슬프고 미칠 듯한 여름으로. 하지만 F. 재스민 역시 완강했기 때문에 그리 쉽게 상대의 말처럼 되진 않았다. 베레니스는 그녀의 모든 발상 속에서 잘못된 부분을 찾아냈다. 그리고 처음 한마디에서 마지막 한마디에 이르기까지 통렬하게 공격하며 결혼식 이야기를 부정하려고 노력했다. 하지만 F. 재스민은 그렇게 쉽게 꺾이지 않았다.

"이것 봐." F. 재스민이 말했다. 그리고 방금 벗은 핑크색 오건디 드레스를 집어 올렸다. "처음 샀을 때 이게 어땠는지 기억나? 이 옷깃에는 작고 귀여운 장식이 달려 있었지. 하지만 아줌마가 다림질로 이렇게 납작하게 뭉개 버렸어. 그 귀여운 주름을 원래대로 돌려놔야 해."

"그래서 누가 그걸 할 건데?" 베레니스가 물었다. 그녀는 드레스를 집어 올려 옷깃을 살폈다. "공교롭게도 난 할 일이 산더미처럼 쌓여 있어서 말이야."

"하지만 이건 해 줘야 해." F. 재스민은 항의했다. "왜냐하면 그 옷깃은 본래 그런 모양이란 말이야. 게다가 오늘 밤 이 옷을 입고 갈 데가 있을지도 모르거든."

"도대체 어딜 가는지 물어보고 싶구나." 베레니스가 말했다. "그리고 아까 네가 돌아왔을 때 내가 한 질문에 대답해 주지 않으련? 오전 내내 도대체 어디를 쏘다니고 있었던 거니?"

F. 재스민이 예상했던 대로, 베레니스는 도무지 그녀의 말을 이해하려고 하지 않았다. 그것은 말이나 사실의 문제라기보다 오히려 감정의 문제였기 때문에, 상대를 납득시키기란 쉬운 일이 절대 아니었다. 그녀가 '유대감(커넥션)'에 대해 이야기하려고 하면, 베레니스는 이해가 안 된다는 표정으로 물끄러미 그녀를 응시했다. 그리고 그녀가 '블루 문'에 들어가 많은 사람들과 대화를 나눈 부분까지 이야기했을 때, 베레니스는 평평하고 넓은 콧구멍을 옆으로 쭉 벌리면서 설레설레 고개를 저었다. F. 재스민은 군인 이야기는 묻어 두었다. 몇 번이나 말을 꺼낼 뻔했지만, 그때마다 무언가가 그녀에게 그 이야기는 안 하는 게 좋을 거라고 경고했다.

그녀가 이야기를 마치자 베레니스가 말했다.

"프랭키, 내 생각에 넌 진짜 머리가 홀랑 뒤집어진 것 같아. 온 마을을 쏘다니며 사람들에게 있지도 않은 일을 퍼뜨리다니. 네 머릿속을 떠나지 않는 그 생각은 완전히 어리석은 거란다. 그 정도는 조금만 생각하면 알 수 있을 텐데."

"두고 봐." F. 재스민이 말했다. "두 사람은 날 데리고 갈 테니까."

"만약에 데리고 가지 않으면?"

F. 재스민은 은색 샌들이 든 신발 상자와 결혼식용 드레스기 든 포장 상자를 들고 일어섰다. "이건 결혼식 때 입을 거야. 나중에 보여 줄게."

"그래서 만약에 데리고 가지 않으면?"

이미 계단을 올라가기 시작한 F. 재스민은 중간에 멈춰 서서 부엌을 향해 몸을 돌렸다. 부엌 안은 몹시 고요했다.

"만약에 데리고 가지 않으면 난 자살할 거야." 그녀는 말했다. "하지만 반드시 날 데리고 갈 거야."

"어떻게 자살할 건데?" 베레니스가 물었다.

"권총으로 관자놀이를 쏴 버릴 거야."

"무슨 총으로?"

"아빠가 옷장 오른쪽 서랍에 엄마 사진이랑 같이 손수건 아래 넣어 둔 걸로."

베레니스는 잠시 침묵했다. 그녀는 당황한 표정이었다. "그 총을 갖고 놀면 안 된다고 미스터 아담스가 분명히 말했을 거야. 자, 2층에 올라가렴. 곧 식사 준비를 할 테니까."

늦은 점심 식사였다. 세 사람이 이 부엌 테이블에서 먹는 마지막 식사가 될 터였다. 토요일에는 식사 시간이 확실히 정해져 있지 않았고, 그날 식사가 시작된 것은 오후 네 시였다. 정원을 비추는 팔월의 햇살이 비스듬히 길게 뻗은 채 힘을 잃고 있었다. 오후 그 시간쯤 되면, 뒤뜰은 긴 막대처럼 변한 햇살을 받아 눈부시고 신기한 감옥처럼 보였다. 두 그루의 무화과나무는 얄팍한 초록색을 띠고 있고, 정자는 햇살이 비스듬히 비치면서 빽빽한 그림자를 드리웠다. 오후에는 햇빛이 집 안쪽 창문으로 쏟아져 들어오지 않아 부엌은 어두컴컴했다. 네 시에 시작된 식사가 끝날 무렵에는 이미 해가 저물고 있었다. 그들은 돼지 다리뼈가 들어간 호핑존(콩과 쌀, 베이컨으로 만드는 스튜로 남부 요리 중 하나―옮긴이)을 먹으면서 사랑에 대해 이야기했다. 그것은 F. 재스민이 지금까지 한번도 이야기해 보지 않은 화제였다. 무엇보다 그녀는 사랑의 존재를 믿은 적이 없고, 연극 속에서 그것을 거론한 적도 없었다. 그러나 그날 오후 베레니스가 그 화제를 꺼냈을 때, F. 재스민은 싫다고 두 귀를 막거나 하지 않고 콩과 쌀과 국물을 입으로 가져가며 얌전히 이야기에 귀를 기울였다.

"난 지금까지 희한한 얘기를 꽤 많이 들었지." 베레니스는 말했다. "세상에는 말도 안 되게 못생긴 여자를 사랑하는 남자들이 많이 있단다. 이 사람은 눈이 비뚤어진 게 아닐까 싶을 정도로. 난 누구도 미처 생각해 본 적 없을 것 같은 기묘한 결혼을 몇 번 본 적이 있어. 내가 아는 사람 중에 화상을 입어서 얼굴이 거의 망가진 남자아이가 있었는데, 그래서…….”

“그건 누구 얘기야?” 존 헨리가 물었다.

베레니스는 콘브레드를 다 먹고 나서 손등으로 입을 문질렀다. “다름 아닌 악마 그 자체를 사랑해서 악마들의 갈라진 발굽이 자기 집 문턱을 넘었을 때, 굳이 예수님께 감사해 하는 여자들도 알고 있어. 악마에게 홀려서 남자를 사랑하게 된 남자들도 알지. 너희 릴리 메이 젠킨스를 아니?”

F. 재스민은 잠시 생각하고 나서 대답했다. “글쎄, 모르겠는데.”

“있지, 그 남자에 대해서는 알든가 모르든가 둘 중 하나일 수밖에 없어. 핑크색 새틴 블라우스를 입고 한쪽 손을 허리에 올리면서 교태를 부리는 녀석이거든. 그래서 이 릴리 메이가 젠킨스라는 이름의 남자와 사랑에 빠진 거야. 알겠니? 그는 남자란 말이야. 그리고 릴리 메이는 결국 여자가 됐어. 자연의 섭리를 거스르고 성을 바꾸더니 여자가 되고 만 거야.”

“거짓말.” F. 재스민이 말했다. “정말 여자가 됐단 말이야?”

“됐다니까.” 베레니스가 말했다. “모든 면에서 말이야.”

F. 재스민은 귀 뒤를 긁으면서 말했다. “신기하네, 아줌마가 누구 얘기를 하는지 모르겠거든. 난 꽤 많은 사람을 안다고 생각했

는데 말이야."

"아아, 릴리 메이 젠킨스는 몰라도 돼. 그런 녀석은 몰라도 아무 지장 없으니까."

"하지만 그런 건 진짜 믿기지가 않네." F. 재스민이 말했다.

"뭐, 믿기지 않으면 안 믿어도 상관없어." 베레니스가 말했다. "그런데 무슨 이야기를 하고 있었더라?"

"여러 가지 희한한 일에 대해서."

"아아, 그랬지."

그러고 나서 그들은 식사를 계속하느라 잠시 말을 멈췄다. F. 재스민은 테이블 위에 팔꿈치를 괴고 의자 가로대에 맨발 뒤꿈치를 올린 채 밥을 먹었다. 그녀와 베레니스는 서로 마주보고 앉아 있었고, 존 헨리는 창문을 향해 앉아 있었다. 호핑존은 F. 재스민이 매우 좋아하는 음식이었다. 그녀는 사람들에게 자기가 관에 들어갈 때는 콩이랑 쌀이 들어간 접시를 코 앞에 슬쩍 보이게 해 달라고 부탁했다. 그렇게 하면 그녀가 정말 죽었는지 아닌지 확실히 알 수 있을 터였다. 만일 조금이라도 숨이 붙어 있다면 틀림없이 잽싸게 일어나 그것을 먹을 테니까 말이다. 하지만 호핑존 냄새를 맡아도 미동조차 없다면, 그때는 관에 못을 박아도 상관없었다. 죽었다는 사실에 의심의 여지가 없기 때문이다. 베레니스는 자신의 죽음을 확인하기 위한 요리로 민물송어 튀김을 골랐다. 존 헨리는 디비니티 퍼지를 골랐다. F. 재스민만 호핑존을 최고의 음식으로 골랐지만, 다른 두 사람 역시 그 요리를 좋아했다. 그래서 세 사람은 모두 맛있게 식사를 즐길 수 있었다. 돼지의 무릎 관절 고기로 만든 햄, 호핑존, 콘브레드, 갓 구운 고구마, 그리고 버터밀크를 먹으면서 그들은 다시 대화를 시작했다.

"그래서 말인데, 아까 얘기하다가 말았지만," 베레니스가 말했다. "난 지금까지 꽤 희한한 일들을 많이 봐 왔어. 하지만 내가 아직 듣지도 보지도 못한 일이 하나 있었던 거야. 아아, 그래. 결단코 본 적이 없는 일이고말고."

베레니스는 거기서 이야기를 멈추더니 자리에 앉은 채 고개를 저었다. 그리고 누군가가 그게 뭐냐고 묻기를 기다렸다. 그러나 F. 재스민은 입을 열지 않았다. 먹다 말고 호기심이 가득한 얼굴을 들어 "도대체 그게 뭔데, 베레니스?"라고 물은 것은 존 헨리였다.

"그게 말이지," 베레니스가 말했다. "나는 오랜 세월을 살아왔지만, 결혼식 자체를 사랑하는 사람이 있다는 얘기는 처음 들었단다. 온갖 희한한 얘기를 들었지만, 그런 이야기는 한 번도 들은 적이 없었어."

F. 재스민이 입속으로 뭔가를 우물우물 중얼거렸다.

"그래서 그 일에 대해 여러모로 생각한 끝에 한 가지 결론에 도달했지."

"하지만 어떻게?" 존 헨리가 불쑥 질문을 꺼냈다. "어떻게 남자가 여자로 바뀔 수 있는 거야?"

베레니스는 그를 힐긋 보더니 목에 두른 냅킨을 똑바로 고쳐 주었다. "거기에는 여러 가지 방법이 있단다, 아가. 나도 잘은 모르지만 말이야."

"그런 이야기는 듣지 마." F. 재스민이 말했다.

"그래서 여러모로 생각한 끝에 이런 결론에 도달했어. 네가 이제부터 생각해야 할 것은 좋은 사람에 대한 거야."

"뭐라고?" F. 재스민이 물었다.

"들었잖아." 베레니스가 말했다. "남자 친구 말이야. 멋지고 백인인 좋은 사람을 찾아야 해."

F. 재스민은 테이블에 포크를 내려놓고 고개를 옆으로 돌렸다. "난 좋은 사람 같은 거 필요 없어. 그런 거 만들어서 뭐 하게?"

"뭘 하다니?" 베레니스가 되물었다. "이상한 소리를 하는구나. 예를 들면, 같이 영화를 보러가든가 하는 거지."

F. 재스민은 앞머리를 잡아당겨 이마 앞에 늘어뜨리고, 의자 가로대에 걸었던 발을 앞으로 미끄러뜨렸다.

"이제 슬슬 달라져야 해. 그렇게 덜렁거리거나 음식을 게걸스럽게 먹어도 안 되고, 또 잘난 척하고 다녀도 안 된단다." 베레니스가 말했다. "예쁜 옷을 입고 말도 점잖 빼듯이 해서 상대방을 네

157

뜻대로 움직이는 거야."

F. 재스민은 나지막한 목소리로 말했다. "난 이제 난폭하게 굴지 않고, 걸신들린 것처럼 먹지도 않아. 그런 짓은 벌써 그만뒀는걸."

"그거 참 잘됐구나." 베레니스가 말했다. "그럼 이제는 좋은 사람을 찾아야지."

F. 재스민은 베레니스에게 군인과 호텔 이야기를 하고 싶었다. 저녁 데이트를 신청 받은 것도. 그러나 무언가가 그 말을 하려는 그녀를 붙들었다. 그래서 그녀는 사정을 살짝만 내비치기로 했다. "좋은 사람이라고 하면 어떤 남자를 말하는 거야? 구체적으로 가령……."

그러나 F. 재스민은 입을 다물었다. 그 마지막 오후의 부엌에서 군인은 뭔가 비현실적으로 느껴졌기 때문이다.

"거기까지는 나도 충고할 수 없어." 베레니스가 말했다. "그건 네가 스스로 결정할 일이니까."

"나더러 '아이들 아워'에 춤추러 가자고 하는 군인 같은 사람일까?" 그녀는 베레니스 쪽을 보지 않고 말했다.

"아무도 군인이나 춤 얘기는 안 했어. 내가 말하는 건 너랑 비슷한 또래의 제대로 된 백인 남자아이야. 그 버니라는 소꿉친구는 어떠니?"

"버니 맥킨?"

"그래, 바로 걔 말이야. 우선 그 아이랑 시작해 보는 것도 괜찮지 않겠니? 걔 말고 더 좋은 상대가 나타나면 그쪽으로 갈아타면 돼. 그 아이 정도면 그렇게 나쁘지 않아."

"그 심술 맞은 멍청이 버니랑!" 그녀는 어두운 차고와 닫힌 문틈 사이로 새어 들어오는 바늘처럼 가느다란 빛, 그리고 먼지 냄새를 떠올렸다. 한편으로 그녀는 그가 자기에게 저지른 이해할 수 없는 죄—그 덕분에 그녀는 훗날 그의 미간에 칼을 던져 꽂아 주고 싶다는 생각에 시달리게 되었지만—를 떠올리지 않으려고 노력했다. 그 대신 그녀는 세차게 고개를 저으며 접시 안의 콩과 쌀을 마구 으깼다. "아줌마처럼 머리가 이상한 사람은 이 마을에 다시 없을 거야."

"머리가 이상한 사람일수록 정상인 사람 머리가 이상하다고 하는 법이지."

두 사람은 다시 먹는 데 의식을 집중했다. 존 헨리는 거기에 가담하지 않았다. F. 재스민은 콘브레드를 썰고, 거기에 버터를 바르고, 호핑존을 으깨고, 우유를 마시느라 바빴다. 베레니스는 관절에 붙은 고기를 품위 있게 한 점 한 점 벗겨내면서, 아주 천천히 먹었다. 존 헨리는 그런 두 사람을 번갈아 보았다. 그리고 두 사람의 대화를 다 들은 후, 먹는 것을 멈추고, 한동안 뭔가 생각에 잠겨 있었다. 잠시 후 그가 물었다.

"아줌마는 그런 좋은 사람을 몇 명 정도 잡았어?"

"몇 명이냐고?" 베레니스가 물었다. "이런 맙소사. 아가, 이 땋은 머리에 머리카락이 몇 가닥 뭉쳐 있을 것 같니? 너는 지금 무려 나 베레니스 세이디 브라운이랑 얘기 중이야. 이루 다 셀 수도 없다고."

베레니스는 이야기를 시작했고, 그 목소리는 언제까지고 멈출 줄을 몰랐다. 일단 그녀가 이런 진지한 사안에 대해 작정하고 이야기를 시작하면, 막힘없이 계속해서 이어지던 목소리는 잠시 후 마치 노래를 하는 것처럼 들렸다. 여름 저녁 황혼의 어스름 속에서, 그녀의 음색은 조용히 황금빛으로 물들었다. 그럴 때면 듣는 사람은 말하는 사람의 음색과 시심을 들을 수는 있어도, 말의 의미를 좇는 것은 불가능해진다. F. 재스민은 그녀의 긴 음성을 귓속에 천천히 머물게 했지만, 그 소리가 말하는 의미를 알기 위해 문장을 더듬지는 않았다. 그녀는 테이블 앞에 앉아서 그녀의 목소리에 귀를 기울였다. 베레니스는 항상 자기가 빼어난 미인이라는 식으로 이야기했다. 그 화제만 나오면 베레니스의 머리는 도저히 정상이 아니었다. F. 재스민은 목소리에 귀를 기울이면서 테이블 맞은편에 앉은 베레니스의 얼굴을 찬찬히 뜯어보았다. 검은 얼굴에는 불길해 보이는 파란 의안이 하나 있었다. 기름을 발라 열한 가닥으로 땋아 내린 머리카락은 마치 둥근 모자(스컬 캡)처럼 머리에 찰싹 올라앉아 있었다. 편평하고 옆으로 퍼진 코가 이야기에 맞춰 실룩실룩 흔들렸다. 아무리 봐도 미인과는 거리가 먼 얼굴이었다. 베레니스에게 뭔가 충고를 해야겠다는 생각이 들었다. 그래서 목소리가 잠시 멈췄을 때, 그녀는 이렇게 말했다.

"아줌마도 다른 좋은 사람 생각은 그만하고 T. T 한 사람으로 만족하는 게 좋을 거야. 이제 한 마흔 살은 됐지? 슬슬 흥분을 가라앉힐 적기가 아닐까?"

베레니스는 입을 꾹 다물고 까만 진짜 눈으로 F. 재스민을 노려보았다. "얘가 이제 억지를 쓰네." 그녀가 말했다. "어떻게 그런 건방진 소리를 할 수 있니? 나도 다른 사람들과 마찬가지로 즐거운 일을 실컷 경험할 수 있어. 본래 이러니저러니 하는 사람이 있기 마련이지만, 난 아직 그렇게 늙지 않았단 말이야. 생리도 아직 꼬박꼬박 해. 구석에 틀어박히려면 한참 멀었다고."

"딱히 구석에 틀어박히라는 말은 아니었어." F. 재스민이 말했다.

"그렇게 들렸는데?" 베레니스가 말했다.

존 헨리는 두 사람을 보면서 이야기를 듣고 있었다. 입가에는 작은 건더기가 하나 묻어 있었다. 커다란 쉬파리가 끈적한 얼굴에 내려앉으려고 주위를 비슬비슬 나른하게 날고 있었다. 그래서 존 헨리는 간간히 손을 내저으며 파리를 쫓아야 했다.

"그 사람들은 다 영화를 보여 줬어?" 그가 물었다. "그 좋은 사람들 말이야."

"영화도 보여 주고, 다른 여러 가지 것들도 해 줬지." 그녀가 대답했다.

"그러니까 아줌마는 전혀 돈을 안 낸다는 말이야?" 존 헨리가 물었다.

"바로 그거지." 베레니스가 말했다. "좋은 사람과 함께 있을 때 난 돈을 내지 않아. 여자 친구들과 함께 어딘가에 갈 때는 자기 몫은 내야 하잖아? 하지만 난 여자 친구들과 어울려 노는 타입이 아니거든."

"그럼 아줌마랑 친구들이 다 같이 페어뷰에 갔을 때는?" F. 재스민이 물었다. 올봄 어느 일요일, 흑인 비행사가 자기 비행기에 흑인들을 태웠던 적이 있었다. "거기까지 가는 돈은 누가 낸 건데?"

"그게 말이지," 베레니스가 말했다. "허니랑 클로리나는 각자 자기 여비를 냈어. 단, 내가 허니에게 1달러 40센트를 빌려줬지. 케이프 클라이드도 자기 몫을 냈어. T. T는 자기 몫과 내 몫을 냈지."

"그러니까 T. T가 아줌마 몫의 비행기 요금도 내줬다?"

"바로 그거야. 그는 페어뷰까지 가는 왕복 버스비랑 비행기 값, 음식이랑 음료수 값을 내줬어. 여행 비용을 몽땅 내줬지. 그건 당연한 거야. 왜냐하면 나는 비행기를 탈 돈이 없는걸. 월급이 일주일에 6달러밖에 안 되잖아."

"그건 몰랐네." F. 재스민이 잠시 후 말했다. "그럼 T. T는 어디서 그런 돈을 벌어 오는 거야?"

"일해서 번 거지." 베레니스가 말했다. "존 헨리, 입가를 닦으렴."

그렇게 그들은 테이블 앞에서 쉬었다. 왜냐하면 그해 여름, 세 사람의 식사는 일종의 순환 속에서 이루어졌기 때문이다. 그들은 요리를 먹고, 그것이 위 속에서 남김없이 소화될 시간을 주고, 잠시 여유를 갖고 나서 다시 같은 작업에 들어갔다. F. 재스민은 빈 접시 위에 칼과 포크를 교차시켜 놓으면서 베레니스에게 마음에 걸렸던 일을 질문했다.

"있지, 이 요리를 호핑존이라고 부르는 건 우리뿐일까? 아니면 이건 미국 전역에서 같은 이름으로 불리고 있는 걸까? 어쩐지 엄청 희한한 이름인 것 같아."

"지금까지 다양한 이름으로 부르는 걸 들었어."

"어떤 거?"

"그게 말이지, 콩과 밥. 아니면 밥과 콩과 고기 국물. 그것도 아니면 호핑 존? 그런 식으로 뭐든 부르고 싶은 대로 부르면 돼."

"난 이 동네 이야기를 하는 게 아니야." F. 재스민이 말했다. "또 다른 곳에 대해 이야기하는 거라고. 세계 다른 곳에서는 뭐라고 부를까 궁금해. 프랑스 사람은 이걸 어떻게 부를까?"

"흐음," 베레니스가 말했다. "글쎄, 그런 건 난 몰라."

"Merci a la parlez."('말해 줘서 고마워'라고 말할 생각으로 아무렇게나 내뱉은 프랑스어—옮긴이) F. 재스민이 말했다.

그들은 묵묵히 테이블 앞에 앉아 있었다. F. 재스민은 의자 등받이에 기대어 창문 밖으로 햇빛이 비스듬히 비치는 인기척 없는 정원을 바라보았다. 마을은 고요하고, 부엌도 시계 소리 외에는 아무 소리도 들리지 않았다. F. 재스민은 지구의 회전을 느낄 수 없었다. 무엇 하나 움직이고 있지 않았다.

"그런데 나한테 이상한 일이 일어났어." F. 재스민은 이야기를 시작했다. "이걸 어떻게 말로 해야 좋을지 잘 모르겠어. 왜 그런 거 있잖아, 아무리 해도 잘 설명할 수 없는 일."

"뭔데 그래, 프랭키?" 존 헨리가 물었다.

F. 재스민이 창문을 바라보던 얼굴을 이쪽으로 돌렸는데, 그녀가 말문을 떼기 전에 어떤 소리가 들려왔다. 그들은 그 소리가 부엌의 침묵 속을 조용히 지나가는 것을 들었다. 그리고 한 번 더 같은 소리가 반복되었다. 팔월의 어느 저녁, 서툰 피아노 연주가 들려왔다. 처음에는 화음이 하나였다. 그러나 꿈을 꾸는 것처럼 일련의 화음이 아래서 위로 천천히 올라갔다. 마치 성의 계단을 올

라가듯이. 그리고 마지막 부분에서, 여덟 번째 화음이 울려 퍼지고 음계가 완결되기 직전에 상승은 중단되고 말았다. 뒤이어 끝나기 직전의 화음이 반복되었다. 끝나지 않는 음계 전체가 메아리치듯 일곱 번째 화음이 수차례 집요하게 반복되었다. 그리고 끝내 침묵이 찾아왔다. F. 재스민과 존 헨리, 그리고 베레니스는 서로의 얼굴을 응시했다. 팔월의 오후, 이웃에서 누군가가 피아노를 조율하고 있었다.

"아 진짜!" 베레니스가 말했다. "더 이상은 못 참아."

존 헨리는 몸을 부르르 떨었다. "나도."

F. 재스민은 요리가 담긴 커다란 접시와 개인 접시가 가득 놓인 테이블 앞에 앉아 꼼짝도 하지 않았다. 생기 없는 회색빛의 어두운 부엌은 평소보다 더 밋밋하고 네모반듯해 보였다. 침묵 끝에 누군가가 또 하나의 음표를 눌렀다. 그리고 한 옥타브 위의 같은 음을 눌렀다. F. 재스민은 소리가 한 음씩 올라갈 때마다 시선을 위로 향했다. 마치 부엌 어딘가에서 다른 곳으로 그 소리가 움직이는 모습을 보는 것처럼. 소리가 가장 높은 지점에서 그녀의 시선은 천장 구석에 이르렀고, 그러고 나서 긴 음계가 스르르 내려오자 고개를 앞으로 숙여 부엌 반대쪽 마루 구석으로 천천히 시선을 움직였다. 제일 낮은 소리가 여섯 번 울리는 동안, F. 재스민은 그대로 구석에 있는 낡은 침실용 슬리퍼와 빈 병을 바라보고

있을 수밖에 없었다. 결국 그녀는 눈을 감고 고개를 저으며 테이블 앞에서 일어났다.

"마음이 슬퍼지네." F. 재스민이 말했다. "그리고 초조해서 가만히 못 있겠어." 그녀는 부엌을 이리저리 돌아다니기 시작했다. "나도 어디서 들었는데, 밀레지빌에서는 누군가에게 벌을 주고 싶을 때 그 사람을 꽁꽁 묶어 놓고 피아노 조율을 듣게 한대." 그녀는 테이블 주위를 세 번 돌았다. "아줌마한테 하나 물어보고 싶은 게 있어. 혹시 아줌마가 엄청나게 이상해 보이는 사람을 만났다고 쳐. 하지만 도대체 어디가 이상한지 모르겠어."

"어떻게 이상한데?"

F. 재스민은 군인을 떠올렸다. 하지만 베레니스에게 그 이상의 설명은 불가능했다. "혹시 이 사람 취했나 싶을 정도의 이상함? 하지만 확실히 그런지 안 그런지는 알 수 없어. 그런데 만약 그 사람이 어떤 큰 파티나 무도회 같은 데 가자고 하면 어떻게 할 거야?"

"글쎄, 경우에 따라 다르지. 모르겠어. 어떻게 할지는 내 기분에 달렸거든. 그 사람과 함께 큰 파티에 갔다가 거기서 더 잘 맞는 남자를 발견하게 될지도 몰라." 베레니스의 진짜 눈이 갑자기 가늘어졌다. 그리고 F. 재스민을 말끄러미 바라보았다. "그런 걸 왜 묻는 거야?"

부엌은 더욱더 고요해져 F. 재스민의 귀에는 수도꼭지에서 개수대로 떨어지는 물소리까지 들려왔다. 그녀는 베레니스에게 어떻게 군인 이야기를 하면 좋을지 생각해 내려고 했다. 그때 갑자기 전화벨이 울렸다. F. 재스민이 빈 우유 잔을 뒤집어엎으며 펄쩍 뛰어오르더니 복도를 향해 달렸다. 그러나 수화기를 먼저 든 것은 전화기 근처에 있던 존 헨리였다. 그는 전화 받는 의자 위에 무릎을 꿇고 앉아 수화기를 향해 방긋 미소를 지은 뒤 "여보세요"라고 말했다. 그리고 F. 재스민이 수화기를 빼앗을 때까지 계속해서 "여보세요, 여보세요"를 외쳤다. 그다음 그녀도 스무 번 이상 "여보세요"를 반복하고 나서야 간신히 전화를 끊었다.

"이러면 정말 맥이 탁 풀려." 부엌으로 돌아온 뒤 그녀가 말했다. "아니면 우리 집 앞에 주차한 배달 트럭이 우리 주소를 힐긋 보더니 꾸러미를 다른 집에 갖다 주든가 하면 말이야. 그런 건 뭔가가 일어날 조짐 아닐까?" 그녀는 손가락으로 짧게 자른 금발을 빗어 내렸다. "내일 아침 집을 나서기 전에 점을 봐야겠어. 꽤 오래전부터 생각은 하고 있었지만."

베레니스가 말했다. "그건 그렇고, 새로 산 드레스는 언제 보여 줄 거니? 네가 뭘 골랐는지 정말 보고 싶구나."

F. 재스민은 그래서 2층에 드레스를 가지러 갔다. 그녀의 방은 '찜통(핫 박스)'으로 유명했다. 다른 방에서 올라온 열기가 몽땅 그

방에 모이는 탓이었다. 오후에는 공기가 이글이글 소리를 내며 타는 것처럼 느껴질 정도였다. 그쯤 되면 모터를 계속 돌려 놓는 게 최고였다. F. 재스민은 모터의 스위치를 켜고 옷장 문을 열었다. 결혼식 전날인 그날까지 그녀는 계속해서 자신의 의상 여섯 벌을 옷걸이에 일렬로 쭉 걸어 두고 있었다. 평소 입는 옷은 선반 위에 올려 두든가, 아니면 마루 한구석에 처박아 놓은 채. 그러나 그날 오후 집에 왔을 때, 그녀는 습관을 바꿨다. 옷장 속 옷걸이에 걸린 의상들을 선반 위로 내던지고, 결혼식용 드레스만 코트 옷걸이에 걸었다. 드레스 아래 바닥에는 은색 샌들을 가지런히 놓았다. 샌들의 발끝은 북쪽, 그러니까 윈터힐을 향해 있었다. 이유는 모르지만, F. 재스민은 드레스를 입을 때 방을 살금살금 걸었다.

"눈 감아." 그녀가 말했다. "계단 내려가는 모습은 보지 마. 눈 떠도 된다고 할 때까지 뜨면 안 돼."

마치 부엌의 벽이 전부 그녀를 바라보고 있는 것 같았다. 벽에 걸린 프라이팬은 그야말로 이쪽을 보는 둥글고 커다란, 검은 눈 같았다. 피아노를 조율하는 소리도 잠시 멈췄다. 베레니스는 마치 교회에 있듯이 고개를 숙이고 있었다. 존 헨리도 고개를 숙이고 있었지만, 살짝 실눈을 뜨고 있었다. F. 재스민은 계단 끝까지 내려와서 왼손을 허리에 올렸다.

"와, 엄청 예쁘다!" 존 헨리가 말했다.

베레니스가 얼굴을 들었다. 그녀가 F. 재스민을 봤을 때 그 표정은 실로 볼만했다. 그녀는 하나뿐인 까만 눈으로 머리에 달린 은색 리본부터 은색 샌들 바닥까지 훑어보았다. 그리고 아무 말도 하지 않았다.

"자, 어떤지 솔직하게 말해 줘." F. 재스민이 말했다.

그러나 베레니스는 오렌지색 새틴 이브닝드레스를 보고는 고개를 저으며 아무 말도 하지 않았다. 처음에는 살짝 고개를 저을 뿐이었지만, 시간이 지날수록 점점 더 크게 고개를 저었다. 그리고 마지막에는 고개를 젓느라 목에서 뚝뚝 대는 소리가 F. 재스민에게 들릴 정도였다.

"도대체 왜 그래?" F. 재스민이 물었다.

"난 네가 핑크색 드레스를 사러 간 줄 알았어."

"하지만 가게에 들어가서 마음이 바뀌었어. 이 드레스의 어디가 이상하다는 거야? 이게 마음에 안 들어, 베레니스?"

"아아," 베레니스가 말했다. "완전 별로야."

"완전 별로라니, 그게 무슨 뜻이야?"

"말 그대로야, 완전 별로라고."

F. 재스민은 거울에 자기 모습을 비춰 보았다. 드레스는 변함없이 멋져 보였다. 그러나 베레니스는 고집스럽게 찌푸린 표정을 계속 짓고 있었다. 긴 귀를 가진 나이 든 노새 같은 얼굴이었다. F.

재스민은 어떻게 된 일인지 이해가 되지 않았다.

"하지만 난 잘 모르겠는데," F. 재스민이 물었다. "도대체 어디가 이상하다는 거야?"

베레니스가 가슴 앞에 팔짱을 끼며 말했다. "네 눈으로 보고도 모르겠다면 내가 설명해도 분명히 모르겠지만, 우선 네 얼굴부터 봐 봐."

F. 재스민은 거울에 비친 자기 얼굴을 보았다.

"넌 마치 죄수처럼 머리가 짧아. 게다가 머리카락도 거의 없으면서 머리에 은색 리본 같은 걸 달고 있지. 그것부터가 괴상해."

"아아, 하지만 오늘밤엔 머리를 감고 컬을 예쁘게 말 거야." F. 재스민이 말했다.

"그리고 그 팔꿈치를 보렴." 베레니스는 말을 이어갔다. "넌 어른용 이브닝드레스를 입고 있어. 오렌지색 새틴 드레스 말이야. 그렇지만 네 팔꿈치는 까맣고 꺼칠꺼칠해. 전혀 어울리지 않는다고."

F. 재스민은 어깨를 움츠리며 지저분한 양쪽 팔꿈치를 손으로 가렸다.

베레니스는 한 번 더 재빨리 크게 고개를 저었다. 그리고 판정을 내리듯이 입술을 꽉 다물었다. "가게에 그 옷을 돌려주고 오렴."

"돌려주지 않을 거야!" F. 재스민이 말했다. "세일 코너에서 샀는걸. 반품은 불가능해."

베레니스는 항상 두 가지 모토를 내걸고 살았다. 하나는 '돼지 귀로 실크 지갑을 만들 수는 없다(사람의 본성은 변하지 않는다─옮긴이)'라는 세간에 잘 알려진 금언이고, 또 하나는 '천에 맞춰 슈트를 만들 수밖에 없다. 즉, 지금 있는 걸로 잘 해낼 수밖에 없다'는 것이었다. 드레스에 대한 베레니스의 결심을 바꾼 것이 그 두 번째 모토에 의한 것이었는지, 아니면 드레스에 대한 그녀의 마음이 실제로 약간 누그러졌는지, F. 재스민은 그 부분을 잘 파악할 수 없었다. 어쨌든 베레니스는 고개를 한쪽으로 기울이며 잠시 바라보더니 결국 이렇게 말했다.

"이쪽에 두렴. 허리 근처를 좀 줄이고 어떻게 될지 보자."

"아줌마는 다른 사람이 이렇게 차려입는 모습을 보는 게 낯선 거야." F. 재스민은 말했다.

"난 다른 사람이 팔월에 크리스마스트리 같은 차림을 하는 것도 낯설어."

베레니스는 장식대를 풀고 드레스 이곳저곳을 가볍게 두드리거나 당겨 보았다. F. 재스민은 모자걸이처럼 가만히 서서 베레니스가 마음껏 드레스를 만지게 내버려 두었다. 의자에서 일어난 존 헨리는 목 주위에 여전히 냅킨을 두른 채 그 모습을 구경했다.

"프랭키 드레스는 크리스마스트리 같아." 그가 말했다.

"한 입으로 두말하는 유다 같으니라고!" F. 재스민이 말했다. "아까는 예쁘다고 했잖아. 이 거짓말쟁이 유다 같으니!"

누군가 피아노를 조율하고 있었다. 그것이 누구의 피아노인지 F. 재스민은 알 수 없었다. 그러나 그 소리는 고지식할 만큼 집요하게 울려 퍼졌다. 소리는 그다지 멀지 않은 곳에서 늘려오는 듯했다. 조율사는 가끔 가락이 안 맞는 곡을 칠 때도 있었다. 그리고 다시 단음으로 돌아왔다. 같은 소리의 반복이었다. 하나의 건반을 고지식하게, 미친 듯이 집요하게 몇 번씩 두드려댔다. 그리고 다시 반복. 하나의 건반을 두드렸다. 이 동네에서 피아노 조율을 하는 사람은 슈바르젠 바움이라는 남자였다. 그는 음악가들의 내장에 고통을 주고, 듣는 사람으로 하여금 현기증을 일으키기에 충분한 인물이었다.

"저 사람이 우릴 괴롭히려고 저러는 게 아닐까 싶을 때도 있어." F. 재스민은 말했다.

그러나 베레니스는 거기에 동의하지 않았다. "신시내티든 세계의 다른 어디든, 피아노 조율은 다 저렇게 하는 거야. 모두 같은 방식이지. 거실 라디오 볼륨을 높여서 저 소리가 안 들리게 하자꾸나."

F. 재스민은 고개를 저었다. "안 돼." 그녀는 말했다. "이유는 잘

설명할 수 없지만, 이제 저 라디오 스위치는 켜고 싶지 않아. 이 여름을 너무 생각나게 하거든."

"한 발 뒤로 물러나 보렴." 베레니스가 말했다.

그녀는 드레스의 허리를 높여 핀으로 고정하고 이곳저곳에 손을 댔다. F. 재스민은 개수대 위의 거울을 보고 있었다. 그 거울로는 가슴 위쪽밖에 볼 수 없었다. 그래서 그 부분을 넋을 잃고 본 다음, 의자에 올라가 가운데 부분을 봤다. 그리고 테이블 가장자리를 깨끗이 치우고 올라서서 은색 샌들을 비춰 보려고 했다. 그러나 베레니스는 이를 막았다.

"아줌마는 정말 이게 멋지다고 생각하지 않는 거야?" F. 재스민이 물었다. "난 멋지다고 생각하는데. 사실은 어때? 솔직한 의견을 들려줘, 베레니스."

그러나 베레니스는 몸을 쭉 펴더니 타박하듯이 말했다. "그런 말도 안 되는 소리를 잘도 하는구나! 솔직한 의견이 듣고 싶다고 하니까 솔직한 의견을 말한 거야. 그런데 네가 한 번 더 그 말을 듣고 싶다고 하면 나로서는 같은 말을 할 수밖에 없어. 결국 네가 듣고 싶은 말은 내 솔직한 의견이 아닌 거야. 사실은 내가 생각하지 않은 말을 입 밖에 내서 칭찬해 줬으면 하는 거라고."

"알았어." F. 재스민이 말했다. "나는 그저 멋져 보이고 싶을 뿐이야."

"그래, 넌 충분히 멋져 보여." 베레니스가 말했다. "최고로 귀엽다고. 누구의 결혼식에 가도 부끄럽지 않아. 물론 너 자신의 결혼식은 또 다른 얘기지만. 그때는 훨씬 호화롭게, 제대로 해야겠지. 내가 지금 해야 할 일은 존 헨리를 위한 새 양복과 내가 입고 갈 옷을 준비하는 거야."

"찰스 아저씨가 돌아가셔서," 존 헨리가 말했다. "우리는 결혼식에 가려고 하고 있어."

"그렇단다, 베이비." 베레니스가 말했다. 그리고 그녀는 갑자기 꿈을 꾸는 듯 침묵에 빠져들었다. 이를 본 F. 재스민은 베레니스가 필시 죽은 지인들을 떠올리고 있는 거라고 생각했다. 죽은 이들이 그녀의 마음속을 걷고 있는 것이다. 지금은 세상을 떠난 루디 프리먼을 생각하고, 신시내티에서 보낸 옛 시절과 눈 내리던 풍경을 생각하고 있는 것이다.

F. 재스민은 이제는 고인이 된 그녀의 지인 일곱 명을 생각했다. 그녀의 어머니는 그녀가 태어난 바로 그날 세상을 떠났다. 그래서 어머니를 그들 중에 포함시킬 수는 없었다. 어머니 사진은 아버지의 장롱 오른쪽 서랍 속에 들어 있었다. 그 얼굴은 조심스럽고 미안한 듯 보였다. 사진은 싸늘하게 접힌 손수건과 함께 들어 있었다. 그리고 프랭키가 아홉 살 때 돌아가신 할머니가 있다. F. 재스민은 그녀를 아주 똑똑히 기억했다. 하지만 할머니의 작고 일그러

진 몇몇 모습은 그녀의 마음속 깊숙이 가라앉아 있다. 그리고 같은 해에 이탈리아에서 전사한, 이 마을 출신인 윌리엄 보이드라는 이름의 한 병사. 그녀는 그의 얼굴과 이름을 알고 있었다. 두 블록 앞에 살았던 미세스 셸웨이도 세상을 떠났다. F. 재스민은 길에서 그녀의 장례식을 지켜봤는데, 장례식에 초대 받지는 못했다. 굳은 표정의 어른들이 프런트 포치에 모여 있고, 비가 내렸다. 회색 실크 리본이 현관문에 장식되어 있었다. 그녀의 지인인 론 베이커도 죽었다. 론은 흑인 청년으로, 그녀의 아버지 가게 뒤쪽에 있는 골목에서 살해당했다. 어느 사월 오후, 누군가가 면도칼로 그의 목을 벤 것이다. 골목에 있던 사람들은 모두 뒷문을 통해 안으로 들어가 버렸다. 사람들이 나중에 쑥덕거리는 소리를 들으니, 그 목은 떨리는 미친 입처럼 쩍 벌어져서 사월의 태양을 향해 유령의 말을 하고 있었다고 한다. 론 베이커는 죽었고, 프랭키는 그를 알고 있었다. 브로어 구두 가게의 미스터 피트킨이나 미스 버디 그라임즈, 그리고 전봇대에 올라갔던 전화 회사 남자는 어쩌다 좀 알게 된 사이에 불과했지만, 그들 역시 세상을 떠났다.

"루디 생각 자주 해?" F. 재스민이 물었다.

"당연하지." 베레니스가 말했다. "나랑 루디가 함께 살았던 세월은 자주 생각해. 그 후의 거지같던 세월도. 루디가 살아 있었다면 나를 외롭게 하지 않았을 테고, 그랬다면 그런 거지같은 남자들과 엮일 일도 없었겠지. 나와 루디," 그녀는 말했다. "루디와 나."

F. 재스민은 다리를 떨면서 루디와 신시내티에 대해 생각했다. 전 세계의 죽은 사람들 중에서 루디만큼 F. 재스민이 잘 아는 인물은 없었다. 하지만 그녀는 그의 모습을 본 적이 없었고, 애당초 그녀가 태어났을 때 그 남자는 이미 세상을 떠난 뒤였다. 그녀는 루디와 신시내티에 대해 알고 있었다. 루디와 베레니스가 함께 북부로 가서 눈을 봤던 겨울을 알고 있었다. 그런 여러 가지에 대해 그녀들은 이미 수천 번 이야기를 했다. 베레니스는 그런 것들을 아주 천천히 이야기했다. 하나하나의 문장이 마치 노래처럼 들렸다. 그리고 프랭키는 신시내티에 대해 이런저런 질문을 하곤 했다. 신시내티에서는 구체적으로 뭘 먹었어? 신시내티의 길은 얼마나 넓어? 그들은 마치 아리아라도 부르는 듯한 어조로 이야기를 나눴다. 신시내티의 물고기에 대해, 머틀 스트리트의 신시내티풍 저택 응접실에 대해, 신시내티의 영화관에 대해. 루디 프리먼은 벽돌공이었고, 고정적으로 어엿한 월급을 받았다. 그는 베레니스의 모든 남편들 중에서 베레니스가 유일하게 사랑한 상대였다.

"때로는 차라리 루디를 안 만났으면 좋았겠다는 생각을 할 때도 있어." 베레니스가 말했다. "그 덕에 마음이 약해지니까 말이야. 그 사람이 없어져 버리면 쓸쓸해서 견딜 수가 없어. 가령 저녁에 일을 마치고 집까지 걸어갈 때, 가슴이 조여드는 것처럼 아픈 거야. 그리고 그 외로움을 달래기 위해 거지같은 남자들과 계속 엮이게 되는 거지."

"그건 알지만," F. 재스민이 말했다. "T. T. 윌리엄스는 거지같은 사람이 아니잖아."

"T. T 얘기를 하는 게 아니야. 그 사람과 나는 그저 사이좋은 친구니까."

"그 사람과 결혼할 생각은 없어?" F. 재스민은 물었다.

"글쎄, T. T는 사회적 지위가 있는 흑인 신사야. 그 사람이 그런 류의 많은 남자들처럼 아무렇게나 취해서 해롱거렸다는 이야기는 들은 적이 없어. 만약에 내가 T. T와 결혼하게 된다면 나는 이 부엌에서 나갈 수 있고, 그의 레스토랑 중 한 곳의 계산대 뒤에서 발이나 문지르고 있으면 돼. 무엇보다 나는 T. T를 진심으로 존경해. 그 사람은 평생 똑바로 바른길을 걸어온 사람이니까."

"그래서 언제 결혼할 건데?" 그녀가 물었다. "그 사람은 아줌마한테 푹 빠진 것 같던데."

베레니스가 말했다. "난 그 사람과 결혼하지 않을 거야."

"하지만 지금 아줌마가 분명히 말했잖아." F. 재스민이 말했다.

"나는 T. T를 진심으로 존경한다고 한 거야. 진심으로 훌륭한 사람이라고 생각해."

"그럼 어째서?" F. 재스민이 물었다.

"그 사람은 존경할 만한 가치가 있는 훌륭한 사람이라고 생각해." 베레니스가 말했다. 그녀의 까만 눈은 조용히 깨어 있었다. 이야기를 하는 그녀의 납작한 코가 크게 벌어졌다.

"하지만 그 사람은 나를 조금도 떨리게 하지 않아."

잠시 침묵한 뒤 F. 재스민이 말했다. "결혼식에 대해 생각하면 난 막 떨리는데."

"흥, 그거 참 안됐구나."

"그리고 죽은 사람을 벌써 몇 명이나 아는지 생각하면 몸이 떨려. 전부 일곱 명이야." 그녀가 말했다. "이제 거기 찰스 아저씨도 넣어야지."

F. 재스민은 양쪽 귀에 손가락을 찔러 넣고 눈을 감아 보았다. 그러나 그건 죽음이 아니었다. 그녀는 난로의 열기를 느낄 수 있었고, 저녁 식사의 냄새를 맡을 수도 있었다. 배가 꼬르륵거리는 것도 느껴졌고, 심장이 뛰는 소리를 느낄 수도 있었다. 하지만 죽은 사람은 아무것도 느끼지 못하고, 아무것도 듣지 못하고, 아무것도 보지 못한다. 그저 시커먼 어둠뿐이다.

"죽는다는 건 정말 무시무시한 거야." 그녀는 이렇게 말하고 결혼식에 입을 드레스를 입은 채 부엌을 이리저리 돌아다녔다.

선반에 고무공이 놓여 있었다. 그녀는 그것을 복도 문을 향해 던졌다. 공이 튀어 오르자 다시 잡았다.

"그걸 제자리에 갖다 놓으렴." 베레니스가 말했다. "더러워지기 전에 드레스를 벗으려무나. 딴 데 가서 뭐라도 하고 오는 게 어떠니? 라디오라도 켜든가."

"라디오는 켜고 싶지 않다고 했잖아."

그리고 그녀는 부엌을 돌아다녔다. 딴 데 가서 뭐라도 하고 오라는 말을 들었지만, 뭘 하면 좋을지 생각이 나지 않았다. 그녀는 결혼식 드레스를 입은 채 한 손을 허리에 올리고 걸었다. 은색 샌들이 두 발을 꽉 죄는 바람에, 마치 엄지발가락이 부었다가 녹으면서 열 개의 커다란 꽃배추가 된 것처럼 느낌이 얼얼했다.

"하지만 아줌마가 여기로 돌아왔을 때는 라디오를 켜 둬." F. 재스민이 갑자기 말했다. "언젠가 우리가 라디오에서 이야기하는 목소리를 반드시 듣게 될 테니까."

"그게 도대체 무슨 말이니?"

"언젠가 우리는 라디오에 나와 이야기해 달라는 요청을 받을 거야."

"무엇에 대해 이야기하는지 가르쳐 주지 않겠니?" 베레니스가 물었다.

"무엇에 대해 이야기하게 될지, 거기까지는 아직 모르겠어." F. 재스민은 말했다. "하지만 아마 뭔가의 목격담을 이야기하게 될 거야. 우리는 거기에 대해 이야기해 달라는 부탁을 받을 거라고."

"무슨 소린지 잘 모르겠네." 베레니스가 말했다. "우리는 뭘 목격하게 되는 거니? 그리고 그 이야기를 해 달라고 누가 부탁을 한다는 거지?"

F. 재스민은 빙그르르 뒤로 돌아 두 주먹을 허리에 대고 상대방을 힐긋 노려보는 자세를 취했다. "우리가 아줌마랑 존 헨리, 그리고 나라고 생각하는 거야? 참나, 그런 웃기는 이야기는 태어나서 지금까지 들어 본 적이 없어."

흥분한 존 헨리의 목소리가 높고 날카로워졌다. "뭐라고, 프랭키? 라디오에서 누가 이야기한다고?"

"내가 '우리'라고 했을 때, 아줌마는 그게 아줌마랑 나, 존 헨리 웨스트라고 생각했구나. 세상을 향해 라디오에서 이야기를 하는 사람이 말이야. 태어나서 지금까지 그런 웃긴 이야기는 처음 들어."

존 헨리는 어느새 의자에 올라가 무릎을 꿇고 있었다. 이마에는 푸른 혈관이 솟아오르고 목덜미가 굳어지는 게 보였다. "누가?" 그가 외쳤다. "뭘?"

"하, 하, 하!" 그녀가 말했다. 그리고 웃음을 터뜨렸다. 쿵쾅거리는 발소리와 함께 부엌을 돌아다니며 주먹으로 이것저것 두드려 댔다. "호, 호, 호!"

존 헨리는 비통하게 고함을 지르고, F. 재스민은 결혼식에 입을 드레스 차림으로 부엌을 우당탕 쏘다니고, 베레니스는 테이블에서 일어나 이들을 진정시키기 위해 오른손을 들었다. 그리고 그들은 동시에 갑자기 움직임을 멈췄다. F. 재스민은 창문 앞에서, 글자 그대로 꼼짝달싹도 하지 않았다. 존 헨리도 창문 앞으로 달려가 창틀에 손을 대고 까치발로 바깥을 쳐다보았다. 베레니스는 그쪽으로 고개를 돌려 무슨 일이 일어났는지 보려고 했다. 그 순간에는 피아노 소리마저 뚝 끊겼다.

"아아!" F. 재스민이 속삭이듯이 말했다.

네 명의 소녀들이 뒤뜰을 가로지르고 있었다. 소녀들은 열넷에서 열다섯 살로, 모두 클럽의 멤버들이었다. 맨 앞에 가는 사람이 헬렌 플레처이고, 나머지 셋은 그 뒤를 따라 일렬로 걷고 있었다. 그녀들은 지름길로 가기 위해 오닐가 뒤뜰을 지나 정자 앞을 천천히 가로지르고 있었다. 비스듬히 긴 황금빛 햇살을 받은 소녀들의 피부 역시 황금빛으로 빛나고 있었다. 모두가 깨끗하고 말쑥한 드레스를 입고 있었다. 정자 앞을 가로지를 때, 각각의 그림자가 길게 드리워지면서 뻣뻣하게 흔들렸다. 그녀들은 금세 모습을 감추게 될 거였다. F. 재스민은 꼼짝달싹하지 않고 서 있었다. 초여름 무렵이었다면, 그녀는 소녀들이 자기에게 클럽 멤버로 선발되었다고 말해 주지 않을까 기대하며 기다렸을 것이다. 그리고 끝까지 기다렸다가 소녀들이 그저 지름길로 가고 있을 뿐이라는 걸

깨닫고 분노를 담은 커다란 목소리로 맘대로 남의 집 정원을 가로지르지 말라고 소리쳤을 것이다. 그러나 이제 그녀는 부러움을 느끼는 대신, 그저 조용히 소녀들을 바라보고 있었다. 마지막엔 그녀들에게 말을 걸어 결혼식에 대해 가르쳐 주고 싶다는 충동에 시달렸다. 그러나 입에서 말이 나오기 전에 소녀들은 이미 모습을 감췄다. 남은 것은 정자와 저물어 가는 태양뿐이었다.

"그게, 내 생각에는……" F. 재스민이 간신히 입을 열었다. 그러나 베레니스가 바로 끼어들었다.

"아무것도 아니야. 호기심이야." 그녀는 말했다. "호기심. 그게 다란다."

세 사람이 마지막 식사의 두 번째 순서를 시작했을 때 시곗바늘은 이미 다섯 시를 가리키고 있었고, 슬슬 석양이 가까워지고 있었다. 저녁 이맘때쯤이면 그들은 테이블 앞에 앉아, 빨간색 트럼프 카드를 늘어놓으면서 때때로 창조주에 대한 비판을 입에 올리곤 했다. 창조주가 해 놓은 일을 심판하고, 어떻게 하면 세상이 더 좋아질까 이야기하곤 했다. '성스러운 주님'을 외치는 존 헨리의 목소리는 행복하고 기묘하게 드높았다. 그리고 그의 세계는 감미로운 것과 기괴한 것의 혼합물이 되었다. 그는 종합적인 관점에서 사물을 생각하지 않았다. 그의 머리에 떠오르는 것은 여기서부터 캘리포니아까지 순식간에 늘어나는 긴 팔, 초콜릿 진흙, 레모네이드 비, 1,000마일 앞이 보이는 제3의 눈, 앉을 때 꺼내서 방석을 대신하는 접이식 꼬리, 캔디로 만든 꽃 같은 것이었다.

그러나 '성스러운 주님'으로서 베레니스 세이디 브라운이 그리는 세상은 그것과는 전혀 달랐다. 그 세상은 둥글고, 공정하고, 이치에 맞았다. 우선 애초에 그 세상에서는 피부색에 의해 사람이 구별되지 않았다. 모든 사람은 엷은 갈색 피부와 파란 눈동자, 검은 머리를 갖고 있었다. 그곳에는 유색 인종도 없고 백색 인종도 없었다. 백인 때문에 흑인이 폄하되고 비참한 인생을 살게 되는 일도 없었다. 피부색에 차이가 없이, 인간이라면 남자, 여자, 어린아이 모두 한 가족처럼 지구에서 사이좋게 사는 것이다. 베레니스가 이 제1원리에 대해 이야기할 때, 그녀의 목소리는 힘차고 깊이 있는 노래가 되었다. 칠흑같이 아름다운 목소리로 부르는 노래는 드높이 날아올라 방 구석구석에 메아리를 남겼다. 메아리는 잠시 후 침묵이 찾아올 때까지, 그곳에서 오랫동안 울렸다.

전쟁도 없어, 하며 베레니스는 이렇게 말했다. "유럽의 나무에 매달려 있는 시체도 없고, 어딘가에서 유대인이 살해되지도 않아. 전쟁도 없고, 젊은이들이 몸에 군복을 걸치고 멀리 가게 되는 일도 없고, 야만적이고 잔인한 독일인이나 일본인도 없을 거야. 지구상에 전쟁 같은 건 전혀 없고, 모든 나라는 평화로워. 그리고 굶주림도 없어. 애초에 진짜 하느님은 모든 사람을 위해 공기도 무료, 비도 무료, 땅도 모두 무료로 제공해 주셨잖아. 모든 사람에게 무료로 먹을 것이 주어질 거야. 식사는 무료이고, 일주일에 2파운 드씩 돼지비계가 주어지겠지. 그리고 나서 몸에 문제가 없는 사람 은 자기가 먹고 싶은 것이나 갖고 싶은 것을 위해 일하면 되는 거 야. 유대인들이 살해당하지도 않고, 흑인들이 상해를 입는 일도 없어. 세상에서 전쟁이나 굶주림도 사라질 거야. 그리고 마지막으 로, 그 세상에는 틀림없이 루디 프리먼도 살아 있을 거야."

베레니스의 세상은 둥글었다. 예전의 프랭키는 노래처럼 강력 하고 깊이 있는 목소리에 귀를 기울이며 베레니스의 말에 동의하 곤 했다. 그러나 뭐니 뭐니 해도 프랭키의 세상이야말로 세 사람 이 그리는 세상 중에서 가장 뛰어난 것이었다. 그녀가 창조의 주 요 원리로 꼽는 것은 베레니스와 대체로 비슷했지만, 그녀는 거 기에 여러 가지를 덧붙였다. 한 사람마다 비행기와 오토바이가 한 대씩 주어진다. 회원증과 배지를 받을 수 있는 '세계클럽'이 있고, 중력의 법칙은 더 나아진다. 전쟁에 대한 그녀의 의견은 베레니스 와 완전히 똑같지는 않았다. 때때로 그녀는 어딘가에 '전쟁 전용 섬' 같은 것을 만들면 된다고 생각했다. 원하는 사람은 거기 가서 실컷 싸우든가, 아니면 수혈하면 되는 것이다. 그녀도 공군 부녀 자 부대원이 되어 잠시 거기에 가게 될지도 몰랐다. 그녀는 또 계 절에도 약간 변화를 주었다. 여름 같은 건 모조리 빼 버리고 눈을 더 많이 붙였다. 사람들은 생각하고 원하는 대로 남자아이가 되거나 여자아이가 되기도 하고, 또 원래대로 돌아올 수 있도록 했다. 그러나 그에 대해 베레니스는 이의를 제기했다. 사람의 성에 관한 법칙은 지금 이대로가 딱 좋아서 개선할 여지가 전혀 없다고. 그리고 대부분의 경우, 그쯤에서 존 헨리 웨스트가 바보 같은 의견을 내놓곤 했다. 사람이 반은 남자, 반은 여자라면 좋을 거라고 말이다. 그 말에 프랭키가 이번에 널 축제(페어)에 데려 가서 프릭스 관에 팔아넘길 거라고 협박하면, 그는 그저 눈을 감고 싱긋 웃을 뿐이었다.

그런 식으로 세 사람은 부엌 테이블에 앉아 창조주와 신이 하는 일을 이리저리 비판하곤 했다. 때로 그들의 목소리가 얽혀들면 세 개의 세상이 서로 꼬였다. '성스러운 주님'인 존 헨리, '성스러운 주님'인 베레니스 세이디 브라운, '성스러운 주님'인 프랭키 아담스. 길고 나른한 오후가 끝날 무렵 제시되는 몇몇 세상들.

그러나 그날은 달랐다. 시간을 질질 끌거나 트럼프 카드를 꺼내지 않고 여전히 식사가 이어졌다. F. 재스민은 결혼식에 입을 드레스를 벗고 맨발에 페티코트만 입은, 평소의 편안한 차림으로 돌아갔다. 콩에 끼얹은 갈색 그레이비소스는 이미 굳어져 있었다. 음식은 뜨겁지도 차갑지도 않았으며 버터는 완전히 녹아 버렸다. 그들은 두 번째 식사에 들어갔다. 서로 요리가 든 접시를 돌렸다. 저녁 이 시간에 항상 꺼내는 익숙한 화제도 나오지 않았다. 그 대신 좀 이상한 대화를 주고받았다. 바로 이런 것이었다.

"프랭키," 베레니스가 말했다. "좀 전에 뭔가 말하려고 했었지? 그런데 이야기가 다른 쪽으로 새고 말았구나. 뭐가 이상하다든가, 그런 이야기 아니었니?"

"응, 맞아." F. 재스민이 말했다. "오늘 일어난 좀 이상한 일에 대해 이야기하려고 했어. 이해가 잘 안 되는 일을. 하지만 지금은 내가 하고 싶은 말을 어떻게 설명해야 좋을지 잘 모르겠어."

F. 재스민은 고구마를 반으로 자르고 의자 등받이에 기댔다. 그녀는 집에 돌아오는 길에 일어난 일을 베레니스에게 이야기하려고 했다. 그녀의 시야 끝자락에 갑자기 어떤 형상이 날아들었다. 그쪽을 돌아보니 골목 안에 있는 두 명의 흑인 소년이 보였다. F. 재스민은 중간중간 이야기를 하다 말고 입술을 꽉 다물며 자기가 느낀 것을 표현하기 위한 올바른 단어를 찾으려 노력했다. 그것은 지금까지 이름을 들어 본 적도 없는 느낌이었다. 때때로 그녀는 자기가 하고 싶은 말이 제대로 전달되고 있는지 확인하기 위해 베레니스의 얼굴을 살폈다. 베레니스의 얼굴에 놀란 듯한 표정이 떠올랐다. 파란 유리 눈이 평소처럼 반짝거리며 놀란 기색을 띠고 있었는데, 처음에는 까만 눈 역시 마찬가지로 놀란 기색이었다. 하지만 잠시 후 기묘한 공모자 같은 표정이 그 얼굴을 바꿔 버

렸다. 그녀는 때때로 휙 하고 고개를 기울였다. 마치 귀의 위치를 바꿈으로써 자기가 듣고 있는 이야기가 진실인지 아닌지 확인하는 것처럼.

F. 재스민이 이야기를 마치기 전에, 베레니스는 자기 접시를 밀어내고 가슴에 넣어 두었던 담배를 꺼냈다. 직접 만 담배였지만, 그녀는 그것을 체스터필드 담배 상자에 넣어 갖고 다녔다. 가게에서 파는 체스터필드를 피우는 것처럼 보이게 하기 위해서였다. 그녀는 담뱃잎이 헐거운 끄트머리를 뜯어내 성냥으로 불을 붙이고, 불꽃이 코에 닿지 않도록 머리를 뒤로 젖혔다. 테이블에 앉은 세 사람의 머리 위로 파란색 연기가 떠올랐다. 베레니스는 엄지와 검지로 담배를 들고 있었다. 그녀의 손가락은 겨울철 류머티즘 때문에 뻣뻣하게 굽어, 네 번째 손가락과 새끼손가락은 똑바로 펼 수조차 없었다. 그녀는 담배를 피우면서 조용히 이야기를 들었다. F. 재스민이 이야기를 마친 후 긴 침묵이 이어졌다. 베레니스가 몸을 쑥 앞으로 내밀더니 느닷없이 물었다.

"잘 들어! 넌 내 머리뼈가 비쳐 보이니? 어때, 프랭키 아담스, 넌 내 생각을 읽을 수 있었던 적이 있니?"

F. 재스민은 어떻게 대답해야 좋을지 알 수 없었다.

"이건 내가 들은 것 중에 제일 희한한 이야기 중 하나야." 베레니스는 말했다. "잘 이해가 안 돼."

"내가 하고 싶은 말은……." F. 재스민은 이야기를 반복하려고
했다.

"네가 하고 싶은 말이 뭔지는 알아." 베레니스가 말했다. "시야
끝에서"라고 하며 그녀는 붉게 충혈된 까만 눈의 가장자리를 가
리켰다. "넌 뭔가의 형상을 발견해. 그때 온몸에 한기 같은 것이
훑고 지나가. 넌 재빨리 뒤돌아보지. 그리고 그 뭔가와 정면으로
마주해. 하지만 그건 루디도 아니고, 네가 원하는 상대도 아니야.
그리고 넌 잠시 우물에 빠진 것 같은 기분이 들어."

"그래," F. 재스민이 말했다. "바로 그거야."

"아아, 이건 정말 멋진 일이야." 베레니스가 말했다. "이런 일은
나도 지금까지 항상 겪어 왔어. 하지만 그걸 제대로 표현한 말을
들은 건 지금이 처음이야."

F. 재스민은 손으로 코와 입을 덮었다. 그것이 멋진 일이라는 말
을 듣고 기뻐하는 자기 모습을 들키지 않도록. 그리고 그녀의 눈
이 조심스럽게 감겼다.

"아아, 사람은 사랑할 때 그렇게 되는 거야." 베레니스가 말했
다. "틀림없어. 그건 다들 잘 알지만 말로는 하지 않는 거지."

그렇게 해서 마지막 날 오후 여섯 시 십오 분 전에, 색다른 대화
가 시작되었던 것이다. 그들이 사랑에 대해 이야기한 것은 그날이
처음이었다. F. 재스민은 사랑이라는 것을 이해하고 그것에 대해

자기 나름의 의견을 가진 사람으로 대화에 참여하게 되었다. 예전의 프랭키는 사랑 같은 건 웃어넘기면서 그런 것은 단순히 꾸며낸 거라고 주장하고, 그 존재조차 인정하지 않았다. 그녀는 자신의 연극에 사랑 같은 건 집어넣지 않았고, 팰리스 극장에 사랑에 관한 영화가 걸려도 보러 가지 않았다. 예전의 프랭키는 범죄 영화나 전쟁 영화, 서부극이 걸려 있으면 항상 토요일 낮에 영화를 보러 가곤 했다. 작년 오월 〈춘희(camille)〉(그레타 가르보, 로버트 테일러 주연, 1936년 제작─옮긴이)라는 영화가 토요 리바이벌로 상영되고 있을 때, 팰리스 극장에서 한바탕 소동을 일으킨 게 바로 누구였던가. 예전의 프랭키였다. 그녀는 앞에서 두 번째 줄 좌석을 차지하고 앉아 발을 쿵쿵대며 손가락 두 개를 입에 넣고 휘파람을 불었다. 그러자 앞에서 세 번째 줄의 반값 할인석에 앉은 무리가 뒤따라 발을 구르고 휘파람을 불기 시작했다. 사랑이 테마인 영화가 상영될수록 소동은 커져 갔다. 결국 지배인이 회중전등을 들고 와 그들을 몽땅 자리에서 일으켜 통로로 몰아내고 길거리로 내쫓아 버렸다. 그들 모두는 10센트를 뜯겼다고 화를 냈다.

　예전의 프랭키는 사랑 같은 건 인정하지 않았다. 하지만 지금의 F. 재스민은 다리를 꼬고 테이블 앞에 앉아, 평소처럼 맨발로 마루를 두드리면서 베레니스의 말에 고개를 끄덕이고 있었다. 뿐만 아니라 녹은 버터 접시 옆에 놓인 체스터필드 상자에 몰래 손을 뻗었을 때도, 베레니스는 그 손을 찰싹 때려 못 만지게 하지 않았다. 그래서 F. 재스민은 담배를 한 대 가로챌 수 있었다. 그녀와 베레니스는 저녁 식사 자리에서 함께 담배를 피우고 있는 두 명의 어른인 것이다. 그리고 존 헨리 웨스트는 어린애처럼 커다란 머리를 어깨에 파묻고, 대화를 한마디도 놓치지 않겠다는 듯이 귀를 기울이고 있었다.

"너희들에게 이야기를 하나 해 줄게." 베레니스가 말했다. "너희들에 대한 경고로 말이야. 내 말 들리니, 존 헨리? 듣고 있지, 프랭키?"

"응," 존 헨리가 중얼거리듯이 말했다. 그리고 혈색이 좋지 않은 작은 집게손가락으로 그녀를 가리켰다. "프랭키가 담배를 피우고 있어."

베레니스는 자세를 똑바로 고쳐 앉더니 어깨를 펴고 뒤틀린 검은 두 손을 테이블 위에 포갰다. 그리고 노래를 시작하려는 가수처럼 턱을 들어 숨을 깊숙이 들이마셨다. 피아노를 조율하는 소리는 여전히 집요하게 이어지고 있었지만, 베레니스는 개의치 않고 이야기를 시작했다. 그녀의 새카만 황금빛 목소리가 부엌에 울려 퍼지자, 이제 피아노 소리 같은 건 누구의 귀에도 들리지 않게 되었다. 그러나 베레니스는 경고를 주기 전에, 이미 수차례 들려준 익숙한 이야기를 먼저 시작했다. 바로 그녀와 루디 프리먼의 이야기로, 아주 오래전에 일어난 일이었다.

"미리 말해 두지만, 난 행복했어. 이 세상 여자 중에 나보다 행복한 사람은 없었어." 그녀는 말했다. "누구 한 사람 예외 없이 말이야. 듣고 있니, 존 헨리? 모든 왕비와 백만장자, 높은 사람들의 사모님을 전부 통틀어서 말이야. 모든 피부색의 여자들을 통틀어서 말이야. 듣고 있니, 프랭키? 이 세상에 베레니스 세이디 브라운보다 행복한 여자는 한 사람도 없었어."

그녀는 익숙한 루디의 이야기부터 시작했다. 그것은 20년도 더 된, 시월 말 무렵 어느 오후의 일이었다. 마을의 경계선 밖에 있는 캠프 캠벨 주유소 앞에서 두 사람이 처음 만났던 것부터 이야기는 시작되었다. 때는 마침 나뭇잎이 물드는 계절로, 마을 밖으로 나가면 안개가 자욱이 낀 것처럼 가을 특유의 회색과 금색으로 나무들이 물들어 있었다. 이야기는 그 첫 만남에서부터 슈거빌의 '기쁨의 승천교회'에서 치른 결혼식으로 이어졌다. 그리고 두 사람의 결혼 생활 이야기가 시작되었다. 배로우 스트리트 모퉁이에 있는 집에는 벽돌로 된 정면 계단과 유리창이 있었다. 그녀는 크리스마스 선물로 여우 모피 코트를 받고, 유월에는 스물여덟 명의 친척과 손님을 초대해 생선 튀김을 대접하는 파티를 열었다. 오랜 세월 동안 베레니스는 요리를 하고, 미싱으로 루디의 양복과 셔츠를 꿰맸다. 두 사람은 항상 즐거운 나날을 보냈다. 두 사람은 북부로 가서 신시내티에서 아홉 달을 보냈다. 그곳에는 눈이 내렸다. 그리고 다시 슈거빌로 돌아왔다. 하루와 하루가 어우러지고, 주와 주가, 달과 달이, 해와 해가 어우러져 갔다. 두 사람은 언제나 생활을 즐겼다. 하지만 F. 재스민이 그들의 행복한 모습을 이해할 수 있었던 것은 이야기의 내용 때문이 아니라, 이야기하는 베레니스의 모습 때문이었다.

베레니스는 느긋하고 편안한 목소리로 말했다. 그리고 자신은 여왕보다 행복했다고 말했다. 그녀의 이야기를 듣고 있으니, F. 재스민은 그녀가 이상한 나라의 여왕처럼 느껴지기 시작했다. 만약에 부엌 테이블 앞에 앉아 있는 흑인 여왕이 있다면 말이다. 그녀는 자기와 루디의 이야기를 마치 흑인 여왕이 황금 천 두루마리를 펴서 읽는 것처럼 이야기했다. 그리고 마침내 그 이야기가 끝났을 때, 그녀가 짓는 표정은 항상 똑같았다. 검은 눈은 똑바로 앞을 응시하고 있었고, 벌렁거리는 납작한 코는 떨리고 있었고, 이야기를 마친 입은 조용하고 서글펐다. 보통 이야기가 끝나면 그들은 그대로 가만히 앉아 있었다. 그리고 갑자기 분주하게 뭔가를 하기 시작했다. 트럼프 게임을 시작하거나 밀크셰이크를 만들기도 하고, 혹은 이렇다 할 목적도 없이 부엌 안을 분주히 돌아다닐때도 있었다. 그러나 그날 오후 베레니스가 이야기를 마친 뒤에도 그들은 한참을 가만히 있으면서 입도 뻥긋하지 않았다. 간신히 F.

재스민이 입을 열었다.

"루디는 구체적으로 사인이 뭐였어?"

"폐렴 같은 거였지." 베레니스가 말했다. "1931년 십일월의 일이었어."

"그해 그달에 내가 태어났지." F. 재스민이 말했다.

"그렇게 추운 십일월은 처음이었어. 매일 아침 서리가 내리고 물웅덩이에 얼음이 얼었지. 태양빛은 한겨울처럼 희미한 노란색이었어. 소리가 멀리까지 잘 들려서 황혼녘에 사냥개 한 마리가 자주 짖었던 게 기억나. 낮이고 밤이고 계속 난로에 불을 피워댔지. 저녁에 내가 방 안을 돌아다니고 있으면 떨리는 그림자가 벽 위로 내 옆을 따라왔어. 그리고 눈에 보이는 모든 게 어떤 징조 같았어."

"그가 세상을 떠난 그해 그달에 내가 태어난 건 한 가지 징조 같아." F. 재스민이 말했다. "날짜는 다르지만."

"그리고 목요일 저녁 여섯 시에 가까울 무렵이었어. 대충 이맘때쯤이야. 물론 십일월이긴 했지만. 복도로 나와 현관문을 열었던 기억이 나. 우리는 그해 프린스 스트리트 233번지에 살고 있었어. 주변은 이미 어두워지고, 멀리서 예의 그 늙은 사냥개가 짖고 있었지. 나는 방으로 돌아와 루디의 침대에 누웠어. 루디 위에 겹치듯이 누워서 두 팔을 벌리고, 얼굴과 얼굴을 맞댔지. 그리고 난 하느님께 기도했어. 내 기운을 루디에게 옮겨 달라고 말이야. 다른 누군가가 지독하게 고생한다고 해도 상관없으니, 루디만은 살려 달라고 말이야. 거기에 누워서 오랫동안 기도했어. 밤이 될 때까지."

"어떻게?" 존 헨리가 물었다. 전혀 의미를 알 수 없는 질문이었다. 그러나 그는 그 질문을 한 번 더 날카롭고, 비명에 가까운 목소리로 반복했다. "어떻게, 베레니스?"

"그날 밤 그는 세상을 떠났어." 그녀는 말했다. 그녀의 말투는 한층 날카로워졌다. 마치 사람들이 모두 이의를 제기한 것처럼. "그는 죽었단 말이야. 루디가 말이야! 루디 프리먼이! 루디 맥스웰 프리먼이!"

그녀는 이야기를 마쳤다. 세 사람은 여전히 테이블 앞에 앉아 있었다. 아무도 움직이지 않았다. 존 헨리는 베레니스를 가만히 응시하고 있었다. 내내 그의 위로 날아다니던 파리 한 마리가 그의 안경테 왼쪽에 앉았다. 그리고 천천히 왼쪽 렌즈를 가로지르더니 코 부분을 지나 오른쪽 렌즈를 가로질렀다. 파리가 날아오르자 존 헨리는 비로소 눈을 깜박이며 손으로 쫓아 버렸다.

"마음에 하나 걸리는 게 있어." F. 재스민이 드디어 입을 열었다. "찰스 아저씨가 돌아가셔서 관에 안치되어 있어. 하지만 나는 울 수가 없어. 슬퍼하는 게 당연한데도. 하지만 나는 찰스 아저씨의 죽음보다 루디의 죽음이 더 슬프게 느껴지는 거야. 루디와는 만난 적도 없는데 말이지. 그에 비해 나는 태어났을 때부터 찰스 아저씨를 알고 있었고, 그분은 내 친척의 친척이야. 그건 내가 루디가 세상을 떠난 직후에 태어났기 때문일까?"

"어쩌면 그럴지도 모르지." 베레니스는 말했다.

이대로 밤이 될 때까지 여기 앉아 있게 될지도 몰라, F. 재스민은 그런 생각이 들었다. 꼼짝도 하지 못하고 말도 하지 못한 채. 그런데 갑자기 그녀는 어떤 일을 떠올렸다.

"저기, 그거 말고 다른 이야기를 하려던 거 아니었어?" 그녀가 물었다. "무슨 경고 같은 거였는데."

베레니스는 영문을 알 수 없다는 표정을 지었다. 그러더니 갑자기 고개를 들며 말했다.

"아아, 맞다! 나는 우리가 이야기했던 것이 나한테 어떤 식으로 벌어졌는지 말해 줄 생각이었어. 그리고 내가 결혼한 다른 남자들과의 사이에서 무슨 일이 일어났는지 말이야. 자, 똑똑히 잘 들으렴."

그러나 다른 세 남편에 대한 이야기 역시 이미 수차례나 들은 적이 있었다. 베레니스가 이야기를 시작하자 F. 재스민은 냉장고에서 단맛을 첨가한 연유를 꺼내 테이블로 가져와 크래커에 발라 디저트로 먹었다. 처음에 그녀는 베레니스의 이야기를 별로 주의 깊게 듣지 않았다.

"이듬해 사월의 일인데, 나는 어느 일요일에 폭스 폴즈 교회에 갔어. 그런 데서 뭘 하고 있었냐고? 같은 수양부모 밑에서 자란 사촌들이 잭슨 일대에 살고 있었는데, 그곳을 방문했다가 그들이 다니는 교회에 같이 갔던 거야. 나는 낯선 사람들뿐인 그 교회에서 기도를 하고 있었어. 앞쪽 신도석 등받이에 이마를 대고 눈을 뜨고 있었지. 빤히 주위를 둘러보고 있었던 게 아니야. 그냥 눈만 뜨고 있었다는 거지. 그런데 그때 갑자기 온몸에 오한이 스쳤어. 눈가로 어떤 형상을 볼 수 있었지. 난 왼쪽으로 천천히 눈길을 돌렸어. 내가 거기서 뭘 봤을 것 같아? 그 신도석 위에, 내 눈에서 불과 6인치밖에 떨어져 있지 않은 곳에 그 엄지손가락이 있었던 거야."

"무슨 엄지손가락?" F. 재스민이 물었다.

"이제부터 그 이야기를 할 거야." 베레니스가 말했다. "그전에 한 가지 말해 둬야 할 게 있단다. 아주 작은 부분이지만, 루디 프리먼에게는 아름답다고는 할 수 없는 게 딱 하나 있었어. 그것 말고는 어디를 뜯어봐도 누구도 토를 달 수 없을 만큼 깔끔하고 아름다웠지만 말이야. 하지만 오른손 엄지손가락만큼은 그렇지 않았어. 경첩에 짓눌린 그 엄지손가락은 누가 씹어서 으깨 놓은 것처럼 납작하게 찌그러져서, 빈말이라도 아름답다고는 할 수 없었어. 알겠니?"

"기도를 하는데 갑자기 루디의 손가락이 보였다는 거야?"

"내가 하고 싶은 말이 바로 그 엄지손가락이 보였다는 거야. 내가 무릎을 꿇고 있을 때, 머리에서 발끝까지 오한이 스치고 지나가면서. 나는 무릎을 꿇은 채 그 엄지손가락을 가만히 바라보았지. 그리고 손가락의 앞을 보기 전에, 그러니까 엄지손가락의 주인이 누군지 보기 전에 나는 열심히 기도를 했어. 나는 소리 내어 기도했단다. 주여, 모습을 보여 주세요! 주여, 모습을 보여 주세요!"

"그래서 하느님은 소원을 들어주셨어?" F. 재스민이 물었다. "모습을 보여 주셨어?"

베레니스는 옆으로 침을 뱉는 듯한 소리를 냈다. "홍, 생각만 해도 어처구니가 없는 모습이었지!" 그녀는 말했다. "그 엄지손가락 주인이 누구였는지 알아?"

"누구였는데?"

"바로 제이미 빌이었어." 베레니스가 말했다. "그 좀 크고 지지리 못난 제이미 빌. 그때 처음으로 그 녀석을 본 거야."

"그게 그 사람과 결혼한 이유였어?" F. 재스민이 물었다. 제이미 빌은 그녀의 두 번째 남편이었던 늙은 술주정뱅이의 이름이었다. "그 사람이 루디처럼 찌그러진 엄지손가락을 갖고 있어서, 그래서 결혼했던 거야?"

"그건 나도 모르겠어." 베레니스가 말했다. "짐작도 안 가. 하지만 일단 그 손가락 때문에 그에게 끌렸던 것 같아. 그리고 나도 모르는 사이에 이야기가 진전돼서 정신이 들고 보니 그와 결혼해 있더구나."

"하지만 그건 너무 바보 같은 짓이야." F. 재스민이 말했다. "단지 엄지손가락 때문에 그 사람과 결혼하다니."

"바로 그거야." 베레니스가 말했다. "네 의견에 이의를 제기할 생각은 없어. 난 그저 그때 일어난 일을 사실 그대로 이야기할 뿐이야. 그리고 그것과 똑같은 일이 헨리 존슨과의 사이에서도 일어났어."

헨리 존슨은 그녀의 세 번째 남편으로, 베레니스에게 상식을 벗어난 행동을 했던 남자였다. 그는 결혼하고 3주 동안은 착실했다. 그런데 갑자기 머리가 이상해지면서 제정신인 사람이라면 도저히 할 수 없는 짓을 하게 되었고, 베레니스는 결국 그를 버리고 떠날 수밖에 없었다.

"설마 헨리 존슨도 찌그러진 엄지손가락을 갖고 있었던 건 아니겠지?"

"됐어," 베레니스가 말했다. "그때는 엄지손가락이 아니라 코트였어."

F. 재스민과 존 헨리는 서로 얼굴을 마주보았다. 그녀의 이야기

를 잘 이해할 수 없었기 때문이다. 그러나 베레니스의 까만 눈은 너무나도 진지하고 침착했다. 그녀는 두 사람을 향해 단호하게 고개를 끄덕였다.

"그걸 설명하기 전에 너희가 한 가지 알아 뒀으면 하는 게 있어. 루디가 죽은 뒤에 무슨 일이 일어났는가 하는 거야. 난 루디가 들어 놓은 생명보험에서 250달러를 받을 수 있었어. 하지만 자세하게 얘기하진 않겠지만, 보험회사 사람들에게 속아 어쨌든 그중에서 50달러를 받을 수 없게 됐어. 덕분에 나는 이틀 동안 어떻게든 50달러를 마련해야 했지. 장례식을 치르기 위해서 말이야. 루디에게 싸구려 장례식을 치러 줄 수는 없잖아? 그래서 주변에 있던 것을 모조리 전당포에 갖고 간 거야. 내 코트랑 루디 코트도 모두 팔아 치웠어. 프런트 애버뉴에 있는 그 구제 옷집에 말이야."

"그렇구나!" F. 재스민이 말했다. "그러니까 헨리 존슨이 그 코트를 사서, 그 덕분에 아줌마가 그 사람이랑 결혼했다는 거네."

"꼭 그런 건 아니야." 베레니스가 말했다. "어느 날 밤 시청 앞을 걸어가는데, 갑자기 내 앞에 걸어가는 사람이 눈에 들어왔어. 그 젊은 남자는 루디랑 체형이 똑같았거든. 어깨에서 뒤통수까지 말이야. 너무 똑같은 나머지 나는 하마터면 길 위에 쓰러져 죽을 뻔했어. 난 그 남자 뒤를 쫓아 뛰어갔지. 그 사람이 바로 헨리 존슨이었고, 그때 그를 처음 만난 거야. 그는 시골에 살아서 시내에는 거의 나오지 않았어. 하지만 때마침 루디의 코트를 샀고, 루디랑 체형이 똑같았어. 뒤에서 보면 그는 루디의 유령이나 루디의 쌍둥이 형제처럼 보였지. 하지만 어째서 그런 놈과 결혼했을까, 나도 이해가 안 돼. 왜냐하면 그가 제대로 된 분별력의 소유자가 아니라는 사실은 처음부터 알고 있었거든. 하지만 사람은 몇 번이고 얼굴을 마주하다 보면 자연히 정이 드는 법이야. 어쨌든 난 그렇게 헨리 존슨과 결혼하게 됐단다."

"사람은 상당히 이상한 짓을 할 때가 있구나."

"바로 그거야." 베레니스가 말했다. 그리고 저녁 식사의 마무리인 달콤한 샌드위치를 만들기 위해 소다크래커에 연유를 실처럼 천천히 늘어뜨리고 있는 F. 재스민을 흘깃 쳐다보았다.

"적당히 하는 게 어떠니, 프랭키! 배에 촌충이라도 있는 거 아니니? 난 진심으로 하는 말이야. 네 아버지가 식료품점 계산서를 보고 그 넓은 이마에 눈썹을 찌푸려 가며 내가 뭘 속이고 있는 게 아닐까 의심하는 것도 당연한 일이라고."

"실제로 그렇게 하는 거 아냐?" F. 재스민이 물었다. "가끔씩."

"아버지가 계산서를 보고 나에게 이렇게 불평을 한다고 치자. 저기 베레니스, 일주일 동안 연유 여섯 캔과 대량의 달걀, 그리고 마시멜로 여덟 박스, 이런 터무니없는 양의 식품을 도대체 누가 어떻게 다 쓸 수 있는 거야, 라고 말이야. 그렇게 되면 나로서는 프랭키가 그걸 다 먹어요, 라고 털어놓을 수밖에 없어. 나는 이렇게 말해야겠지. 미스터 아담스, 당신은 틀림없이 당신 집 부엌에서 평범한 인간의 아이를 키우고 있다고 생각하고 계시겠죠. 그렇죠? 하지만 그건 말도 안 되는 착각이랍니다, 라고 말이야."

"오늘부터는 걸신들린 것처럼 먹지 않을 거야." F. 재스민은 말했다. "하지만 나는 또 한 가지 이야기의 요점을 잘 모르겠어. 제이미 빌과 헨리 존슨의 이야기가 어째서 나에게 해당하는 거지?"

"그건 모든 사람에게 해당하는 일이고, 하나의 경고야."

"하지만 어째서?"

"아아, 넌 내가 한 일이 뭘 의미하는지 모르겠니?" 베레니스가 물었다. "나는 루디를 사랑했고, 그는 내 첫사랑이었어. 그래서 나는 그 후로도 쭉 그런 나를 본뜨며 살아가야 했던 거야. 루디의 일부를 만나게 될 때마다 그 상대와 결혼하게 된다, 그게 지금까지 내가 해 온 일이야. 나의 불행은 결국 그것들이 모두 잘못된 일부분이었다는 거야. 내가 바랐던 건 나와 루디의 관계를 재현하는 것이었는데 말이야. 어때, 이제 알겠니?"

"아줌마가 무슨 말을 하고 싶은지는 알 것 같아." F. 재스민은 말했다. "하지만 그게 도대체 나한테 무슨 경고를 주는지 모르겠어."

"거기까지 설명해야 하니?" 베레니스가 말했다.

F. 재스민은 긍정도 대답도 하지 않았다. 왜냐하면 베레니스가 거기에 뭔가 덫을 쳐 놓아서, 그녀가 별로 듣고 싶지 않은 말을 듣게 될 것 같은 기분이 들었기 때문이다. 베레니스는 새 담배에 불을 붙이기 위해 말을 끊었다. 그리고 두 개의 콧구멍에서 두 줄기의 파란 연기가 천천히 피어올라 테이블에 놓인 더러운 식기 위로 두둥실 떠올랐다. 슈바르젠 바움 씨는 아르페지오를 연수하고 있었다. F. 재스민은 아무 말도 하지 않고 가만히 기다렸다. 그것은 상당히 긴 시간처럼 느껴졌다.

　"너와 원터힐에서 열릴 결혼식," 베레니스가 간신히 입을 열고 말했다. "그게 바로 내가 경고하는 거야. 네 그 유리알 같은 두 개의 회색 눈 깊숙한 곳에 뭐가 있는지 나는 똑똑히 볼 수 있단다. 지금은 생전 처음 보는 애절한 어리석음이 보이는구나."

　"회색 눈은 유리 눈." 존 헨리가 속삭이듯이 말했다.

　그러나 F. 재스민은 상대에게 속을 들키거나 물러설 수는 없었다. 그녀는 눈에 딱 힘을 주고 베레니스에게서 시선을 떼지 않았다.

　"난 네가 무슨 생각을 하는지 훤히 다 보여. 내가 모르는 것 같니? 넌 내일 원터힐에서 지금까지 본 적이 없는 일을 보게 될 테고, 그 한가운데에 있는 것은 바로 너 자신이야. 넌 오빠와 신부 사이에 서서 함께 제단까지 걸어갈 생각이겠지. 넌 결혼식에 끼어

들려고 하고 있어. 그 외에 어떤 일을 생각 중인지는 예수님만 아시겠지만 말이야."

"아니," F. 재스민이 말했다. "두 사람 사이에 끼어서 제단까지 걸어가지는 않을 거야."

"그 눈 깊숙한 곳에 똑똑히 보이는걸." 베레니스가 말했다. "나를 구슬리려고 해 봤자 소용없어."

존 헨리가 한 번 더, 하지만 이번에는 더 조용한 목소리로 반복했다. "회색 눈은 유리 눈."

"내가 경고하는 건 이런 거야." 베레니스가 말했다. "만약에 네가 그런, 그런 전대미문의 것과 사랑에 빠지면서 인생이 시작되면 너한테 도대체 무슨 일이 일어날 것 같니? 만약에 그런 열정에 사로잡히게 되면 그때 한 번만으로는 끝나지 않는단다. 그건 각오해 두는 게 좋을 거야. 그렇게 되면 넌 어떻게 될 것 같니? 넌 네 인생을 타인의 결혼식에 끼어드는 일에 다 써 버려도 괜찮니? 그런 이상한 인생을 살아도 상관없어?"

"머리가 좀 이상한 사람의 이야기를 듣다 보면 점점 속이 안 좋아져." F. 재스민은 이렇게 말하며 손가락으로 두 귀를 막았다. 하지만 아주 꽉 막은 것은 아니었기 때문에 베레니스의 목소리는 여전히 잘 들렸다.

"넌 스스로에게 그 잘난 덫을 놓음으로써 귀찮은 문제에 휘말

릴 거야." 베레니스는 말을 계속했다. "그건 너도 잘 알 테지. 7학
년 B섹션을 마쳤고, 이제 열두 살이 됐으니 말이야."

F. 재스민은 결혼식에 대한 이야기는 하지 않고, 그 이후에 있을
일을 거론했다. 그녀는 말했다. "그 사람들은 나를 데리고 갈 거
야. 어디 두고 보라고."

"혹시 데리고 가지 않으면?"

"말했잖아." F. 재스민은 말했다. "아버지 권총으로 죽어 버릴
거라니까. 하지만 그들은 분명히 나를 데리고 갈 거야. 그리고 이
런 곳에는 두 번 다시 돌아오지 않을 거야."

"어쨌거나 난 꽤 진지하게 알아듣도록 설명했어." 베레니스가
말했다. "하지만 별 소용이 없었던 것 같구나. 네가 그렇게 따끔한
맛을 보고 싶어 하니."

"내가 따끔한 맛을 본다고 누가 그래?"

"그야 안 봐도 뻔하지." 베레니스는 말했다. "넌 따끔한 맛을 보
게 될 거야."

"아줌마는 틀림없이 날 질투하는 거야." F. 재스민이 말했다.
"내가 이 마을을 떠나는 게 부러워서 어떻게든 그걸 방해하려고
하는 거야. 즐거움을 망칠 생각이라고."

"난 최악의 사태를 막으려고 했을 뿐이야." 베레니스가 말했다.
"하지만 허사로 끝난 것 같구나."

존 헨리는 마지막으로 한 번 더 반복해서 속삭였다. "회색 눈은 유리 눈."

시간은 여섯 시를 지나 있었다. 매번 찾아오는 익숙하고 지루한 오후가 천천히 끝을 맺고 있었다. F. 재스민은 귀에서 손가락을 빼고 지친 한숨을 길게 내쉬었다. 그녀가 한숨을 쉬자 존 헨리도 한숨을 쉬었다. 그리고 마무리로 베레니스가 가장 길게 한숨을 쉬었다. 슈바르젠 바움 씨는 시험 삼아 가볍고 서툴게 왈츠를 연주하고 있었다. 그러나 피아노는 아직 그가 만족할 만큼 조율되어 있지 않았다. 그는 다시 지루하게 다른 소리를 내기 시작했다. 높은 소리를 향해 음계를 더듬어가던 소리가 일곱 번째 소리에서 멈췄다. 그리고 한 번 더 반복하다 같은 곳에서 멈추니 마지막까지 음계를 마칠 수가 없었다. F. 재스민은 더 이상 눈으로 음악을 좇지 않았지만, 존 헨리는 아직 눈으로 좇고 있었다. 피아노 소리가 또 마지막 지점에서 멈췄을 때, F. 재스민은 존 헨리가 위엄 있게 등을 꼿꼿이 세우고 눈을 들어 다음 소리를 기다리는 모습을 볼 수 있었다.

"저 마지막 소리 말이야," F. 재스민이 말했다. "도에서 시작해서 시까지 올라가면 재밌는 사실을 깨닫게 돼. 도와 시는 더 이상 다른 소리가 있을 수 없을 만큼 다른 소리야. 음계 중에서 뭘 골라도 도와 시는 그 두 배만큼 달라. 그런데 두 소리는 피아노 건

반 위에서는 나란히 딱 붙어 있어. 다른 소리랑 마찬가지로 말이야. 도, 레, 미, 파, 솔, 라, 시, 시, 시, 시…… 머리가 이상해질 것 같아!"

존 헨리는 고르지 못한 치아를 드러내며 킥킥 웃었다. "시, 시"라고 그가 말했다. 그리고 베레니스의 소매를 잡아당겼다. "프랭키가 한 말 들었어? 시, 시래."

"이제 입 좀 다물어." F. 재스민이 말했다. "어째서 항상 그렇게 심보가 고약한 거니?" 그녀는 테이블에서 일어났지만 어디로 가야 좋을지 몰랐다.

"그럼 윌리스 로즈는 도대체 어떻게 된 거야? 그 사람도 찌그러진 엄지손가락이나 코트 같은 걸 갖고 있었어?"

"오, 하느님!" 베레니스가 말했다. 그 목소리는 너무 뜻밖이고 충격적이었기 때문에, F. 재스민은 자기도 모르게 뒤로 돌아 테이블로 돌아왔다. "그 이야기를 들으면 넌 분명히 머리칼이 쭈뼛해질 거야. 나랑 윌리스 로즈 사이에 일어난 일을 내가 너한테 아직 이야기하지 않았었나?"

"얘기 안 했어." F. 재스민이 말했다. 윌리스 로즈는 네 명의 남편 중에서 가장 마지막 남편이자 최악의 인물이었다. 그는 너무 악질이었기 때문에, 베레니스는 결국 경찰을 불러야 했다. "뭔데?"

"자, 이런 것을 상상해 보렴!" 베레니스는 말했다. "으슥하고 차가운 일월 밤을 상상해 봐. 나는 혼자 넓은 거실 침대에 누워 있는 거야. 집에 있는 건 나뿐이었어. 왜냐하면 토요일 밤이라 다른 사람들은 모두 폭스 폴즈에 나가 있었거든. 난 있지, 텅 빈 낡은 침대에서 혼자 자는 게 너무 싫은데다가, 집에는 나 혼자밖에 없어서 겁을 엄청 먹은 상태였어. 으슥하고 차가운 일월의 자정이 지난 시간이야. 넌 한겨울이 어땠는지 기억나니, 존 헨리?"

존 헨리는 고개를 끄덕였다.

"그럼 이런 것을 상상해 보렴." 베레니스가 다시 말했다. 그녀는 자기 앞 테이블에 더러운 접시 석 장을 쌓아 올렸다. 그녀의 까만 눈은 테이블 위에 둥글게 원을 그리고, F. 재스민과 존 헨리를 확실히 자신의 청중으로 끌어들였다. F. 재스민은 몸을 앞으로 내밀고 있었다. 입을 벌리고, 두 손은 테이블 모서리를 꼭 붙들고 있었다. 존 헨리는 몸을 떨면서 의자에 깊숙이 앉아, 안경 뒤에서 눈 하나 깜짝하지 않고 가만히 베레니스를 보고 있었다. 베레니스는 낮고 섬뜩한 목소리로 이야기를 시작했는데, 갑자기 말을 멈추더니 자리에 앉은 채로 두 사람을 바라보았다.

"그래서 어떻게 된 거야?" F. 재스민이 몸을 테이블 위로 내밀면서 이야기를 재촉했다. "무슨 일이 일어난 건데?"

그러나 베레니스는 말하지 않았다. 그녀는 두 사람을 번갈아 보며 천천히 고개를 저었다. 그리고 다시 이야기를 시작했을 때, 그녀의 말투는 완전히 달라져 있었다. 그녀는 말했다. "아아, 저 앞에 있는 것이 너에게 보이면 좋을 텐데 말이야. 그렇게 되면 좋을 텐데……."

F. 재스민은 등 뒤로 획 시선을 돌렸다. 하지만 거기에는 요리용 스토브와 벽, 그리고 텅 빈 계단이 있을 뿐이었다.

"그래서 어떻게 됐는데?" 그녀가 물었다. "무슨 일이 일어난 거야?"

"너에게 앞이 보이면 좋을 텐데 말이야." 베레니스는 반복했다. "두 개의 작은 물병과 네 개의 커다란 귀," 그녀가 갑자기 테이블 앞에서 일어났다. "자, 이리 오렴. 접시를 씻자. 그러고 나서 내일 여행에 갖고 갈 컵케이크를 만들자."

F. 재스민은 자기가 지금 어떤 기분인지 베레니스에게 전할 방법이 없었다. 한참이 지나 자기 앞의 테이블이 정리되고 베레니스가 개수대 앞에 서서 접시를 닦고 있을 때, 그녀는 간신히 이렇게 말할 수 있었다.

"내가 진짜 화가 나는 게 있다면, 그건 뭔가 이야기를 시작해서 상대방의 흥미를 잔뜩 불러일으켜 놓고 그대로 이야기를 그만두는 사람이야."

"네 말이 맞아." 베레니스가 말했다. "미안해. 하지만 나는 문득 알게 됐어. 이 이야기는 역시 너와 존 헨리에게 하면 안 된다는 걸."

존 헨리는 부엌 안을 이리저리 깡충깡충 뛰어다니면서 계단과 뒤쪽 포치에 난 문 사이를 오가고 있었다. "컵케이크!" 그가 외쳤다. "컵케이크! 컵케이크!"

"쟤를 밖으로 내보내면 됐잖아." F. 재스민이 말했다. "그리고 나한테 얘기해 줬으면 좋았을 텐데. 하지만 아무래도 상관없어. 무슨 일이 있어났다고 한들, 나랑은 전혀 관계없으니까. 그때 윌리스 로즈가 들어와서 아줌마 머리를 단숨에 베어 버렸다면 좋았을 거야."

"그런 식으로 말하는 건 좋지 않아." 베레니스가 말했다. "특히 내가 너를 위해 깜짝 놀랄 뭔가를 준비하고 있을 때는 말이야. 뒤쪽 포치에 있는 등나무 바구니에 뭐가 들었는지 보렴. 신문지에 싸 뒀단다."

F. 재스민은 테이블에서 일어났지만, 어디까지나 떨떠름한 모습이었다. 그리고 내키지 않는 무거운 발걸음으로 뒤쪽 포치로 향했다. 잠시 뒤 그녀는 핑크색 오건디 드레스를 손에 들고 문 앞에 섰다. 베레니스의 핑계와 달리, 옷깃에는 원래대로 작은 핀턱 장식이 단단히 고정되어 있었다. 틀림없이 식사를 하기 전, F. 재스민이 2층에 가 있는 동안 그것을 해 놓았을 것이다.

"우와, 멋지다!" 그녀가 말했다. "정말 고마워."

표정을 둘로 나눌 수 있었다면 좋았을지도 모른다. 한쪽 눈으로는 베레니스를 비난하듯이 노려보고, 또 한쪽 눈으로는 확실히 감사를 전할 수 있게. 하지만 사람의 얼굴은 그처럼 확실히 두 개의 표정으로 나눌 수는 없었다. 그런 이유로 그 두 개의 표정은 서로를 짓누르게 되었다.

"힘내." 베레니스는 말했다. "무슨 일이 일어날지 아무도 모르는 거야. 내일 그 말쑥한 핑크색 드레스를 입고 너는 윈터힐에 사는 아주 멋진 남자아이를 만나게 될지도 몰라. 본 적도 없는 멋진 백인 남자아이 말이야. 그렇게 멀리 나가 있을 때 종종 연인을 만나게 되는 법이거든."

"하지만 내가 하고 싶은 말은 그런 게 아니야." F. 재스민은 말했다. 그리고 잠시 후, 다시 입구에 기댄 채 이렇게 덧붙였다. "어째서 이런 엉뚱한 대화를 하게 된 걸까."

흰색을 띤 황혼은 오랫동안 이어졌다. 팔월에는 하루를 부분으로 나눌 수 있었다. 아침과 오후, 황혼과 어둠으로. 황혼 무렵에 하늘은 다소 신비로운 청록색으로 물든다. 그리고 머지않아 하얗게 퇴색되어 간다. 공기는 부드러운 회색으로, 정자와 관목은 점차 색이 짙어져 간다. 그 시간이 되면 참새 떼가 마을의 상공을 이리저리 날아다닌다. 거리에는 색이 완전히 짙어진 느릅나무들이 늘어서 있고, 팔월의 매미들이 목소리를 드높인다. 황혼 무렵의 소리는 무겁게 흐려져 언제까지나 사라지지 않고 떠 있다. 길 앞쪽에서 방충망이 쾅, 하고 닫히는 소리, 아이들의 목소리, 누군가의 집 정원에서 들려오는 잔디 깎는 기계 소리. F. 재스민은 석간신문을 갖고 왔다. 부엌에도 어둠이 밀려들기 시작했다. 방 한구석이 먼저 어두워졌다. 그리고 벽에 걸린 그림에도 어둠이 졌다. 어둠이 그렇게 소리 없이 다가오는 것을, 세 사람은 가만히 지켜보고 있었다.

"군대가 파리에 들어갔어."

"그거 잘됐네."

그들은 잠시 말이 없었다. 그러다가 F. 재스민이 말했다. "나는 할 일이 많아. 이제 시작해야겠어."

그러나 이미 입구에 서 있었음에도 불구하고, 그녀는 아무 데도 가지 않았다. 이렇게 셋이 나란히 부엌에 있는 것도 오늘밤이 마지막이었다. 그녀는 그 자리를 떠나기 전에 해야 할 마지막 한마디를 하든가, 혹은 어떤 행동을 취할 필요가 있다고 느꼈다. 이미 수개월 전부터 그녀는 이 부엌을 뒤로하고 두 번 다시 돌아오지 않을 각오가 돼 있었다. 그러나 실제로 그때가 찾아온 지금, 그녀는 입구에 서서 머리와 어깨를 문틀에 기댄 채 왠지 그곳을 떠나지 못하고 있었다. 어둠이 깊어져 가는 무렵에 사람이 하는 말은 슬프고도 아름다운 울림을 갖게 된다. 설령 그 말이 전혀 슬프고 아름다운 내용이 아니라고 해도 말이다.

F. 재스민은 조용히 말했다. "오늘 밤은 목욕을 두 번 할 거야. 첫 번째 목욕을 할 때는 욕조에 몸을 푹 담그고 솔로 쓱쓱 문질러야지. 그리고 팔꿈치에 붙은 이 갈색 때를 완전히 벗겨낼 거야. 더러워진 목욕물을 버리고 나서 두 번째 목욕을 해야지."

"좋은 생각이네." 베레니스가 말했다. "네가 깨끗해지는 것을 볼 수 있다니 기쁘구나."

"나도 이제 한 번 더 목욕할 거야." 존 헨리가 말했다. 그의 목소리는 얄팍하고 서글펐다. 어두워지는 부엌 안에서, 그녀는 존 헨리의 모습을 볼 수 없었다. 그는 부엌 한구석에 있는 난로 옆에 서 있었기 때문이다. 이미 일곱 시에 베레니스는 그를 목욕시키고 다시 반바지를 입혔다. 그녀는 그가 조심스럽게 사뿐사뿐 부엌을 가로지르는 소리를 들었다. 왜냐하면 목욕을 마친 뒤, 그는 베레니스의 모자를 쓰고 베레니스의 하이힐을 신고 걸으려고 했기 때문이다. 그는 다시 그 자체로는 전혀 의미가 없는 질문을 했다. "어째서?" 그가 물었다.

"뭐가 어째서라는 거니, 아가?" 베레니스가 물었다.

그는 대답하지 않았다. 결국 입을 연 것은 F. 재스민이었다. "어째서 이름을 바꾸는 게 법에 어긋나는 거야?"

베레니스는 창문으로 들어오는 창백한 빛을 등진 채 의자에 앉
아 있었다. 그녀는 앞에 신문을 펼치고 거기 인쇄된 글자를 읽어
내고자 아래로 숙인 고개를 한쪽으로 비틀어 올리고 있었다. F.
재스민이 입을 열자, 그녀는 신문을 접어서 테이블 앞으로 밀쳐놓
았다.

"그 정도는 조금만 생각하면 알 수 있잖니." 그녀가 말했다. "당
연하잖아. 그렇게 하면 여러 가지 혼란이 생길 거야."

"잘 모르겠는데."

"네 목 위에 있는 건 도대체 뭐니?" 베레니스가 말했다. "난 네
가 목 위에 올리고 다니는 게 머리라고 생각했는데. 그 머리를 써
서 생각을 좀 해 보렴. 만약에 내가 갑자기 미세스 엘리노어 루스
벨트라는 이름을 쓰기 시작하면 어떻게 될까? 네가 갑자기 조 루
이스라는 이름을 쓰기 시작하면 어떻게 되겠어? 그럼 존 헨리도
자기를 헨리 포드라고 하고 싶어질지도 몰라. 그렇게 되면 세상은
수습이 불가능해지지 않겠니?"

"그런 유치한 소리 하지 마." F. 재스민이 말했다. "내가 말하는
건 그런 변화가 아니야. 나랑 맞지 않는 이름을 좋아하는 이름으
로 바꾼다는 것뿐이야. 즉, 내가 프랭키를 F. 재스민으로 바꾼 것
처럼."

"그것 역시 이야기는 복잡해질 거야." 베레니스는 양보하지 않았다. "혹시 우리가 모두 갑자기 이름을 바꿔 버리면 어떻게 될까? 도대체 누구 이야기를 하는지 알 수 없지 않겠어? 세상은 종잡을 수 없는 곳이 되고 말 거야."

"내가 모르겠는 건······."

"왜냐하면 네 이름을 중심으로 모든 것이 쌓여가기 때문이지." 베레니스가 말했다. "네가 이름을 갖게 되면, 그 후 여러 가지 일들이 일어나게 돼. 너는 다양한 방식으로 행동하고 많은 일을 하게 되지. 그러는 사이에 이름은 의미를 갖게 되는 거란다. 네 이름 주위에 여러 가지가 쌓이게 돼. 좋지 않은 일을 해서 좋지 않은 평가를 받았다고 해도, 너는 쉽게 이름을 버리고 거기서 도망칠 수는 없어. 혹시 좋은 일을 해서 좋은 평가를 받았다면, 아무 말도 할 필요 없고. 기꺼이 만족하면 되니까."

"하지만 내 옛날 이름 주위에 도대체 뭐가 쌓였다는 거야?" F. 재스민이 물었다. 그리고 베레니스가 금세 대답을 하지 않자 자기 질문에 자기가 대답했다. "제로야! 알겠어? 내 이름 같은 건 아무 의미도 없단 말이야."

"아니, 그건 좀 다르지." 베레니스가 말했다. "사람들은 프랭키 아담스에 대해 생각할 때, 프랭키가 7학년 B섹션을 마쳤다는 사실을 떠올리는 거야. 그리고 침례교 교회의 부활절 달걀 찾기에서 황금 달걀을 찾은 것, 글로브 스트리트에 산다는 것도."

"하지만 그런 건 의미가 없어." F. 재스민은 말했다. "안 그래? 아무 가치도 없는 일이야. 나한테는 아무 일도 일어나지 않았다고."

"하지만 일어날 거야." 베레니스는 말했다. "이제 앞으로 일어나게 될 거야."

"뭐가?" F. 재스민이 물었다.

베레니스가 한숨을 내쉬며 가슴 속 체스터필드 상자로 손을 뻗었다. "넌 정말이지, 내가 제대로 대답할 수 없는 질문만 하는구나. 그런 걸 알 정도면 나는 마법사가 됐을 거야. 그럼 이런 부엌에서 연기나 뿜는 대신, 지금쯤 마법사로 월 스트리트에서 위세등등하게 살고 있겠지. 내가 할 수 있는 말은 앞으로 여러 가지 일이 일어날 거라는 것뿐이야. 그게 어떤 일인지는 나도 몰라."

"그건 그렇고," 잠시 후 F. 재스민이 말했다. "아줌마 집에 들러서 빅 마마를 만나고 갈까 했어. 나는 점 같은 건 믿지 않지만, 뭐 한번 보는 것도 나쁠 거 같지 않아서."

"네 맘대로 하렴. 난 그럴 필요 없을 것 같긴 하다만."

"이제 슬슬 가야겠어." F. 재스민이 말했다.

그래도 그녀는 해가 저무는 입구에서 굼지럭거리며 그곳을 떠나지 못했다. 여름날 황혼 무렵에 들려오는 다양한 소리가 부엌의

215

침묵 속에서 교차했다. 슈바르젠 바움 씨는 조율을 마친 후 십오 분 정도 동안 몇 가지 소품을 연주했다. 소품은 그가 외우고 있는 곡들이었다. 그는 신경질적이고 기력이 정정한 노인으로, F. 재스민은 그를 볼 때면 은빛 거미가 떠올랐다. 그의 연주 역시 기운차고 딱딱했다. 희미하게 경직된 왈츠와 들뜬 분위기의 자장가(럴러바이). 블록 앞쪽에 있는 라디오가 엄숙한 목소리로 뭔가를 알리고 있었는데, 내용은 알아들을 수 없었다. 이웃집 오닐가의 뒤뜰에서는 아이들이 소리를 지르며 방망이로 공을 치고 있었다. 석양 무렵 들려오는 소리는 서로를 부정하면서 깊어지는 황혼의 대기 속으로 희미해져 갔지만, 부엌만큼은 몹시 고요했다.

"있지," F. 재스민이 말했다. "내가 말하고 싶었던 건 이런 거야. 나는 나고, 아줌마는 아줌마라는 사실이 이상하다고 생각하지 않아? 난 F. 재스민 아담스고, 아줌마는 베레니스 세이디 브라운. 그리고 우리는 서로를 볼 수도 있고, 만질 수도 있고, 같은 방 안에 일 년 내내 함께 있을 수도 있어. 그래도 항상 나는 나고, 아줌마는 아줌마야. 나는 나 말고 다른 어떤 것도 될 수가 없어. 그리고 아줌마도 아줌마 말고 다른 어떤 것도 될 수가 없지. 그런 걸 생각해 본 적 있어? 그런 건 이상한 것 같지 않아?"

베레니스는 의자 위에서 몸을 앞뒤로 조금씩 흔들고 있었다. 그녀는 흔들의자에 앉아 있는 게 아니었다. 하지만 곧은 의자 위에서 몸을 뒤로 젖힌 채 의자 앞다리를 마루에 톡톡 부딪히고 있었다. 그녀의 뻣뻣한 검은 손은 균형을 잡기 위해 테이블 모서리를 붙잡고 있었다. F. 재스민의 말을 듣고 그녀는 더 이상 몸을 흔들지 않았다. 그리고 잠시 후 이렇게 말했다. "나도 때때로 그런 생각을 해."

그때는 부엌에 있는 사물의 형태가 어두워지고 사람의 목소리가 꽃피는 시간이었다. 그들은 부드러운 목소리로 이야기하고, 그것은 꽃으로 피어났다. 만약에 소리가 꽃이고, 꽃이 목소리에 필 수 있다면 말이다. F. 재스민은 머리 뒤로 깍지를 끼고 어두워지는 방을 향해 고개를 돌리고 서 있었다. 그녀는 목 언저리에 걸려 있는 몇몇 낯선 말을 내뱉을 준비가 되어 있다고 느꼈다. 본 적 없는 말이 그녀의 목 안에서 꽃피려고 하고 있고, 지금은 그에 이름을 부여해야 할 때였다.

"그러니까 이런 거야," 그녀는 말했다. "나는 초록색 나무 한 그루를 보고 있어. 나에게 그 나무는 초록색이야. 그리고 아줌마도 그걸 초록색이라고 해. 우리는 거기에 동의하지. 하지만 아줌마가 초록색이라고 생각하는 색과 내가 초록색으로 생각하는 색은 같은 색일까? 혹은 우리는 둘 다 어떤 색을 검정이라고 부를지도 몰라. 하지만 내가 검정이라고 생각하는 것이 아줌마가 생각하는 검정과 반드시 같다고 할 수 있을까?"

베레니스는 잠시 뜸을 들이고 나서 말했다. "그건 확실히 증명할 수 없는 문제야."

F. 재스민은 문틀에 머리를 힘껏 비비면서 한쪽 손을 목에 갖다 댔다. 목이 쉬어서 목소리가 잘 나오지 않았다. "어쨌든 그건 내가 말하려고 했던 게 아니야."

쌉쌀하고 따뜻한 베레니스의 담배 연기는 부엌 안에 잔뜩 고여 있었다. 존 헨리는 하이힐을 신고 난로에서 테이블까지 사뿐사뿐 걸어갔다가 다시 난로로 돌아왔다. 벽 뒤에서 쥐가 버스럭버스럭 소리를 냈다.

"내가 하고 싶은 말은 이런 거야." F. 재스민이 말했다. "아줌마가 길을 걷다가 누군가를 만나. 누구라도 좋아. 그리고 둘은 서로를 쳐다보지. 아줌마는 아줌마고, 그 사람은 그 사람이야. 하지만 두 사람이 서로를 바라볼 때, 서로의 눈과 눈이 유대감(커넥션)을 만들어내지. 그리고 아줌마는 이쪽으로, 그 사람은 저쪽으로 가. 두 사람은 마을의 다른 곳으로 가는 거야. 그리고 두 사람은 아마 두 번 다시 얼굴을 마주치지 않겠지. 살아 있는 동안 두 번 다시 말이야. 내가 하고 싶은 말이 뭔지 알겠어?"

"잘 모르겠는데." 베레니스가 말했다.

"이 마을 이야기를 하는 거야." F. 재스민은 한층 더 목소리를 높여 말했다. "이곳에는 내가 얼굴이나 이름을 모르는 사람들도 많이 있어. 우리는 스쳐 지나가고, 아무 유대감도 갖고 있지 않아. 그들은 나를 모르고, 나는 그들을 몰라. 지금 나는 이 마을을 떠나려고 하고 있고, 이제 그 사람들에 대해 영원히 알지 못할 거야."

"하지만 넌 도대체 누구를 알고 싶은 건데?" 베레니스가 물었다.

F. 재스민은 대답했다. "모든 사람. 이 세상 사람 모두."

"흐음, 재밌는 말이네." 베레니스가 말했다. "그럼 윌리스 로즈 같은 남자에 대해서도 알고 싶니? 독일인들이나 일본인들에 대해서도?"

F. 재스민은 문틀에 머리를 부딪치며 어두운 천정을 올려다봤다. 그녀의 목소리가 끊어졌다가 다시 이어졌다. "내가 하고 싶은 말은 그런 게 아냐. 그런 이야기를 하는 게 아니란 말이야."

"그럼 넌 도대체 무슨 이야기를 하고 있는 거니?" 베레니스가 물었다.

F. 재스민은 고개를 저었다. 그런 건 모른다는 듯이. 그녀의 마음은 어둡게 침묵하고 있었다. 그 마음에서 낯선 말들이 흐드러지게 꽃을 피웠고 그녀는 그것들에 이름을 붙이려고 기다렸다. 이웃집에서는 야구를 하는 아이들의 해질녘 환성이 들려왔다. 그리고 길게 늘어지는 구호. "경기~ 시~ 작! 경기~ 시~ 작!" 탕, 하고 공을 때리는 소리와 방망이를 내던지는 소리, 달려 나가는 발소리,

그리고 커다란 고함 소리. 창문은 창백하고 투명한 직사각형 모양의 빛이 되어 있었다. 한 남자아이가 정원을 가로질러 어두운 정자 아래까지 공을 쫓아왔다. 소년은 그림자처럼 재빨라서 F. 재스민은 그 얼굴을 볼 수 없었다. 튀어나온 하얀 셔츠 자락이 기묘한 날개처럼 뒤에서 펄럭펄럭 나부끼고 있었다. 창문 너머로는 황혼이 이어지고 있었다. 그것은 흰색을 띠고, 한 발짝도 움직이지 않았다.

"밖에 나가 놀자, 프랭키." 존 헨리가 속삭이듯이 말했다. "다들 엄청 즐거워 보이잖아."

"싫어." F. 재스민은 말했다. "혼자 가서 놀아."

베레니스가 의자에 앉아 꼬물꼬물 몸을 움직이며 말했다. "슬슬 불을 켜는 게 좋지 않을까?"

하지만 아무도 불을 켜지 않았다. 입 밖에 내지 않은 말이 목에 걸려 숨이 막히고 속이 메슥거렸다. F. 재스민은 그 때문에 자기가 문틀에 머리를 부딪치거나 신음 소리를 내고 있는 것처럼 느껴졌다. 그녀는 높고 깔쭉깔쭉한 목소리로 한 번 더 말했다.

"그러니까 이런 거야."

베레니스는 다음 말을 기다렸다. 하지만 다음 말이 나오지 않자 그녀가 물었다. "너 무슨 일 있니?"

F. 재스민은 낯선 말들을 입 밖에 낼 수 없었다. 그래서 마지막

으로 한 번 더 머리를 문틀에 쿵 부딪치고 테이블 주변을 걷기 시작했다. 다리를 굽히지 않고 슬렁슬렁 걸었다. 속이 좋지 않았고, 서로 다른 음식을 위 속에서 뒤섞이게 하고 싶지 않았다. 그녀는 높은 목소리로 빠르게 이야기를 시작했다. 그러나 입 밖으로 나온 것은 옳지 않은 말뿐이었다. 그것은 그녀가 하고 싶었던 말이 아니었다.

"이제 누가 뭐라 해도!" 그녀는 말했다. "윈터힐을 떠나서 우리는 다양한 곳에 갈 거야. 아줌마가 생각한 적도 없고, 그런 곳이 존재하는 것조차 모르는 수많은 장소에 말이야. 처음에 어디로 가게 될지 그건 몰라. 하지만 그건 아무래도 상관없어. 우리는 차례차례 다양한 곳에 갈 거니까. 어쨌든 우리 셋은 계속 움직일 생각이야. 여기다 싶으면 또 저기로. 알래스카, 중국, 아이슬란드, 남아메리카로. 기차를 타고 여행을 하고 오토바이도 마구 몰 거야. 전 세계를 비행기로 돌아다니는 거지. 한 장소에 머물지 않아. 전 세계를 돌아다니는 거야. 이건 확실해, 이제 누가 뭐라 해도!"

F. 재스민은 테이블 서랍을 열어젖혀 부스럭부스럭하더니 고기 써는 칼을 꺼냈다. 고기 써는 칼이 필요했던 건 아니지만, 그녀는 테이블 주위를 빠르게 걸으면서 손에 쥐고 획획 돌릴 수 있는 것이 필요했다.

"여러 가지 일이 일어난다는 이야기 말인데," 그녀는 말했다.

"여러 가지 일이 너무 빨리 일어나서 무슨 일이 일어났는지 잘 모를 정도일 거야. 자비스 아담스 대위는 열두 척의 일본 전함을 침몰시키고 대통령에게 훈장을 수여받을 거야. 미스 재스민은 모든 기록을 갱신해. 미세스 자비스 아담스는 미인 선발대회에서 미스 유엔으로 당선돼. 여러 가지 일이 계속 일어나서 무슨 일이 일어났는지 끝까지 지켜볼 수 없을 정도야."

"제발 가만히 좀 있으렴." 베레니스가 말했다. "그리고 칼을 내려놔."

"그리고 우리는 그들을 만날 거야. 모든 사람을 말이야. 사람들이 있는 곳으로 성큼성큼 걸어가서 그들에 대해 바로 이해하는 거야. 우리는 어두운 도로를 걷고 있고, 불이 켜진 집을 보면 문을 두드려. 그러자 전혀 모르는 사람들이 달려 나와서 우리에게 말하는 거야. '어서 들어오세요!'라고. 훈장을 받은 비행사와 뉴욕 사람들, 그리고 영화배우들을 알게 되겠지. 우리는 친구를 수천 명 만들 거야. 친구를 수만, 수백만 명씩 만드는 거지. 우리는 너무 많은 클럽의 멤버가 되어 일일이 다 기억할 수도 없어. 우리는 세계 전체의 멤버가 되는 거야. 이제 누가 뭐라 해도 말이지!"

베레니스는 대단히 길고 힘센 오른팔을 갖고 있었다. 테이블 주위를 달리는 F. 재스민이 다가왔을 때, 그 팔을 쓱 뻗어 페티코트를 붙잡았다. 너무나도 재빠르게 붙잡는 바람에 F. 재스민의 몸이 뒤로 휙 젖혀지고, 뼈에서는 소리가 나고, 이가 탕, 하고 울릴 정도였다.

"머리가 어떻게 된 거니?" 그녀가 긴 팔로 F. 재스민을 끌어당겨 허리를 감싸며 물었다. "넌 당나귀처럼 땀을 흘리고 있어. 자, 몸을 숙이렴. 이마를 만져 보자. 열이라도 있는 거니?"

F. 재스민이 베레니스의 땋은 머리 한 가닥을 잡아당겨 그것을 칼로 쓱쓱 자르는 흉내를 냈다.

"너 떨고 있구나." 베레니스가 말했다. "뙤약볕에 그렇게 오랫동안 어슬렁거리며 돌아다녔으니 분명히 열이 난 거야. 베이비, 정말 속은 괜찮은 거니?"

"속이 괜찮으냐고?" F. 재스민이 물었다. "누가? 내가?"

"내 무릎에 앉으렴." 베레니스가 말했다. "그리고 잠깐 쉬는 거야."

F. 재스민은 칼을 테이블 위에 두고 베레니스의 무릎 위에 앉았다. 그리고 등을 젖혀 베레니스의 목에 얼굴을 묻었다. 그녀의 얼굴은 땀으로 축축해져 있었고, 베레니스의 목도 땀으로 축축했다. 그리고 둘 다 짭짤하고 코를 훅 찌르는 냄새를 풍기고 있었다. 그녀의 오른쪽 다리가 베레니스의 무릎 위에 아무렇게나 놓인 채 바들바들 떨리고 있었다. 그러나 두 엄지발가락을 바닥에 꼭 붙이자 다리는 더 이상 떨리지 않았다. 존 헨리가 하이힐을 신은 채 사

뿐사뿐 두 사람 쪽으로 다가왔다. 그리고 마치 시샘하듯이 베레니스에게 딱 달라붙어 두 사람 사이로 파고들었다. 베레니스의 목에 팔을 감고 귀를 붙잡고 매달렸다. 그리고 잠시 후 그녀의 무릎 위에서 F. 재스민을 밀어내려고 그녀를 꼬집었다. 몰래 살짝, 하지만 심술궂게 꼬집었다.

"프랭키를 건들지 마." 베레니스가 말했다. "너한테 아무 짓도 하지 않았잖니."

그가 삐친 듯한 목소리로 말했다. "나도 속이 좋지 않단 말이야."

"자, 이제 속은 괜찮을 거야. 조용히 하고, 네 사촌에게 좀 더 신경을 써 주는 게 어떠니?"

"프랭키는 항상 으스댄단 말이야." 그는 애절하고 새된 목소리로 불평했다.

"지금 프랭키가 뭘 으스대고 있다는 거야? 축 늘어져서 그냥 쉬고 있을 뿐이잖아."

F. 재스민은 고개를 돌려 베레니스의 어깨에 얼굴을 묻었다. 베레니스의 크고 부드러운 젖가슴과 부드럽고 넓은 배, 따뜻하고 튼실한 두 다리가 느껴졌다. 그녀는 아주 거친 숨을 쉬고 있었는데, 얼마 지나 점점 안정되기 시작하더니 베레니스와 같은 간격으로 호흡을 할 수 있게 되었다. 두 사람은 하나가 된 것처럼 몸을 밀착

시키고 있었다. 베레니스의 뻣뻣한 두 손은 F. 재스민의 가슴을 꼭 감싸 안았다. 두 사람은 창문을 등지고 있었다. 그리고 두 사람의 앞에 펼쳐진 부엌은 칠흑같이 어두워져 있었다. 베레니스는 간신히 한숨을 한 번 쉬고, 마지막에 나누던 기묘한 대화의 결론으로 들어갔다.

"네가 하려는 말은 대충 알겠어." 그녀는 말했다. "그런데 말이다, 우리 모두는 많든 적든 간혀 있어. 우리는 각각 다양한 모습으로 태어나는데, 그 이유는 알 수 없단다. 하지만 어쨌든 우리는 간혀 있는 거야. 나는 베레니스로 태어났어. 너는 프랭키로 태어났지. 존 헨리는 존 헨리로 태어났어. 그리고 아마 우리 모두는 더 넓은 곳으로 날아가서 자유로워지고 싶을 거야. 하지만 뭘 해도 우리는 여전히 간혀 있어. 나는 나로, 너는 너로, 이 아이는 이 아이로 말이야. 우리 모두는 제각각, 어찌된 일인지 자기라는 존재에 갇혀 있는 거야. 바로 그게 네가 말하려고 했던 거 아니니?"

"모르겠어." F. 재스민은 말했다. "하지만 나는 갇혀 있고 싶지 않아."

"나도 그래." 베레니스가 말했다. "누구나 그렇지. 나는 너보다 훨씬 심하게 갇혀 있어."

F. 재스민은 그녀가 왜 그렇게 말했는지 이해할 수 있었다. 어린애 같은 목소리로 "어째서?"라고 물은 것은 존 헨리였다.

"왜냐하면 난 피부가 검으니까 그렇지." 베레니스는 말했다. "흑인이니까. 사람은 모두 각각의 방식으로 갇혀 있어. 하지만 사람들은 그에 덧붙여 모든 흑인들 주위에 완전한 경계선까지 그어 놓았단다. 우리만 한쪽 구석으로 내본 거야. 처음에도 말했듯이, 전 세계 사람들이 그런 것처럼 우리는 태어나면서부터 갇혀 있어. 그리고 거기에 더해, 우리 흑인들은 흑인으로서도 갇혀 있는 거지. 그래서 허니 같은 젊은이는 때때로 더 이상 숨조차 쉴 수 없을 것 같은 느낌을 받게 돼. 뭔가를 부숴 버리고 싶다, 자기를 부숴 버리고 싶다는 기분이 드는 거야. 우리는 때때로, 그저 이제 더 이상 참을 수 없게 되는 거지."

"알아," F. 재스민이 말했다. "허니가 잘 헤쳐갈 수 있으면 좋을 텐데."

"그 아이는 그냥 자포자기하고 싶어지는 거야."

"그렇구나." F. 재스민은 말했다. "때로는 나도 뭔가를 부숴 버리고 싶어. 이 마을 전체를 때려 부수면 좋을 텐데, 하는 생각도 들고."

"전에도 그 말을 들었지." 베레니스는 말했다. "하지만 그런 짓을 해봤자 아무 도움도 되지 않아. 문제는 우리 모두가 갇혀 있다는 사실이야. 그리고 우리는 모두 어떻게든 더 넓은 곳으로 자유롭게 도망쳐 나가려고 시도해. 예를 들어 나와 루디도 그것을 시도했어. 루디와 함께 있을 때 나는 내가 갇혀 있다는 생각은 별로 하지 않았어. 하지만 루디는 죽었지. 우리는 여러 가지를 계속 시도해 보지만, 결국은 여전히 갇혀 있는 거야."

그 대화는 F. 재스민을 막연한 불안에 휩싸이게 했다. 그녀는 베레니스에게 몸을 기댄 채 누워 있었고, 두 사람은 아주 천천히 호흡하고 있었다. 존 헨리의 모습은 보이지 않았지만, 그가 거기에 있다는 것은 느낄 수 있었다. 그는 의자 등받이 가로대에 올라서서 베레니스의 머리를 끌어안고 있었다. 그는 베레니스의 양쪽 귀를 붙잡고 있었고, 그녀는 이윽고 이렇게 말했다. "착하지 아가, 내 귀를 그렇게 세게 비틀지 마렴. 나랑 프랭키는 너를 두고 이대로 공중에 떠올라 천정을 뚫고 가 버리지 않는단다."

부엌 개수대에 물이 천천히 떨어지고 있었다. 벽 뒤에서는 쥐가 콩콩 소리를 내고 있었다.

"무슨 말인지는 나도 알 것 같아." F. 재스민은 말했다. "하지만 그와 동시에 말이야, '구속된다'는 말 대신에 '흩어진다'는 말을 쓸 수도 있지 않을까? 뜻은 완전히 반대지만 말이야. 무슨 말이냐면, 아줌마는 좋아하는 곳에 가서 여러 사람들을 만나고 있잖아. 그런데 나는 그들이 모두 흩어져 있는 것처럼 보이거든."

"한없이 하고 있다는 말이니?"

"아니, 그런 게 아니야!" 그녀는 말했다. "내가 하고 싶은 말은 사람들을 하나로 묶어 주는 건 안 보이는 것 같다는 거야. 그들이 어디에서 왔는지, 어디로 가려고 하는지, 그런 건 알 수 없어. 예를 들어 이 사람들은 애초에 왜 이 마을에 온 걸까? 모두 어디에서 와서 뭘 하려는 걸까? 군인들에 대해 생각해 봐."

"그들은 태어나서," 베레니스는 말했다. "죽어가려고 하는 거야."

F. 재스민의 목소리는 높고 가늘었다. "알아." 그녀는 말했다. "하지만 그게 뭔데? 사람들은 흩어져 있는 동시에 구속되어 있어. 구속되어 있으면서도 흩어져 있지. 이렇게 많은 사람들이 있는데, 뭐가 그들을 하나로 뭉치게 하는지는 알 수 없어. 거기에는 어떤 이치랄까, 유대감(커넥션) 같은 게 있을 거야. 하지만 나는 거기에 이름을 붙일 수가 없어. 뭔지 모르겠거든."

"만약에 그럴 수 있다면 넌 하느님이겠지." 베레니스가 말했다. "그 정도는 알잖니?"

"아마 그렇겠지."

"우리가 알 수 있는 건 그 정도란다. 그 이상은 알 수가 없는 거야."

"하지만 알 수 있다면 좋을 텐데." 베레니스의 무릎 위에 있던 등이 땅기기 시작하자 그녀는 몸을 곰실곰실 움직이고, 두 다리를 테이블 아래로 쭉 뻗었다. "어쨌든 윈터힐을 떠나면 난 이제 아무것도 고민할 필요가 없을 거야."

"지금도 고민할 필요는 없어. 아무도 너에게 세상의 수수께끼를 풀어 달라고 하지 않았으니까." 베레니스는 다소 의미심장해 보이는 한숨을 쉬고 나서 이렇게 말했다. "프랭키, 너만큼 뾰족한 뼈를 가진 사람은 이 세상에 다시없을 거야."

그것은 F. 재스민에게 이제 슬슬 일어나라는 강한 암시였다. F. 재스민은 이제 불을 켠 뒤 오븐 안에서 컵케이크를 하나 꺼내 들고 마을로 나가 볼일을 마치려고 했다. 그러나 그녀는 조금만 더 베레니스의 무릎 위에 머물면서 어깨에 얼굴을 묻고 있었다. 여름밤의 이야기는 이리저리 뒤섞이며 길게 늘어졌다.

"난 한번도 이런 이야기를 한 적이 없었어." 그녀는 간신히 말을 꺼냈다. "하지만 이런 것도 있어. 아줌마가 지금까지 그런 생각을 한 적이 있는지 없는지 모르겠지만. 그러니까 우리는 지금 이렇게 여기에 있잖아. 지금, 바로 이 순간. 하지만 우리가 이야기하는 사이에 이 순간은 지나가 버려. 그리고 두 번 다시 돌아오지 않아. 전 세계를 돌아다녀도 어디에서도 찾을 수 없어. 그저 휙 지나가 버릴 뿐이야. 지구상에 있는 그 어떤 힘으로도 그걸 되돌릴 수 없어. 그냥 사라져 버리는 거야. 그런 걸 생각해 본 적은 있어?"

베레니스는 그 질문에는 대답하지 않았다. 부엌은 이제 완전히 어두워져 있었다. 세 사람은 아무 말도 하지 않은 채 그저 서로 몸을 기대고 있었다. 그들은 서로의 호흡을 감지할 수 있었다. 그러다 갑자기 그 일이 시작되었다. 왜, 어쩌다 그렇게 됐는지 아무도 모르지만, 세 사람은 울기 시작했던 것이다. 그들은 한 치의 오차도 없이 동시에 울기 시작했다. 이런 여름밤이면 종종 그들은 갑자기 노래를 부를 때가 있었는데, 그것과 비슷했다. 그해 팔월 칠흑 같은 어둠 속에서 그들은 종종 동시에, 그리고 불시에 크리스마스 캐럴이나 '슬릿베리 블루스' 같은 노래를 불러대곤 했다. 미리 부를 것을 알았던 적도 있었는데, 그럴 때는 대체로 어떤 노래를 부르게 될지 의견이 일치했다.

혹은 의견이 잘 맞지 않아 세 사람이 제각각 다른 노래를 불러댈 때도 있었다. 하지만 각각의 노래들은 이윽고 하나로 뒤섞이고, 세 사람은 공동으로 만들어낸 특별한 노래를 불렀다. 존 헨리는 흐느껴 우는 듯 높은 목소리로 불렀다. 설령 그가 그 곡을 뭐라고 부르든, 그것은 항상 똑같은 곡으로 들렸다. 하나의 높고 떨리는 소리가 음악의 천장처럼 다른 두 사람의 노래 위에 걸렸다. 밀고 당김이 뚜렷한 베레니스의 목소리는 어둡고 깊이가 있었다. 그녀는 발뒤꿈치로 바닥을 두드리며 오프비트 리듬을 맞췄다. 예전의 프랭키는 존 헨리와 베레니스 사이에 긴 중간 스페이스를 오르락내리락했다. 그렇게 해서 세 사람의 목소리는 하나가 되었다. 노래의 각 파트가 하나로 엮였다.

종종 그들은 그런 식으로 노래를 부르곤 했다. 그들이 부르는 곡은 해가 완전히 저문 팔월의 부엌에서 달콤하고 기묘하게 들렸다. 그러나 그들이 갑자기 울기 시작한 것은 처음 있는 일이었다. 세 사람이 운 이유는 각자 달랐지만, 그래도 그들은 마치 미리 상의라도 한 것처럼 일제히 울기 시작했다. 존 헨리가 울기 시작한 것은 질투 때문이었다(나중에 그는 벽 뒤의 쥐 때문이라고 주장했지만). 베레니스가 운 것은 흑인 이야기를 했기 때문이거나 루디 때문에, 아니면 F. 재스민의 뼈가 정말 뾰족했기 때문일지도 모른다. F. 재스민은 자기가 왜 울었는지 잘 알지 못했다. 그러나 그녀는 머리가 너무 짧은 것과 팔꿈치가 지저분하다는 것을 이유로 들었다. 어둠 속에서 세 사람은 일 분 정도 울었다. 그리고 울기 시작했을 때와 마찬가지로 갑자기 울음을 멈췄다. 평소와 다른 소리 때문에 벽 뒤의 쥐도 움직임을 멈췄다.

"자, 일어나렴." 베레니스가 말했다. 테이블을 둘러싸고 있던 그들은 일어났고, F. 재스민이 불을 켰다. 베레니스는 머리를 긁적이며 코를 조금 훌쩍거렸다. "우리 참 음침하다. 왜 이렇게 됐는지 알 수가 없네."

어둠에 익숙해진 눈에 갑자기 불빛이 쏟아지자 눈이 부셨다. F. 재스민은 개수대 수도꼭지를 비틀어 머리에 물을 적셨다. 베레니스는 행주로 얼굴을 닦고 거울 앞에서 땋은 머리를 두드려 가며 정리했다. 깃털 장식이 달린 핑크색 모자를 쓰고 하이힐을 신은 존 헨리는 귀여운 할머니 난쟁이처럼 보였다. 부엌 벽에 그려진 광기 어린 그림은 눈부시게 빛나고 있었다. 불빛 속에서 세 사람은 서로를 물끄러미 쳐다보았다. 마치 세 명의 낯선 타인처럼, 혹은 세 명의 유령들처럼. 그리고 현관문이 열리더니 F. 재스민의 귀에 아버지가 무거운 발걸음으로 복도를 걸어오는 소리가 들렸다. 나방들이 이미 창문 주위에 모여들어 있었다. 방충망에 날개를 찰싹 붙이며. 부엌에서의 마지막 오후는 마침내 그렇게 끝이 나고 말았다.

3

그날 밤 아직 이른 시간에 F. 재스민은 감옥 앞을 지나갔다. 점을 보러 슈거빌에 가는 중이었다. 가는 길에 감옥이 있는 것은 아니었지만, 마을을 떠나기 전에 한번 봐 두고 싶어서 일부러 돌아간 것이다. 왜냐하면 그해 봄과 여름, 감옥은 그녀를 두렵게 하고 불길한 기분이 들게 했기 때문이다. 감옥은 3층짜리 벽돌 건물로, 건물을 둘러싼 철망 펜스 위에는 가시철사가 둘러져 있었다. 그 안에는 절도범이나 강도, 살인범이 수감되어 있었다. 그들이 아무리 돌벽을 두드리고 쇠창살을 비틀어 봤자, 거기서 빠져나올 수는 없었다. 그들은 줄무늬 죄수복을 입고 바퀴벌레와 함께 조리된 식어 빠진 콩 수프와 차가운 콘브레드를 먹어야 했다.

F. 재스민은 감옥에 수감되어 있는 사람들 중 몇 명을 알고 있었는데, 모두 흑인이었다. 케이프라는 이름의 소년과, 고용주인 백인 여성에게서 스웨터와 신발 한 켤레를 훔쳤다고 고발당한 베레니스의 친구였다. 만약에 누군가가 체포되는 경우, 죄인 호송차가 요란한 소리를 내며 집으로 찾아오고 경찰들이 현관으로 들이닥쳐 그 누군가를 감옥으로 끌고 간다. 시어즈 앤 로벅 상점에서 만능칼을 훔친 뒤, 예전의 프랭키는 감옥에 매력을 느끼게 되었다. 그래서 늦은 봄 오후, 그녀는 때때로 감옥 건너편 길(그 길은 '감옥 과부 길'이라고 불렸다)까지 와서 오랫동안 건물을 바라보곤 했다. 종종 몇몇 죄수들이 쇠창살에 매달려 있는 게 보였다. 그들의 눈은 마치 축제(페어) 속 괴물들의 길고 가느다란 눈처럼 그녀에게 이렇게 호소하는 듯했다. "너에 대해서는 잘 알지"라고. 때때로 토요일 오후 같은 때에는, 블루펜이라 불리는 커다란 감방에서 격렬한 외침이나 노랫소리, 포효가 들려오곤 했다. 하지만 그날 밤 감옥은 쥐 죽은 듯이 고요했다. 다만 불이 켜진 감방에서 죄수 한 명이 얼굴을 보여 주고 있었다. 아니, 사실은 머리의 윤곽과 쇠창살을 움켜쥔 두 주먹밖에 보이지 않았다. 정원과 몇몇 감방에 불이 켜져 있긴 했지만, 벽돌로 지어진 감방은 음울하고 어두웠다.

"저기, 무슨 죄를 지어서 감옥에 들어간 거야?" F. 재스민에게서 약간 떨어진 곳에 서 있던 존 헨리가 죄수에게 말을 걸었다. 그는

연노란 드레스를 입고 있었다. F. 재스민이 그에게 옷을 몽땅 물려
줬기 때문이다. 그녀는 존 헨리를 데려오고 싶지 않았지만, 그가
필사적으로 부탁을 하는 바람에 조금 거리를 두고 뒤따라오는 것
까지 말릴 수는 없었다. 죄수가 아무 대답도 하지 않자 존 헨리는
한 번 더 새되고 얄팍한 목소리로 말을 걸었다.

"저기, 교수형 당하는 거야?"

"그만해!" F. 재스민이 말했다. 그날 밤 감옥은 더 이상 그녀를
두렵게 하지 않았다. 내일 이 시간에 그녀는 아주 멀리 가 있을 거
였기 때문이다. 그녀는 감옥에 마지막 인사를 한 뒤 곧장 뒤돌아
걷기 시작했다. "만약에 네가 감옥에 들어가 있는데 누군가가 큰
소리로 그런 말을 한다면 기분이 어떨 것 같아?"

슈거빌에 도착한 것은 여덟 시가 넘어서였다. 밤은 먼지를 가득
뒤집어쓴 채 라벤더색을 띠고 있었다. 길 양쪽으로 처마를 나란히
한 집들은 출입문이 열려 있고, 몇몇 거실에는 등유 램프의 가늘
게 떨리는 불빛이 프런트 룸의 침대와 벽난로 장식을 비추고 있
었다. 불분명한 목소리들이 길게 늘어지고, 저 멀리 피아노와 관
악기가 연주하는 재즈 소리가 들려왔다. 골목에서 놀고 있는 아이
들의 발자국이 지면에 소용돌이무늬를 그리고 있었다. 토요일 밤
을 위해 사람들은 한껏 멋을 낸 모습이었다. 그녀는 눈부신 정장
을 차려입은 한 무리의 젊은 흑인 남녀가 서로를 향해 즐겁게 장

난치고 있는 길모퉁이를 지나쳐 갔다. 거리는 파티를 연상케 하는 분위기가 가득했다. 그래서 그녀는 자기도 그날 밤 '블루 문'에서 데이트를 할 수도 있다는 사실을 떠올렸다. 그녀는 길을 가는 사람들에게 말을 걸었고, 자신의 눈과 사람들의 눈 사이에 말로 표현하기 어려운 유대감이 있음을 새삼 실감하게 되었다. 훅, 하고 코를 찌르는 흙먼지와 옥외 화장실, 그리고 저녁 식사 냄새에 섞여 클레마티스 덩굴 향기가 밤공기를 뚫고 풍겨 왔다. 베레니스가 살고 있는 집은 차이나밸리 스트리트 모퉁이에 있었다. 방 두 개짜리 집 앞에는 도자기 조각과 병뚜껑으로 가장자리를 장식한 아담한 뜰이 있었다. 현관 포치에 놓인 벤치에는 시원해 보이는 짙은 색의 고사리 화분이 몇 개 놓여 있었다. 문은 살짝 열려 있어서, 그 틈으로 칙칙한 황금색 램프의 불빛이 어른거리는 것을 볼 수 있었다.

"넌 거기서 기다려." 그녀가 존 헨리에게 말했다.

문 너머로 거칠고 탁한 목소리가 뭔가를 중얼거리고 있었다. F. 재스민이 문을 두드리자 목소리가 잠시 조용해지더니 이렇게 물었다.

"누구냐? 누가 있는 거니?"

"나야," 그녀가 말했다. 새 이름을 말해 봤자 빅 마마는 누군지 알지 못할 거였다. "프랭키야."

방에 들어찬 공기는 무거웠다. 목제 덧문이 열려 있었지만, 방에는 질병과 생선 냄새가 자욱했다. 여러 가지 물건들로 복잡했던 거실은 깨끗하게 정리되어 있었다. 오른쪽 벽 가까이 침대가 놓여 있고, 반대쪽에는 재봉틀과 풍금이 있었다. 난로 위에는 루디 프리먼의 사진이 걸려 있고, 벽난로 장식 위에는 멋진 달력과 축제 상품, 기념품 같은 것이 진열되어 있었다. 빅 마마는 문 근처 벽에 붙여 놓은 침대(낮에는 정면에 난 창문으로 고사리가 우거진 포치랑 바깥 거리를 볼 수 있다)에 누워 있었다. 그녀는 빗자루처럼 뼈가 앙상한 흑인 노파로, 몹시 말라 있었다. 얼굴과 목의 왼쪽은 쇠기름(탤로) 같은 색을 띠고 있었는데, 그 부분만 거의 흰색에 가깝고 나머지는 구릿빛이었다. 예전의 프랭키는 그녀가 점점 백인이 되는 게 아닐까 생각하곤 했다. 하지만 베레니스의 말에 의하면, 그것은 흑인에게서 때때로 볼 수 있는 피부병이라고 했다. 빅 마마는 예전에 고급 의상을 세탁하고 커튼에 주름을 잡는 일을 했는데, 어느 해인가 힘든 노동 때문에 등이 움직이지 않게 되면서 쭉 누워 지내게 되었다. 그러나 그 밖의 능력은 조금도 사라지지 않았을 뿐만 아니라, 그녀는 갑자기 투시력을 갖추게 되었다. 어릴 적부터 프랭키는 쭉 그녀에게 섬뜩한 구석이 있다고 생각했다. 당시 그녀의 머릿속에서 빅 마마는 항상 석탄 창고에 사는 세 명의 유령과 이어져 있었다. 그리고 꽤 자란 지금도 빅 마마 앞에 서면 섬뜩함을 느끼지 않을 수 없었다.

그녀는 겹쳐 쌓은 깃털 베개 세 개에 기대 누워 있었다. 베개 커버에는 코바늘로 뜬 가장자리 장식이 달려 있고, 뼈가 앙상한 그녀의 두 다리 위에는 색색의 킬트 커버가 덮여 있었다. 램프가 놓인 거실 테이블은 침대 옆에 붙어 있어서, 손을 뻗으면 그 위에 있는 꿈 해몽 책, 하얀색 받침 접시, 반짇고리, 물이 든 젤리용 글라스, 성서와 그 밖에 여러 가지 물건들을 집을 수 있었다. F. 재스민이 집에 들어오기 전에 빅 마마는 혼잣말을 하고 있었다. 빅 마마는 침대에 누워 혼잣말을 하는 버릇이 있었다. 자신은 누구이고, 무엇을 하고 있고, 앞으로 어떤 일을 할 생각인지를 스스로에게 이야기하는 것이다. 벽에 걸린 세 개의 거울이 램프 불빛을 비추고 있었다. 일렁이는 불빛은 방을 칙칙한 황금색으로 깜박이게 하고, 주위에 거대한 그림자를 드리우게 했다. 램프의 심지를 가지런히 다듬어 줄 필요가 있어 보였다. 그리고 누군가가 안쪽 방을 걷고 있었다.

"점을 보고 싶어서 왔어." F. 재스민이 말했다.

빅 마마는 혼자 있을 때는 자주 혼잣말을 했지만, 다른 때는 거의 떠들지 않는 경우가 많았다. 그녀는 잠시 F. 재스민을 빤히 쳐다본 뒤 대답했다. "좋고말고. 풍금 앞에 있는 의자를 이쪽으로 가져오렴."

F. 재스민은 의자를 침대 가까이로 가져와 앉은 뒤 몸을 앞으로 숙이고 손바닥을 내밀었다. 그러나 빅 마마는 그 손을 잡지 않았다. 그녀는 F. 재스민의 얼굴을 가만히 바라본 뒤, 침대 아래에서 요강을 꺼내 거기에 코담배 덩어리를 퉤, 하고 뱉었다. 그리고 간신히 안경을 썼다. 시간이 꽤 오래 걸려서, F. 재스민은 그녀가 그동안 자신의 마음을 읽어 내려는 게 아닐까 불안해졌을 정도였다. 안쪽 방을 걸어 다니는 발소리가 멈추자 집 안에서는 아무 소리도 나지 않았다.

　"마음을 과거로 돌려 기억해 내거라." 그녀가 드디어 말했다. "가장 최근에 어떤 꿈을 꿨는지 말해다오."

　F. 재스민은 마음을 과거로 돌리려고 시도했다. 그러나 그녀는 꿈을 별로 꾸지 않았다. 그러다가 드디어 그해 여름에 꾼 꿈 중 하나를 생각해 냈다. "꿈속에 문이 있었어." 그녀는 말했다. "나는 그냥 그것을 보고 있었는데, 보다 보니까 문이 천천히 열리기 시작하는 거야. 그래서 왠지 이상한 느낌이 들어 잠에서 깼어."

　"꿈속에 손은 안 나왔니?"

　F. 재스민은 생각했다. "안 나온 것 같아."

　"문 위에 바퀴벌레는 없었고?"

　"흠, 그게…… 없었던 것 같아."

　"그 꿈이 의미하는 건," 빅 마마가 천천히 눈을 감았다 떴다.

"네 인생에 변화가 찾아온다는 거야."

이어서 그녀는 F. 재스민의 손을 잡고 한참 동안 손바닥을 꼼꼼하게 살폈다. "이걸 보니 너는 파란 눈에 연한 색 머리칼을 가진 젊은 남자와 결혼하겠구나. 칠십까지 살겠지만, 물은 조심하는 게 좋겠어. 붉은 흙의 개천과 목화가 든 짐짝도 보인다."

F. 재스민은 그렇게 말해 봤자 아무 의미도 없다고 생각했다. 시간과 돈을 시궁창에 버린 셈이었다. "그게 도대체 무슨 뜻이야?"

그러나 그때 노파가 갑자기 얼굴을 쓱 들었고, 그녀의 목 근육이 굳어졌다. 그녀가 외쳤다. "이 멍청이가!"

그녀는 응접실과 부엌 사이에 있는 벽을 보고 있었다. 그래서 F. 재스민도 고개를 돌려 어깨 너머로 그쪽을 쳐다봤다.

"옛삼(예스, 맘)"이라고 안쪽 방에서 대답이 들렸다. 허니의 목소리 같았다.

"부엌 테이블에 발을 올려놓으면 못쓴다고 도대체 몇 번을 말해야 알겠니?"

"옛삼." 허니의 목소리가 반복됐다. 그의 목소리는 어디까지나 순종적이었다. 그가 발을 마루에 내리는 소리가 F. 재스민의 귀에 들렸다.

"네 코가 책에 뿌리를 내릴 것 같구나, 허니 브라운. 책을 내려놓고 빨리 저녁 식사를 마치렴."

F. 재스민은 무의식중에 몸을 떨었다. 빅 마마는 벽을 관통하여 사물을 볼 수 있는 걸까? 허니가 테이블 위에 두 발을 올리고 책을 읽는 장면을? 그 눈은 평평한 벽을 투시할 수 있는 걸까? F. 재스민은 빅 마마의 말을 한마디도 놓치면 안 된다고 생각했다.

"약간의 돈이 보이는구나. 약간이야. 결혼식도 보여."

F. 재스민의 내민 손이 살짝 떨렸다. "그거야!" 그녀가 말했다. "그것에 대해 말해 줘!"

"결혼식, 아니면 돈?"

"결혼식 말이야."

램프의 불빛이 노출된 벽널 위에 두 사람의 그림자를 과장되게 그려 내고 있었다. "가까운 핏줄의 결혼식이야. 그리고 여행을 하는 모습이 보여."

"여행?" 그녀가 물었다. "그건 어떤 여행이야? 긴 여행일까?"

구부러진 빅 마마의 손 여기저기에는 얼룩과 검버섯이 피어 있고, 두 개의 손바닥은 생일 케이크의 녹아 버린 핑크색 양초처럼 보였다. "짧은 여행이야." 그녀가 말했다.

"하지만 어째서……." F. 재스민은 말을 하다 말았다.

"갔다가 돌아오는 모습이 보여. 저편으로 갔다가, 그리고 돌아와."

그건 아무 의미도 없다. 베레니스는 틀림없이 빅 마마에게 결혼식에 참석하기 위해 윈터힐까지 여행할 거라고 말했을 테니까. 그래도 빅 마마는 벽을 꿰뚫어 볼 수 있지 않던가. "그건 확실해?"

"글쎄……." 그녀의 노쇠하고 걸걸한 목소리가 이번에는 별로 확실한 것 같지 않았다. "네가 나가는 것과 돌아오는 것이 보여. 하지만 그건 지금 일어날 일이 아닐지도 몰라. 그때까지 단언할 수는 없어. 왜냐하면 그와 동시에 내 눈에는 도로와 기차, 약간의 돈이 보이기 때문이지."

"아아!" F. 재스민이 외쳤다.

발소리가 들리고, 허니 캠든 브라운이 부엌과 거실 사이의 문에서 있었다. 오늘 밤 그는 노란색 셔츠에 나비넥타이를 한 모습이었다. 그는 대부분 항상 세련되게 옷을 입었다. 그러나 그의 까만 눈은 슬퍼 보였고, 갸름한 얼굴은 돌처럼 조용했다. 빅 마마가 허니 브라운에 대해 뭐라고 말했는지 F. 재스민은 알고 있었다. 그녀는 그를 두고 하느님이 완성시키지 못한 인간이라고 말했다. 창조주는 그가 아직 완성되기 전에 그를 팽개쳤다고. 하느님이 완성시켜 주지 않았기 때문에, 그는 스스로를 완성시키기 위해 여러 곳에 가서 다양한 일을 해야 한다고 했다. 이 발언을 처음으로 들었을 때, 예전의 프랭키는 그 말에 담긴 의미를 이해할 수 없었다. 그 발언은 그녀에게 기묘한 반쪽 인간을 떠올리게 했다. 팔이 하나, 다리도 하나, 얼굴도 반밖에 없는 소년. 음울한 여름날의 태양 아래, 마을의 좁은 골목을 깡충깡충 뛰고 있는 반쪽 인간 말이다. 하지만 시간이 더 흐른 후, 그녀는 그 이유를 조금은 알게 되었다. 허니는 색소폰을 연주했고, 흑인 고등학교에서 성적이 1등이었다. 애틀랜타에 프랑스어 책을 주문해서 독학으로 프랑스어를 어느 정도 익혔다. 하지만 그와 동시에, 때때로 마음을 억제할 수 없게 된 그는 여러 날 동안 슈거빌 여기저기를 아무렇게나 돌아다닐 때가 있었다. 친구들이 그를 집에 데리고 왔을 때 그는 거의 시체 같은 상태였다. 그는 입술을 나비처럼 경쾌하게 움직일 수 있었다. 그녀가 들어 본 어떤 사람보다 유창하게 말할 수 있었다. 그러나 평소의 그는 가족조차 잘 알아듣지 못할 흑인 특유의 풀어진 말투를 사용했다. 빅 마마는 창조주가 아직 완성되기 전에 그를 내놓은 거라고 말했다. 그래서 저 아이는 영원히 자기에게 만족하지 못할 거라고 말이다. 그는 지금 뼈만 앙상한 여윈 몸으로 맥없이 문틀에 기대 서 있었다. 얼굴에는 땀이 배어 있었지만, 어딘가 모르게 추워 보이는 기색이었다.

"이제 나갈 건데, 뭐 시킬 거 없어?" 그가 물었다.

그날 밤 허니에게는 뭔가 F. 재스민의 마음을 울리는 것이 있었다. 그 슬프고 조용한 눈을 들여다보고 있자니 그에게 뭔가 할 말이 있다는 느낌이 들었다. 램프 불빛에 비친 그의 피부는 어두운 등나무꽃 같은 색이었고, 입술은 조용한 푸른빛을 띠고 있었다.

"허니, 베레니스가 결혼식 이야기를 했어?" F. 재스민이 물었다. 하지만 그녀가 말해야 한다고 느낀 것은 결혼식 이야기가 아니었다.

"아아앙." 그가 대답하자 빅 마마가 말했다.

"지금은 없어. T. T가 곧 여기로 올 거야. 나랑 같이 좀 있다가 베레니스랑 어딜 가기로 했지. 넌 어딜 가는 거니, 아가야?"

"폭스 폴즈에 갈까 생각 중이야."

"아아, 완전히 정신 나간 짓을 하는구나. 도대체 그건 언제 결심한 거니?"

허니는 문틀에 기대선 채, 빅 마마의 말에 완강히 입을 다물었다.

"어째서 너는 다른 사람처럼 행동할 수 없는 거니?" 빅 마마가 물었다.

"일요일 밤까지만 있다가 월요일 아침에는 돌아올 거야."

허니 브라운에게 뭔가 할 말이 있다는 생각이 아직도 F. 재스민의 마음을 괴롭히고 있었다. 그녀는 빅 마마에게 말했다. "결혼식에 대해 뭔가 말하려고 하지 않았어?"

"그렇지." 그녀는 F. 재스민의 손바닥이 아니라 오건디 드레스와 실크 스타킹, 은색 샌들을 보고 있었다. "넌 파란 눈에 연한 색 머리칼을 가진 남자아이와 결혼하게 될 거라고 말했지. 물론 아직 한참 후의 일이지만."

"난 그 얘기를 하는 게 아니야. 내가 알고 싶은 건 그게 아니라 다른 결혼식에 대한 거야. 그리고 여행에 대한 것과 도로나 기차에 관해 당신이 본 것도."

"좋다마다." 빅 마마가 말했다. 하지만 F. 재스민은 그녀가 이미 자신에게 별로 집중하고 있지 않는 것을 알아챘다. 그래도 그녀는 다시 손바닥으로 눈길을 돌렸다. "그 여행에서 내가 볼 수 있는 것은 나가는 장면과 돌아오는 장면이야. 그 후에 목돈과 여러 도로와 기차가 보여. 네 행운의 숫자는 6이야. 때로는 13도 행운의 숫자가 될 수 있지."

F. 재스민은 불평이라도 한번 하고 싶은 마음이었지만, 점쟁이를 상대로 도대체 어떤 불평을 할 수 있겠는가? 그녀는 적어도 그 점에 대해 좀 더 자세히 알고 싶었다. 갔다가 오는 게 전부인 여행과 여러 도로나 기차가 보인다는 것은 뭔가 앞뒤가 맞지 않았다.

그러나 그녀가 질문을 하려고 했을 때, 집 정면의 포치에서 발소리가 들리더니 누군가 문을 두드렸다. 그리고 T. T가 거실로 들어왔다. 그는 매우 예의 바른 남자여서, 집에 들어오기 전에 신발 바닥에 붙은 흙을 털어 내고, 빅 마마에게 선물로 줄 아이스크림 상자를 손에 들고 있었다. 베레니스는 그가 자기 마음을 떨리게 하지 않는다고 했다. 확실히 그는 한눈에 가슴이 떨릴 듯한 호남은 아니었다. 조끼 아래로 배가 수박처럼 불룩 튀어나와 있고, 목 뒤에는 지방 덩어리가 두 개나 솟아올라 있었다. 하지만 그가 들어오자 방 안에는 같은 편끼리의 활기찬 분위기가 생겨났다. 그것은 항상 그녀가 이 두 칸짜리 집에 호의를 품고 부러워하는 부분이었다. 베레니스를 불러온다는 구실로 이 집에 올 기회를 얻을 때, 예전의 프랭키는 항상 거기에 많은 사람들이 있기를 기대하곤 했다. 겨울에는 가족과 여러 사촌과 친구들이 외풍에 불꽃이 팔랑팔랑 흔들리는 난로 주위에 모여 앉아 목소리를 짜 맞추듯이 이야기를 했다. 또 공기가 투명한 가을밤에 그들은 항상 가장 먼저 사탕수수를 손에 넣곤 했다. 베레니스가 반들반들한 보라색 사탕수수의 마디 부분을 잘라 건네면, 잠시 뒤 사람들은 씹어 으깨지고 비틀린, 이빨 자국이 남은 찌꺼기를 바닥에 깐 신문지 위에 버리곤 했다. 램프의 불빛은 방에 특별한 모습과 특별한 냄새를 가져왔다.

T. T가 얼굴을 보이자 친한 사람들의 왁자지껄한 분위기가 생겨났다. 점은 거기서 끝난 듯했다. F. 재스민은 거실 테이블 위의 흰색 자기 접시에 10센트짜리 동전을 놓아두었다. 요금이 정해져 있는 건 아니었지만, 빅 마마에게 점을 보러 오는 사람들은 적당하다고 생각하는 돈을 두고 가는 것이 일반적이었기 때문이다.

"프랭키, 나는 꽤 오래 살았지만, 너처럼 키가 잘 자라는 사람은 본 적이 없어." 빅 마마가 말했다. "머리에 벽돌이라도 묶어 두는 게 좋겠구나." 그녀의 말에 F. 재스민은 발끝을 띄우고 몸을 오므 렸다. 그리고 살짝 무릎을 접고 등을 둥글게 말았다. "멋진 드레스 구나. 게다가 은색 신발! 실크 스타킹! 이제 멋진 여인으로 보이는 구나."

F. 재스민과 허니는 동시에 집을 나섰다. 그녀는 그에게 뭔가 할 말이 있다는 생각에 여전히 사로잡혀 있었다. 좁은 골목에서 기다 리고 있던 존 헨리가 두 사람을 향해 달려왔다. 그러나 허니는 가 끔씩 그랬던 것처럼 그를 들어 올려 빙글빙글 돌려 주지 않았다. 그날 밤 허니에게는 싸늘한 슬픔 같은 것이 엿보였다. 달빛은 흰 빛을 띠고 있었다.

"폭스 폴즈에서 뭘 할 생각이야?"

"그냥 하고 싶은 걸 좀 할 뿐이야."

"넌 점을 믿어?" 허니가 아무 대답도 하지 않자 그녀는 말을 계 속했다. "빅 마마가 너한테 테이블 위에 발을 올려놓지 말라고 소 리쳤잖아? 덜컥 겁이 나더라. 네가 테이블 위에 발을 올리고 있는 걸 어떻게 알았을까?"

"거울이야." 허니가 말했다. "문 옆에 거울을 달아 놓은 거야. 부 엌을 볼 수 있도록."

"아, 그렇구나." 그녀는 말했다. "난 점 같은 걸 믿은 적이 없어."

존 헨리는 허니의 손을 잡고 그의 얼굴을 올려다보았다. "마력
(호스 파워)이 뭐야?"

F. 재스민은 결혼식력(결혼식 파워)을 느꼈다. 이 마지막 밤에, 나
는 명령을 내리고 충고를 해야 하는 게 아닐까 하는 기분이 들었
다. 그래, 허니에게 알려 줘야 할 것이 있었다. 경고든 현명한 충고
든 간에. 머릿속에서 이런저런 생각을 하고 있는 동안 아이디어가
하나 떠올랐다. 아주 신기하고 엉뚱한 생각이었기 때문에, 그녀는
갑자기 발길을 멈추고 그 자리에 우뚝 섰다.

"네가 해야 할 일을 알았어. 넌 쿠바나 멕시코에 가야 해."

허니는 몇 걸음 앞서 걷고 있었는데, 그녀의 말을 듣더니 따라
서 걸음을 멈췄다. 존 헨리는 두 사람 사이에서 둘을 번갈아 쳐다
보았다. 하얀 달빛에 비친 그의 얼굴은 수수께끼 같은 표정을 짓
고 있었다.

"난 진짜 진지하게 말하는 거야. 폭스 폴즈와 이 마을을 오가며
놀러 다녀 봤자 좋을 건 하나도 없잖아. 쿠바인과 멕시코인 사진
을 아주 많이 본 적이 있는데, 다들 즐거워 보였어." 그녀는 잠시
뜸을 들였다. "그 말을 하고 싶었어. 너는 이 마을에 있으면 절대
행복할 수 없을 거야. 넌 쿠바에 가야 한다고 생각해. 넌 피부색도
진하지 않고 이목구비도 쿠바인 같아. 그쪽에 가면 충분히 쿠바인
으로 통하지 않을까? 너라면 말도 배울 수 있고, 쿠바인들은 아무

도 너를 흑인이라고 생각하지 않을 거야. 내가 하고 싶은 말이 뭔지 알겠어?"

허니는 여전히 어두운 조각상처럼 꼼짝 않고 서서 아무 말도 하지 않았다.

"뭐라고?" 존 헨리가 또 물었다. "있지, 마력이란 건 어떻게 생긴 거야?"

허니는 빙그르르 뒤로 돌아 다시 길을 걸으며 말했다. "그건 꿈 같은(환상적인) 이야기구나."

"아니, 그렇지 않아!" 허니가 자기에게 '꿈 같은'이라고 말해 준 게 기뻐서, 그녀는 스스로에게 조용히 그 말을 되뇌어 보았다. 그리고 자신의 주장을 이어갔다. "그건 전혀 꿈 이야기가 아니야. 내 말을 잘 생각해 봐. 그렇게 하는 게 너에게는 제일 좋은 일이니까."

그러나 허니는 그저 웃으며 다음 골목을 돌아 사라져 버렸다. "그럼 안녕."

마을 한가운데를 통과하는 몇 개의 길은 F. 재스민에게 카니발 축제를 연상케 했다. 거기에는 자유로운 휴일을 떠올리게 하는 분위기가 있었다. 그녀는 이른 아침과 마찬가지로, 자기가 모든 것의 일부인 것처럼 느껴졌다. 아주 확실하게 거기 포함되어 있는 것이다. 메인 스트리트 모퉁이에서는 한 남자가 기계 장치가 달린 쥐를 팔고 있었다. 그리고 보도 위에서 한쪽 팔이 없는 거지가 양반다리를 한 채 무릎 위에 양철 컵을 두고 주위를 살피고 있었다.

밤에 프런트 애버뉴를 보는 것은 처음이었다. 해가 지면 집 근처에서만 놀아야 했기 때문이다. 길 건너 몇몇 창고는 캄캄했지만, 길의 막다른 곳에 있는 정사각형 공장은 창문마다 전부 불이 켜져 있었다. 웅웅거리는 희미한 기계음이 들리고, 염색약 냄새가 풍겨왔다. 대부분의 상점은 아직 열려 있었다. 네온사인의 다양한 색깔이 하나로 뒤섞이며 길을 촉촉하게 만들었다. 길모퉁이에는 군인들이 우글거리고, 그중에는 데이트 상대를 데리고 길을 걷고 있는 사람도 있었다. 그곳에서 들려오는 것은 나른하게 늘어진 여름날의 소리였다. 발소리, 웃음소리, 질질 끌리는 듯한 소리들이 누군가가 위층에서 여름날의 거리를 향해 외치는 목소리를 덮어버렸다. 건물은 태양에 달궈진 벽돌 냄새를 발산하고 있었다. 새로 산 은색 샌들 뒤꿈치로 길의 온기가 느껴졌다. F. 재스민은 '블루 문' 건너편 모퉁이에서 걸음을 멈췄다. 군인과 함께 보낸 아침부터 꽤 오랜 시간이 지난 기분이 들었다. 부엌에서 긴 오후를 보내며 군인의 모습은 왠지 점점 희미해졌다. 데이트나 그날 오후가 모두 아주 먼 옛날처럼 느껴졌다. 시간은 아홉 시가 다 돼 있었다. 어떻게 된 걸까, 그녀는 당황했다. 뭔가 잘못된 것이 있다고, 잘 설명할 순 없지만 그녀는 그렇게 느끼고 있었다.

"어디로 가는 거야?" 존 헨리가 물었다. "이제 슬슬 집에 가야 지."

그 목소리를 듣고 그녀는 깜짝 놀랐다. 왜냐하면 존 헨리가 함께 있었다는 것을 거의 잊어버리고 있었기 때문이다. 그는 눈을 크게 뜬 채 양쪽 무릎을 딱 붙이고 서서 낡은 모슬린 옷자락을 땅에 질질 끌고 있었다. "나는 마을에 볼일이 있어. 그러니까 넌 집에 가." 그는 F. 재스민의 말에 그녀를 가만히 올려다보면서 씹고 있던 풍선껌을 뱉어 귀 뒤에 붙이려고 했지만, 땀 때문에 귀가 미끄러워 어쩔 수 없이 껌을 다시 입에 넣었다.

"집에 가는 길은 알잖아. 그러니까 내 말대로 해."

희한하게도 존 헨리는 그녀의 말에 순순히 따랐다. 하지만 복잡한 길을 혼자서 걸어가는 그를 보면서, 그녀는 공허한 후회 같은 것을 느꼈다. 그런 옷을 입고 있으니 그가 마치 아기처럼 무력하고 애처로워 보였기 때문이다.

거리에서 '블루 문' 안으로 들어가자, 거칠 것 하나 없는 길에서 좁은 방으로 들어간 기분이 들었다. 푸른 불빛, 여기저기 돌아다니는 사람들의 얼굴, 그리고 소음. 카운터와 테이블은 군인들과 남자들, 빛나는 표정의 여자들로 북적이고 있었다. 그녀와 만날 약속을 했던 군인은 안쪽 구석에서 슬롯머신을 하며 놀고 있었다. 계속해서 기계에 5센트짜리 동전을 넣고 있었지만 전혀 따지 못하고 있었다.

그녀가 바로 옆에 서 있는 것을 알아챈 군인이 "아아, 너구나"라고 말했다. 일순, 그 눈은 마치 기억을 더듬으려고 뇌 안쪽을 들여다보는 것 같은 멍한 표정을 지었다. 그러나 그건 어디까지나 순간적인 일이었다. "바람맞았나 했어." 마지막 5센트짜리 동전을 넣은 후에, 그는 기계를 주먹으로 쿵, 하고 쳤다.

"자리로 가자."

두 사람은 카운터와 슬롯머신 사이에 있는 테이블에 앉았다. 시계를 보니 시간은 그다지 오래 걸리지 않았지만, F. 재스민에게는 그 시간이 영원처럼 느껴졌다. 군인이 그녀에게 친절하지 않았다는 건 아니다. 그는 친절했다. 그러나 두 사람의 대화는 아무래도 매끄럽게 이어지지 않았고, 그 밑바닥에는 그녀가 잘 판단할 수도, 이해할 수도 없는 기묘한 것이 층층이 존재했다. 세수를 한 군인은 부은 얼굴과 귀, 두 손까지 모두 깨끗했다. 물기에 젖어 짙은 색을 띤 붉은 머리칼은 빈틈없이 빗질된 상태였다. 오후 내내 잤다는 그는 쾌활했고, 이야기도 재밌었다. 그러나 쾌활하고 말을 잘하는 사람을 좋아했음에도 불구하고, 그녀는 그의 말에 전혀 반응하지 못했다. 역시 군인의 말에는 뭔가 꿍꿍이가 있는 것 같아서, 그의 말을 이해하려고 노력하긴 했지만 잘 따라갈 수 없었다. 하지만 그녀가 이해하기 어려웠던 것은 구체적인 화제라기보다 그 저변에 깔린 톤이었다.

군인은 음료수 두 잔을 들고 테이블로 돌아왔다. 한 모금 마시고 난 F. 재스민은 거기에 강한 알코올이 들어 있는 것 같다는 생각이 들었다. 이제 어린애가 아니라고 해도, 그녀에게 그것은 역시 충격적이었다. 18세 이하인 사람이 진짜 술을 입에 대는 것은 도리에 어긋나고 법률에 위반되는 것이다. 그녀는 잔을 옆으로 밀어냈다. 군인은 친절하고 쾌활했지만, 그가 두 잔을 더 마신 후, 그녀는 이 사람이 취하는 게 아닐까 점점 걱정이 되기 시작했다. 대화를 이어가기 위해 그녀는 오빠 이야기를 했다. 오빠가 알래스카에서 수영을 하고 있다는 이야기 말이다. 하지만 그는 그 이야기를 딱히 재밌어 하는 것 같지 않았다. 또 그는 전쟁 이야기뿐만 아니라 외국이나 세상에 대한 이야기를 별로 하고 싶지 않은 것 같았다. 노력은 했지만, 그가 하는 농담에 대한 재치 있는 반응은 전혀 머리에 떠오르지 않았다. 그것은 연주회에 나간 학생이 모르는 곡을 누군가와 듀엣으로 연주하게 됐을 때처럼, 실로 악몽 같은 상황이었다. F. 재스민은 멜로디를 파악해서 따라가려고 온 힘을 다했다. 그러나 이내 막다른 곳에 다다라, 입가에 경련이 올 때까지 그저 묵묵히 미소만 짓게 되었다. 북적이는 가게의 푸른 불빛과 담배 연기, 사람들의 웅성거림 역시 그녀를 혼란스럽게 만들었다.

"넌 상당히 특이한 여자아이구나." 어느 시점에 군인이 말했다.

"패튼 장군이라면," 그녀는 말했다. "2주 안에 전쟁을 끝낼 수 있을 것 같아."

군인은 입을 다물고 얼굴에 심각한 표정을 지었다. 그의 눈은 낮에 그녀가 눈여겨봤던 정체를 알 수 없는 표정이 돼 그녀를 똑바로 응시하고 있었다.

그 표정은 그녀가 지금까지 누구에게서도 본 적이 없는, 헤아리기 어려운 표정이었다. 잠시 후 그가 입을 열었다. 그 목소리는 부드럽고 흐릿해져 있었다.

"이름이 뭐라고 했더라, 뷰티풀?"

F. 재스민은 자기를 그렇게 부르는 것을 기뻐해야 할지 말지 잘 알 수 없었다. 그녀는 지극히 당연한 목소리로 자기 이름을 알려주었다.

"저기 재스민, 괜찮으면 위층에 안 갈래?" 물어보는 목소리이긴 했지만, 그녀가 바로 대답하지 못하자 그는 테이블에서 일어났다. "그쪽에 방을 잡아 뒀어."

"어머, 우리는 '아이들 아워'에 가는 줄 알았어. 아니면 춤추러 가든가."

"서두를 거 없어." 그가 말했다. "밴드는 어차피 열한 시가 넘어야 제소리를 내거든."

F. 재스민은 위층에 가고 싶지 않았지만, 어떻게 거절해야 좋을지 몰랐다. 축제(페어)에 가서 곡예장에 들어가거나 놀이기구를 탈 때처럼, 일단 들어가면 곡예가 끝나든가 놀이기구가 멈출 때까지는 그 자리를 떠날 수 없을 거였다. 이 군인과의 데이트도 마찬가지라고 할 수 있었다. 데이트가 끝날 때까지 그녀는 자리를 떠날 수 없는 것이다. 군인은 위로 올라가는 계단 입구에서 기다리고 있고, 그녀는 제안을 거절하지 못한 채 그의 뒤를 따라갔다. 2층까지 계단을 올라가 소변과 리놀륨 냄새가 나는 좁은 복도를 걸었다. 그러나 한 걸음 앞으로 나아갈 때마다 그녀는 뭔가가 잘못됐다는 느낌이 들었다.

"이곳은 좀 이상한 호텔 같아." 그녀가 말했다.

그녀가 겁을 먹고 경계심을 갖게 된 것은 호텔 안의 침묵 때문이었다. 문이 닫혔을 때, 그녀는 바로 그 침묵을 알아챘다. 천장에서 내려온 알전구 불빛 아래, 방은 초라하고 심하게 누추해 보였다. 곳곳에 칠이 벗겨진 철제 침대에는 사람이 누웠던 흔적이 있고, 바닥 한가운데에는 군인의 옷이 꾸깃꾸깃 담긴 여행 가방이 덮개가 열린 채 놓여 있었다. 밝은 색상의 오크 책상 위에는 물이 가득 든 유리병과 반쯤 베어 먹은 시나몬 롤 꾸러미가 있었다. 시원해 보이는 하얀 아이싱이 발린 시나몬 롤에는 살이 통통히 오른 파리들이 떼 지어 모여 있었다. 방충망이 없는 창문은 활짝 열려 있었고, 흐르르한 싸구려 커튼은 바람이 통하도록 위에서 묶어 놓은 상태였다. 구석에 세면대가 있었는데, 군인이 손으로 찬물을 떠서 얼굴에 끼얹었다. 비누는 사용한 흔적이 있는 지극히 평범한 고체 비누였고, 세면대 위에는 '세면 외 사용금지'라는 주의사항이 적혀 있었다. 병사의 발소리와 수도꼭지에서 물이 떨어지는 소리가 들렸지만, 침묵의 감각은 여전히 남아 있었다.

F. 재스민은 창가로 걸어갔다. 창문 밖으로 좁은 골목과 벽돌담이 내려다보였다. 흔들리는 비상용 계단이 지상으로 이어져 있고, 건물 2층과 1층에서 불빛이 넘쳐흐르고 있었다. 밖에서는 팔월 밤을 보내는 사람들의 목소리와 라디오 소리가 뒤섞여 들려왔다. 그리고 방 안에서도 역시 소리가 들렸다. 그런데 이 침묵은 도대체 뭐란 말인가? 군인은 침대에 걸터앉아 있었다. 그리고 지금 그녀는 그를 오롯이 한 개인으로 보고 있었다. 신나고 즐겁게 떠들면서 특별한 이유도 없이 마을을 서성거리다가, 얼마 후 다 같이 세상으로 나가는 남자들 무리의 한 사람이 아니라. 침묵의 방 안에서, 그녀의 눈에 다른 사람들로부터 분리된 그는 추해 보였다. 그녀는 그가 미얀마나 아프리카, 혹은 아이슬란드에 있는 모습을 떠올릴 수 없게 되었다. 아니, 아칸소에 있는 모습조차 떠올릴 수 없었다. 그녀에게 보이는 것은 그 방에 외따로 혼자 앉아 있는 모습뿐이었다. 바싹 몰린 그의 연푸른 눈은 이상한 표정을 띠고 그녀

를 똑바로 쳐다보고 있었다. 마치 우유로 씻어 낸 것처럼, 그 눈에는 희미한 막이 씌워져 있었다.

방 안의 침묵은 졸음을 부르는 오후의 부엌에서 시계가 갑자기 멈췄을 때 생기는 침묵과 비슷했다. 거기에는 수수께끼 같은 불편함이 있었다. 그녀를 덮쳐 오는 그 불편함은, 평소와 어떻게 다른지 마음에 짚이는 데가 있을 때까지 계속되곤 했다. 그녀는 그런 침묵을 전에도 두세 번 경험했었다. 한 번은 시어즈 앤 로벅 상점에서 뜻하지 않게 도둑이 될 뻔한 순간에, 그리고 또 한 번은 지난 사월 오후 맥킨가 차고에서였다. 그것은 미지의 골칫거리가 다가오는 것을 알리는 경고성의 고요함이었다. 침묵은 소리의 부재에 의해 생겨나는 게 아니다. 기다림이, 긴장이 그것을 만들어 내는 것이다. 군인은 그녀에게서 그 정체를 알 수 없는 시선을 돌리지 않았다. 그것은 그녀를 겁먹게 했다.

"이리 와, 재스민." 군인이 부자연스러운 목소리로 말했다. 낮고 갈라진 목소리였다. 손바닥을 위로 펼쳐 그녀를 향해 한쪽 손을 내밀었다. "밀고 당기는 건 이제 그만하지."

그 뒤 일 분 정도는 축제 때의 귀신의 집이나 진짜 밀렛지빌 정신병원처럼 도를 넘은 소란이 벌어졌다. F. 재스민은 이미 문으로 달려 나가고 있었다. 더 이상 그 침묵을 견딜 수 없었기 때문이다. 하지만 그녀가 군인 앞을 지나갈 때 그가 그녀의 스커트를 붙잡왔다. 공포로 다리가 마음대로 움직이지 않던 그녀는 침대에 있는 그의 옆으로 끌려가고 말았다. 그다음에 일어난 일은 너무나도 상식을 벗어나는 바람에 도저히 이해할 수가 없었다. 군인의 두 팔이 그녀의 몸을 감싸면서 땀에 젖은 셔츠 냄새가 풍겨왔다. 그는 난폭하게 행동하진 않았다. 하지만 오히려 그가 난폭하게 행동했다면, 그쪽이 더 정상적으로 느껴졌을지도 모른다. 그녀는 공포로 인해 단숨에 마비 상태에 빠지고 말았다. 그녀는 상대를 밀어낼 수는 없었지만, 그 머리가 이상해진 군인의 혀처럼 보이는 것을 힘껏 깨물 수는 있었다. 군인은 째지는 듯한 비명을 질렀고, 그녀는 간신히 몸을 움직여 빠져나올 수 있었다. 군인이 아픔에 일그러진 어안이 벙벙한 표정으로 그녀를 향해 다가왔다. 그녀는 책상 위에 있던 유리병을 들고 군인의 머리를 내리쳤다. 그는 일순 비틀거렸고, 이윽고 천천히 다리 힘이 빠지면서 그대로 바닥에 손발을 쫙 펼치고 뻗어 버렸다. 그 소리는 망치로 야자열매를 내려친 것처럼 공허했다. 그리고 그 소리에 의해 드디어 침묵은 막을 내렸다. 군인은 주근깨투성이 얼굴이 파랗게 질린 채, 변함없이 소스라치게 놀란 표정을 지으며 뻗어 있었다. 입가에 피가 섞인 거품이 흘러나왔다. 하지만 군인의 머리는 깨지지 않았고 금도 가지 않았다. 그가 살아 있는지 죽었는지, 거기까지는 알 수 없었다.

침묵은 끝났다. 부엌의 침묵이 끝날 때와 마찬가지였다. 설명이 되지 않는 처음 한때가 지나가면 그 불편함의 이유가 밝혀진다. 시계가 멈췄기 때문이라는 걸 알 수 있다. 그러나 지금 거기에 시계는 없었다. 시계를 흔들어 귀를 대 보고, 태엽을 감아 한시름 놓을 수도 없었다. 그녀의 머리에 몇 개의 뒤틀린 기억이 스쳐갔다. 그녀의 집 셋방에서 일어났던 '조심성 없는 행동', 지하실에서 들은 이야기, 그리고 징그러운 버니. 그러나 그녀는 그런 몇 가지 정경의 단편들을 하나로 묶을 수 없었다. 그녀의 머릿속에서 반복되는 것은 '미쳤다'는 말뿐이었다. 벽에는 물이 튄 흔적이 있었다. 물병에서 튄 물이었다. 어질러진 방에는 군인이 체면 불고하고 뻗어 있었다. F. 재스민은 스스로에게 말했다. 도망쳐야 돼! 그녀는 우선 문 쪽으로 갔다가 다시 방향을 바꿨다. 비상계단으로 몸을 내밀어 재빨리 뛰어내린 그녀는 골목에 내려섰다.

그녀는 마치 밀렛지빌의 정신병원에서 탈출한 사람처럼 무작정 달렸다. 누군가 쫓아오는 것처럼 오로지 앞만 보고 달렸다. 그녀의 집이 있는 블록 모퉁이에 다다랐을 때, 존 헨리 웨스트의 모습이 보이자 반갑기 그지없었다. 그는 밖으로 나와 가로등 사이를 날아다니는 박쥐를 찾고 있었다. 익숙한 그의 모습이 그녀를 다소 진정시켜 주었다.

"로얄 아저씨가 널 찾았어." 그가 말했다. "어째서 그렇게 떨고 있는 거야, 프랭키?"

"좀 전에 미친 남자를 때려눕히고 온 참이야." 숨을 쉴 수 있게 되자 그녀는 그렇게 말했다. "머리를 내려치고 왔어. 죽었을지도 몰라. 어쨌든 머리가 이상한 놈이었어."

존 헨리는 놀라지도 않고 그녀를 가만히 쳐다보았다. "도대체 무슨 짓을 한 거야?" 그녀가 금세 대답하지 못하자 그는 계속해서 말했다. "땅을 기어 다니며 신음하거나 침을 흘렸어?" 그것은 예전의 프랭키가 베레니스를 속이기 위해, 일상에 즐거움을 더하기 위해 어느 날 실행에 옮긴 일이었다. 물론 베레니스는 그런 것에 속지 않았다. "그런 거?"

"아니야." F. 재스민은 말했다. "그 남자는……." 그러나 존 헨리의 서늘한 눈을 보고 있으니 그녀는 자기가 그 일을 설명할 수 없다는 사실을 깨달았다. 설명해 봤자 존 헨리는 이해하지 못할 거였다. 그리고 그의 초록색 눈동자는 그녀에게 다소 이상한 느낌을 주었다. 때때로 그의 머리는 그가 스케치북에 크레용으로 휘갈기는 그림과 같았다. 며칠 전에도 그는 그런 그림을 그려 그녀에게 보여 주었다. 전봇대 위에 있는 전선 수리공 그림이었다. 수리공은 안전벨트에 의지하고 있었고, 그림에는 그가 신고 있는 작업화까지 똑똑히 그려져 있었다. 세심하게 그린 그림이었다. 그러나 그 그림을 본 후에, 그녀는 뭔가 불편함을 느끼지 않을 수 없었다. 도대체 뭐가 문제인지 이해할 수 있을 때까지, 그녀는 한 번 더 그림을 바라보았다. 그리고 수리공의 옆모습이 그려져 있었는데, 거기에는 눈이 두 개 있었다. 눈 하나는 콧날 바로 위에, 또 하나의 눈은 바로 그 아래 그려져 있었다. 그것은 급하게 대충 그렸기 때문도 아니었다. 둘 다 속눈썹과 눈동자, 눈꺼풀까지 제대로 그려져 있었다. 옆얼굴에 붙어 있는 두 개의 눈이 그녀를 불안하게 만들었다. 하지만 존 헨리를 상대로 이치를 설명하고 납득시키는 일이 가능할까? 그것은 시멘트를 상대로 논의하는 것과 마찬가지였다. 어째서 그렇게 그렸어? 왜냐하면 그가 전선 수리공이기 때문이야. 어째서? 왜냐하면 전선 수리공은 전봇대에 올라가 있잖아. 그의 시점을 이해하는 것은 불가능했다. 그리고 그 역시 그녀가 말하는 것을 전혀 이해하지 못했다.

"지금 내가 한 말은 잊어버려." 그녀는 말했다. 그러나 그렇게 말한 후, 그것이 최악의 발언이었다는 사실을 깨달았다. 그런 말을 하면 상대는 거꾸로 내내 그것을 기억하고 있을 테니까 말이다. 그래서 그녀는 그의 양쪽 어깨를 붙잡고 가볍게 흔들었다. "아무한테도 말하지 않겠다고 맹세해. 이렇게 맹세하는 거야. 혹시 네가 누군가에게 그 일을 말하면, 하느님이 네 입과 눈을 꿰매고 가위로 귀를 잘라 버려도 상관없다고 말이야."

그러나 존 헨리는 맹세하려고 하지 않았다. 그는 그저 큰 머리를 양쪽 어깨 근처까지 떨구고, 아주 작은 목소리로 "아아"라고 말할 뿐이었다.

그녀는 한 번 더 시도해 보았다. "혹시 누군가에게 그 일을 말하면 난 감옥에 가게 될지도 몰라. 그렇게 되면 우리는 결혼식에 갈 수 없게 돼."

"아무한테도 말 안 할 거야." 존 헨리가 말했다. 경우에 따라 그는 신용할 수 있을 때도 있지만, 전혀 신용할 수 없을 때도 있다. "나는 고자질쟁이가 아니니까."

집 안에 들어간 그녀는 현관문을 잠그고 거실로 갔다. 아버지는 양말을 신은 채 소파에 앉아 석간신문을 읽고 있었다. F. 재스민은 현관문과 그녀 사이에 아버지가 있다는 것이 기뻤다. 그녀는 죄인 호송차가 당장이라도 찾아오지 않을까, 마음을 졸이면서 귀를 쫑긋 세우고 있었다.

"지금 바로 결혼식에 갈 수 있으면 좋을 텐데." 그녀가 말했다. "그렇게 하는 게 제일 좋을 것 같은데 말이야."

그녀는 냉장고로 가서 단맛이 첨가된 연유를 꺼내 찻숟가락으로 여섯 숟가락을 떠먹었다. 그러자 입 안에 남아 있던 불쾌한 느낌이 사라지기 시작했다. 기다림은 그녀를 불안하게 만들었다. 그녀는 도서관에서 빌린 책을 모아 거실 테이블 위에 쌓아 올렸다. 어른용 서가에서 가져온 아직 읽지도 않은 책의 첫 부분에, 그녀는 연필로 이렇게 적었다. '혹시 뭔가 충격을 받고 싶다면 66페이지를 펼치세요.' 그리고 66페이지에는 '받아라, 전기 충격. 하하하!'라고 적었다. 그녀의 불안은 조금씩 누그러져 갔다. 아버지 옆에 있으니 두려움도 물러나기 시작했다.

"여기 있는 책은 모두 도서관에 돌려줘야 한다."

아버지가(그는 41세가 되었다) 시계를 보며 말했다. "41세 미만인 사람은 모두 잘 시간이야. 자, 불평하지 말고 빨리 침대로 가렴. 내일은 새벽 다섯 시에 일어나야 하니까."

F. 재스민은 차마 발걸음이 떨어지지 않아 입구에 서 있었다. "저기, 아빠"라고 약간 뜸을 들인 뒤 그녀는 말했다. "혹시 유리 물병으로 누군가의 머리를 때려서 상대가 바닥에 뻗어 의식을 잃었다면, 그 사람은 죽은 걸까?"

그녀는 그 질문을 반복해야 했다. 그리고 아버지에게 깊은 원망을 품었다. 왜냐하면 그가 그녀의 말을 진지하게 듣고 있지 않았기 때문이다. 덕분에 같은 질문을 한 번 더 해야 하는 처지가 되었다.

"흠, 생각해 보니 지금까지 누군가를 물병으로 때린 적은 한 번도 없었구나." 아버지가 물었다. "너도 없지?"

아버지가 농담으로 그렇게 묻고 있다는 건 F. 재스민도 알 수 있었다. 그래서 그녀는 그 자리를 떠나면서 이렇게 말했을 뿐이다. "내 평생, 내일 윈터힐에 가는 것만큼 어딘가 갈 수 있다는 게 기쁜 적은 두 번 다시없을 거야. 결혼식이 끝나고 우리가 어딘가로 가 버렸을 때 나는 대단히 행복할 것 같아. 도저히 더 이상 감사할 수 없을 정도로."

2층으로 가서 그녀와 존 헨리는 옷을 벗었다. 그리고 모터와 불을 끈 뒤 함께 침대에 누웠다. 그녀는 이대로 한숨도 못 잘 것 같다고 말했지만, 그래도 어쨌든 침대에 올라 눈을 감았다. 그리고 다음에 눈을 떴을 때는 누군가가 그녀를 부르고 있었고, 방 안에는 이미 이른 아침의 어스름한 빛이 비치고 있었다.

3부

그녀가 말했다. "안녕, 낡고 추한 우리 집." 여섯 시 십오 분 전, 그녀는 물방울 문양의 오건디 드레스를 입고 손에는 여행 가방을 들고서 현관문을 나섰다. 결혼식을 위한 드레스는 여행 가방 안에 들어 있고, 윈터힐에 도착하면 바로 입을 수 있도록 되어 있었다. 그 호젓한 시각에 하늘은 거울처럼 흐릿한 은빛이었고, 그 아래에 있는 회색빛 마을은 진짜 마을로 보이는 게 아니라 진짜 마을이 그대로 거울에 비친 듯했다. 그녀는 그 진짜가 아닌 마을에도 안녕을 고했다. 버스는 여섯 시 십 분이 넘어 정류소를 떠났다. 그녀는 여행에 익숙한 여행자처럼 새침한 모습으로 아버지와 존 헨리, 그리고 베레니스에게서 떨어진 자리에 홀로 앉았다. 그러나 잠시 후, 심각한 의혹이 그녀의 안에서 끓어오르기 시작했다. 그것은 버스 운전사의 대답을 들어도 좀처럼 납득할 수 없는 의혹이었다. 버스는 틀림없이 북쪽을 향해 가고 있을 텐데, 아무리 봐도 반대 방향인 남쪽을 향해 가고 있는 것처럼 느껴졌던 것이다. 하늘은 서서히 불타오르듯 연한 파랑색으로 바뀌고 햇볕이 내리쬐는 하루가 시작되었다. 버스는 눈부신 빛 속에서 바람 한 점 없는 파룻파룻한 옥수수 밭과 검붉은 이랑을 가진 목화밭, 그리고 새카만 소나무 숲이 이어진 지대를 통과했다. 1마일 앞으로 나아갈 때마다 풍경은 점점 더 남부처럼 변해 갔다. 버스는 몇 개의 마을을 지나쳐 갔다. 뉴 시티, 리빌, 치호. 앞으로 갈수록 마을은 점점 멀어지며 작아졌다. 아홉 시가 되기 전에 그들은 추레하기 짝이 없는 마을에 도착해, 거기서 버스를 갈아탔다. 플라워링 브랜치(꽃 피는 가지)라는 마을이었는데, 이름과 달리 그곳에는 꽃도 없거니와 가지도 없었다. 있는 것은 초라한 시골의 잡화점(낡아 빠진 서커스 포스터가 애처로운 모습으로 패널에 붙어 있었다)과 백단향 한 그루뿐이었다. 백단향 아래에는 텅 빈 짐수레와, 당나귀 한 마리가 잠들어 있었다. 거기서 그들은 스위트 웰(달콤한 우물)로 가는 버스를 기다렸다. 프랜시스는 여전히 의심을 품고 안달복달했지만, 가져온 도시락으로 점심 먹는 걸 거절하진 않았다. 처음에는 도시락을 준비하다니 여행에 익숙하지 않은 가족 같다며 매우 부끄러워했지만 말이다. 버스는 열 시에 그곳을 출발해 스위트 웰에는 열한 시 전에 도착했다.

그 후의 상황을 설명하는 것은 불가능하다. 결혼식은 마치 꿈 같았다. 왜냐하면 거기서 일어난 모든 일은 그녀의 힘이 미치지 않는 세계에서 일어난 것이었기 때문이다. 예의 바르고 얌전하게 어른들과 악수를 한 그 순간부터 비참하게 결혼식이 끝나고 두 사람을 태운 자동차가 그녀를 남겨 두고 떠날 때까지, 내내 그랬다. 그녀는 눌어붙은 흙먼지 속에 쓰러졌고, 마지막으로 한 번 더 외쳤다. "나도 데려가! 나도 데려가라니까!" 처음부터 끝까지, 결혼식은 악몽처럼 손이 닿지 않았다. 오후가 절반 정도 지났을 때 식은 전부 끝났고, 돌아가는 버스는 네 시에 출발했다.

"쇼는 끝났어. 원숭이는 죽었다." 존 헨리가 어디선가 들은 말을 인용했다. 그는 끝에서 두 번째 줄, 그녀의 아버지 옆자리에 앉았다. "우리는 이제 집에 가서 자는 거야."

프랜시스는 세상 사람들이 전부 죽어 버렸으면 좋겠다고 생각했다. 그녀는 창문과 베레니스 사이에 있는 맨 뒷자리에 앉았다. 더 이상 훌쩍거리진 않았지만, 눈물은 아직 시냇물처럼 성대하게 흘러나오고 있었고, 콧물도 계속 흐르고 있었다. 상처 입고 부어오른 마음을 감싸듯이 등이 둥글게 말려 있었다. 더 이상 결혼식을 위한 드레스는 입고 있지 않았다. 그녀는 베레니스와 나란히 흑인 전용석에 앉아 있었다. 그 사실에 생각이 미치자 그녀는 지금까지 한번도 사용한 적 없는 '니거'라는 말을 사용했다. 왜냐하면 그녀는 이제 모든 사람들을 증오하고 있었고, 뭐든 좋으니 못된 짓을 해서 스스로를 깎아내리고 싶었기 때문이다. 존 헨리 웨스트에게 결혼식은 크고 성대한 쇼에 불과했다. 그는 엔젤 케이크를 즐기는 것과 마찬가지로, 그녀가 최후에 맛본 비참함을 즐겼다. 그녀는 그를 절대로 용서하지 않을 생각이었다. 존 헨리의 하나밖에 없는 하얀 여행 가방에는 딸기 아이스크림 얼룩이 묻어 있었다. 베레니스에게도 화가 났다. 왜냐하면 베레니스에게도 결혼식은 윈터힐까지 가는 설레는 여행에 불과했기 때문이다. 아버지도 너무 싫었다. 그녀에게 "집에 가서 천천히 이야기하자"고 말했기 때문이다. 죽여 버리고 싶다고까지 생각했다. 그녀는 주변 사람들을 한 사람도 남김없이 증오했다. 혼잡한 버스의 처음 보는 승객 한 명 한 명을 증오했다. 그들의 모습은 눈물 젖은 눈을 통해 뿌옇게 보일 뿐이었지만 말이다. 그녀는 이 버스가 강에 떨어지든가 열차에 치였으면 좋겠다고 생각했다. 그리고 자기 자신을 가장 지독하게 증오했다. 그녀는 세상 사람들이 몽땅 죽어 버렸으면 좋겠다고 생각했다.

"힘내렴." 베레니스가 말했다. "눈물 닦고 코도 풀어. 그럼 만사가 점점 더 좋아 보일 테니까."

베레니스는 한 벌뿐인 파란색 드레스와 파란색 양가죽 신발에 맞춘 파란색 파티용 손수건을 손에 들고 있었다. 그녀는 그 손수건을 프랜시스에게 내밀었다. 그것은 고급스러운 조젯 손수건으로, 코를 풀기 위한 것이 아니었지만, 프랜시스는 그런 것까지 생각할 여유가 없었다. 나란히 앉은 두 사람 사이에는 아버지가 준 석 장의 손수건이 젖은 채 놓여 있었다. 베레니스는 그중 하나를 사용하여 그녀의 눈물을 닦아 주었다. 그러나 프랜시스는 그렇게 해도 꼼짝도 하지 않았다.

"프랭키는 결혼식에서 쫓겨났어." 존 헨리의 커다란 얼굴이 앞 좌석 등받이 위로 불쑥불쑥 오르내리고 있었다. 그는 얼굴에 웃음을 띠며 고르지 못한 치아를 드러냈다. 아버지는 헛기침을 하며 말했다. "이제 그만해, 존 헨리. 더 이상 프랭키를 놀리지 말거라." 베레니스는 거기에 한마디 덧붙였다. "얌전히 자리에 앉아 있어야지."

버스 여행은 한참 동안 이어졌다. 하지만 버스가 어느 쪽으로 가고 있든, 그녀와는 상관없는 일이었다. 결혼식은 애초부터 어쩐지 영문을 알 수 없었다. 그해 유월 첫 주에 부엌에서 했던 카드 게임처럼 말이다. 날이면 날마다 그들은 끝없이 브리지 게임을 하고 있었는데, 누구 한 사람 좋은 패를 뽑은 적이 없었다. 그들이 뽑는 것은 항상 몹시 비참한 패뿐이었다. 마지막으로 수가 높은 패를 뽑는 일도 전혀 없었다. 그러자 결국 이를 의아하게 여긴 베레니스가 "이상하네. 카드가 다 있는지 없는지 한번 살펴보지 않을래?"라고 말을 꺼냈다. 그래서 셋이서 낡은 트럼프 카드를 세어 봤더니 퀸과 잭이 같이 빠져 있다는 사실이 밝혀졌다. 결국 존 헨리가 잭을 오려 내고, 잭만 없으면 불쌍하니까 퀸도 같이 오려 낸 사실을 인정했다. 오려 낸 카드 조각은 난로에 감추고, 그림은 집에 몰래 갖고 돌아갔던 것이다. 그렇게 해서 카드 게임이 잘 돌아가지 않던 원인은 밝혀졌다. 그러나 결혼식의 잘못은 어떻게 해명하면 좋을까?

결혼식은 모든 게 잘못되어 있었다. 그러나 그녀는 그 잘못을 하나로 지적할 수 없었다. 신부의 집은 대단히 햇볕이 잘 드는 작은 마을의 경계선 가까이에 지어진 아담한 벽돌집으로, 그 집에 발을 들여놨을 때, 그녀는 약간 눈이 핑 도는 것 같았다. 그곳은 핑크색 장미와 바닥 왁스 냄새, 은쟁반에 담긴 민트와 견과류가 한데 뒤섞인 느낌이었다. 모두가 그녀에게 친절했다. 레이스 드레스를 입은 미세스 윌리엄스는 F. 재스민에게 "너는 몇 년생이니?"라고 두 번이나 물었다. 하지만 미세스 윌리엄스는 그녀에게, 어른이 아이에게 말을 거는 바로 그 말투로 결혼식 전에 밖에 놓인 그네에서 놀고 싶지 않은지 물었다. 미스터 윌리엄스도 그녀에게 친절했다. 그는 뺨에 주름살이 잡힌 혈색이 안 좋은 남자로, 눈 아래쪽 피부는 색깔과 살결 모두 오래된 사과 심지 같았다. 그 역시 "넌 몇 년생이냐?"라고 물었다. 실제로 결혼식에서 사람들은 그녀에게 주로 그 질문을 던졌다.

그녀는 오빠와 신부에게 말을 걸고 싶었다. 자신의 계획을 그들에게 전하고 싶었다. 셋이서만 이야기하고 싶었다. 그러나 그들이 따로 모이는 일은 한 번도 없었다. 자비스는 밖으로 나와 누군가가 신혼여행을 위해 빌려준 자동차를 점검하고 있었고, 재니스는 현관 옆 침실에서 한 무리의 아름다운 성인 여성들에 둘러싸여 결혼식용 드레스를 입고 있었다. 그녀는 둘 사이를 서성거리며 왔다 갔다 했지만, 그들에게 사정을 설명할 수는 없었다. 한번은 재니스가 두 팔로 그녀를 껴안고 여동생이 생겨 너무 기쁘다고 말했다. 재니스가 키스했을 때, F. 재스민은 목이 메어 말을 할 수가 없었다. 자비스에 대해 말하면, 그녀가 정원에서 오빠를 발견했을 때, 그는 장난 식으로 그녀를 안아 올리며 말했다. "말라깽이 프랭키, 키다리 프랭키. 가느다란 다리에 안짱다리 프랭키." 그리고 1달러를 주었다.

그녀는 신부 방 한구석에 서서 이렇게 말하고 싶었다. "난 오빠랑 언니 두 사람을 너무 사랑하고, 오빠랑 언니랑 나는 '우리'가 됐어. 결혼식이 끝나면 날 데리고 가 줘. 왜냐하면 우리 셋은 하나가 됐으니까"라고. 혹은 그렇게까지는 말할 수 없어도 이렇게 말을 꺼냈더라면 어땠을까. "미안하지만 다른 방에 갈 수 없을까? 언니랑 자비스에게 긴히 하고 싶은 얘기가 있어"라고. 그리고 셋이서 방에 들어가 어떻게든 사정을 잘 설명하는 것이다. 그 문구를 미리 타자기로 쳐 놓았으면 좋았을 텐데. 그러면 그들에게 그 종이를 건네 읽어 보게 할 수도 있었을 것이다! 그러나 그런 일은 생각조차 하지 못했다. 그리고 그녀의 혀는 입안에서 무겁게 마비되어 있었다. 말하려고 하는 것 대부분은 입 밖으로 나오지 않았다. 약간 떨리는 목소리로 베일은 어디 있어, 라고 질문한 게 다였다.

"폭풍우가 다가오는 것 같구나." 베레니스가 말했다. "비뚤어진 관절 두 개가 쑤시면 항상 그걸 알 수 있지."

결혼식용 모자에 달린 작은 베일 외에 베일 같은 건 어디에도 없었다. 정성껏 차려입은 사람은 한 사람도 없었다. 신부는 평범한 정장을 입고 있었다. 단 하나 다행이었던 것은 버스를 탈 때 결혼식 드레스를 입지 않은 것이었다(처음에는 그렇게 하려고 생각했지만). 위기의 순간이 아닐 수 없었다. 그녀가 신부의 방 한구석에 가만히 서 있으니 잠시 후 피아노로 치는 결혼 행진곡 첫 소절이 들려오기 시작했다. 윈터힐 사람들은 그녀를 프랭키라고 부르며 어린애 취급하는 것을 제외하면, 모두 친절하게 대해 주었다. 하지만 그것은 그녀가 기대했던 것과 완전히 달랐다. 그리고 저 유월의 카드 게임과 마찬가지로, 처음부터 끝까지 뭔가가 완전히 잘못됐다는 느낌이 들었다.

"자, 정신 똑바로 차리렴." 베레니스가 말했다. "나는 널 위해 깜짝 놀랄 계획을 세웠단다. 여기 앉아서 그 계획을 다듬고 있지. 뭔지 알고 싶지 않니?"

프랜시스는 그 말을 듣고도 눈길 한번 주지 않았다. 결혼식은 그녀의 힘이 닿지 않는 꿈 같은 것이었다. 혹은 그녀는 맡을 배역이 없는, 손을 댈 방법도 없는 연극 같은 것이었다. 거실은 윈터힐 사람들로 넘쳐나고, 신부와 그녀의 오빠는 방 위쪽에 있는 난로 벽장식 앞에 서 있었다. 두 사람이 나란히 선 모습을 다시 앞에서 보니, 그것은 그녀의 어질어질한 눈에 비치는 진짜 모습이라기보다, 오히려 노래를 부르는 느낌에 가까웠다. 그녀는 두 사람을 마음의 눈으로 보고 있었다. 그녀는 계속해서 이렇게 생각했다. 나는 그들에게 말하지 않았고, 그들은 그것을 모르는 거야, 라고. 그렇게 생각하니 배에 돌을 삼킨 것처럼 마음이 무거워졌다. 그런 뒤 신부가 신랑에게서 키스를 받고 식당에 가벼운 식사가 나오며 흥청거리는 파티 분위기가 무르익는 사이에, 그녀는 어슬렁어슬렁 두 사람이 있는 곳에 다가갔다. 그러나 말이 도저히 나오지 않았다. 그녀는 두 사람이 자기를 데리고 갈 생각이 없는 거라고 생각했다. 그것은 그녀에게 견디기 힘든 생각이었다.

미스터 윌리엄스가 신혼부부의 여행 짐을 갖고 왔을 때, 그녀는 자신의 여행 가방을 손에 들고 서둘러 그 뒤를 쫓았다. 그 후의 일은 마치 악몽 속에 나오는 연극 같았다. 관객석에 있던 머리가 이상한 여자아이가 갑자기 무대로 난입해서 대본에 없는 역을 제멋대로 만들어 연기한 셈이다. 그녀의 마음은 우리 셋은 하나라고 말하고 있었다. 그러나 실제로 할 수 있었던 말은 "나를 데려가!"라는 말뿐이었다. 두 사람은 그녀를 설득하고 간절히 부탁했다. 그래도 그녀는 재빨리 차에 올라탔다. 마지막에는 그녀가 핸들에 꽉 매달리는 바람에 아버지와 누군가가 있는 힘을 다해 그녀를 떼어 내야 했다. 그래도 여전히 그녀는 아무도 없는 도로의 흙먼지 속에서 홀로 소리쳤다. "데려가! 나도 데려가!"라고. 하지만 그 말을 들은 것은 결혼식에 온 사람들뿐이었다. 왜냐하면 신부와 그녀의 오빠는 이미 차를 타고 떠나 버렸기 때문이다.

베레니스가 말했다. "앞으로 3주 후면 학교가 시작돼. 그리고 7학년 A섹션에 들어가는 거야. 새로운 아이들을 많이 만날 수 있고, 반드시 멋진 친구도 만들 수 있을 거야. 네가 푹 빠졌던 에블린 오웬 같은 친구 말이야."

프랜시스는 그 말투가 견디기 힘들었다. "그 사람들과 함께 갈 생각 같은 건 없었어!" 그녀는 말했다. "다 농담이었어. 그 사람들은 안정되면 나를 부른다고 했지만, 난 가지 않을 거야. 설령 100만

달러를 준다고 해도 말이야."

"그건 다들 알아." 베레니스가 말했다. "내가 생각한 깜짝 놀랄 계획에 대해 들어 보렴. 학교에 적응하고 새 친구가 생기면 파티를 열지 않을래? 거실에서 멋진 브리지 파티를 열어 감자 샐러드에 작은 올리브 샌드위치를 내놓는 거야. 팻 아주머니가 클럽 집회에서 내놓았을 때 네가 눈이 휘둥그레졌던 것 말이야. 동그란 모양에 가운데에는 작은 구멍이 뚫려 있어서 거기로 올리브가 보이는 거지. 맛있는 음식을 곁들인 근사한 브리지 파티가 될 거야. 재밌겠지?"

아기를 어르는 듯한 그 말투가 신경에 거슬렸다. 그녀의 자그마한 심장이 아파왔다. 그녀는 팔짱을 끼고 가슴을 꽉 누르면서 몸을 살짝 흔들었다. "계획된 게임이었던 거야. 카드는 처음부터 조작돼 있었어. 모든 게 각본대로였다고."

"브리지 파티는 거실에서 하면 돼. 그리고 동시에 뒤뜰에서 또 하나의 파티를 열 수도 있어. 핫도그를 내놓는 가장(假裝) 파티야. 한 파티는 우아하게, 또 한 파티는 신나게 노는 거지. 그리고 브리지에서 가장 높은 득점을 낸 사람과 가장 웃긴 의상을 입고 온 사람에게는 상품을 증정하는 거야. 어떻게 생각하니?"

프랜시스는 베레니스의 얼굴을 보지도 않았고 대답도 하지 않았다.

"〈이브닝 저널〉 사교란 편집자에게 전화를 해서 기사로 써 달라고 할 수 있을지도 몰라. 그렇게 하면 네 이름이 신문에 나오는 것도 네 번째가 되는 셈이지."

그건 확실히 맞는 말이다. 그러나 지금 그녀에게 그런 건 아무래도 상관없는 일이었다. 자전거를 타고 가다 차와 충돌했을 때, 신문에 나온 그녀의 이름은 펑키 아담스였다. 펑키라니! 하지만 그것도 이제는 신경 쓰이지 않았다.

"그렇게 풀 죽을 필요는 없어." 베레니스는 말했다. "세상이 끝난 건 아니니까."

"프랭키, 울지 마." 존 헨리가 말했다. "집에 가서 텐트를 치고 재밌게 놀자."

울음을 멈출 수 없었던 그녀는 목을 쥐어짜는 소리를 내며 흐느껴 울었다. "시끄러워 죽겠네, 진짜!"

"잘 들어. 뭔가 바라는 게 있으면 말하렴. 내 힘이 닿는 일이라면 어떻게든 해 줄 테니까."

"내가 바라는 건," 잠시 뜸을 들인 뒤 프랜시스가 말했다. "지금 내가 가장 바라는 건 이제 앞으로 쭉 아무도 나한테 말을 걸지 않는 거야."

결국 포기한 베레니스는 이렇게 말했다. "알았다. 어디 울고 싶은 만큼 울어 보렴. 두고두고 한탄하고 있어 봐."

버스가 마을에 도착할 때까지, 두 사람은 더 이상 말을 하지 않았다. 아버지는 손수건을 코와 눈 위에 덮고 살짝 코까지 골며 자고 있었다. 존 헨리 웨스트도 아버지의 무릎을 베고 자고 있었다. 다른 승객들도 졸고 있는 것처럼 조용했다. 버스는 요람처럼 천천히 흔들리며 부드러운 엔진 소리를 내고 있었다. 바깥세상은 오후 햇살을 받아 혹독하게 타들어 가고, 때때로 솔개 한 마리가 하얗고 눈부신 하늘 위로 균형을 잡으면서 나른하게 떠 있었다. 그들은 인기가 없는 검붉은 십자로를 통과했다. 십자로의 양쪽은 우뚝 솟은 붉은 협곡이었다. 쓸쓸한 목화밭에는 썩어 가는 회색 오두막이 서 있었다. 짙은 색의 소나무 숲과 가끔 수 마일씩 멀리 보이는 낮고 푸른 구릉만이 시원해 보였다. 프랜시스는 딱딱하게 굳은 창백한 얼굴로 가만히 창밖을 바라보았다. 그리고 네 시간 동안 단 한마디도 하지 않았다. 그들이 마을로 돌아왔을 무렵, 변화가 찾아왔다. 하늘은 한층 낮아지면서 보랏빛이 감도는 회색빛으로 변했고, 이를 배경으로 한 나무는 화려한 초록색으로 물들어 있었다. 공기에는 젤리 상태의 고요함이 감돌았다. 조심스럽게 첫 번째 천둥소리가 들려왔다. 한바탕 불어온 바람이 나무 위를 빠져나가며 물이 밀려올 때와 같은 소리가 났다. 폭풍우의 전주곡이었다.

"내가 말했잖니." 베레니스가 말했다. 그녀는 결혼식 이야기를 하는 게 아니었다. "관절의 통증으로 알 수 있다니까. 안 좋은 소

식을 말이야. 뭐, 폭풍우도 나쁘지 않지. 지나가면 마음이 후련해
지니까."

비는 오지 않았다. 공기 속에 비의 전조가 느껴졌을 뿐이다. 바
람은 뜨거웠다. 베레니스의 말을 듣고 프랜시스는 살짝 미소 지었
다. 그러나 그것은 아픔을 동반하는 비웃음이었다.

"이걸로 모든 게 끝났다고 생각하나 본데," 그녀는 말했다. "만
약에 그렇다면 아무것도 모르는 거나 마찬가지야."

다들 이걸로 끝났다고 생각하고 있다. 하지만 그렇지 않은 것을
보여 주겠다. 결혼식은 나를 따돌렸지만, 그래도 나는 세상으로
나갈 것이다. 어디로 가야 좋을지는 모른다. 하지만 오늘 밤 이 마
을에서 나가자. 신부랑 오빠와 함께 안전하게 떠난다는 최초의 계
획이 무너졌다고 해도, 어쨌든 어디로든 가자. 혹시 온갖 범죄를
저질러야 한다고 해도 말이다. 어젯밤 이후 처음으로 그녀는 군인
에 대해 생각했지만, 그것은 아주 잠깐일 뿐이었다. 왜냐하면 그
녀는 임박한 계획을 짜는 데 머리를 쓰느라 바빴기 때문이다. 새
벽 두 시에 마을을 통과하는 열차가 있었다. 그것을 타자. 열차는
일단 북쪽을 향해 간다. 아마 시카고나 뉴욕일 것이다. 혹시 열차
가 시카고에 도착한다면 곧장 할리우드로 가서 각본을 쓰든가 신
인 여배우 일을 구하기로 하자. 그 밖에 선택의 여지가 없다면 어

쩔 수 없다, 코미디 쇼에 나가도 좋을 것이다. 혹시 열차가 뉴욕에 도착한다면 남자아이 같은 모습을 하고 이름과 나이를 속여서 해병대에 들어가자. 어쨌든 아버지가 잘 때까지 기다려야 한다. 그가 부엌을 서성이고 있는 소리가 아직도 들려왔다. 그녀는 타자기 앞에 앉아 편지를 썼다.

아빠에게

이건 이별 편지예요. 다음에는 다른 장소에서 편지를 쓰게 되겠지요. 저는 이 마을에서 떠날 거라고 아빠한테 말했어요. 왜냐하면 그건 피하기 어려운 일이기 때문이죠. 저는 이제 더 이상 저라는 존재를 견딜 수가 없어요. 왜냐하면 제 인생은 무거운 짐이 되고 말았으니까요. 권총을 갖고 갑니다. 언제 도움이 될지 알 수가 없어서요. 여유가 생기는 대로, 돈은 그쪽으로 보낼게요. 베레니스에게 걱정하지 말라고 전해 주세요. 모든 것은 운명에 맡기는 것이고, 어쩔 수 없는 일이니까요. 또 나중에 편지 쓰겠습니다. 저를 데려오려고 하지는 마세요, 아빠. 그럼 안녕히.

프랜시스 아담스

초록색과 흰색의 나방들이 창문 방충망 위에서 굼실굼실 꿈틀거리고 있었다. 바깥으로는 불가사의한 밤이 펼쳐져 있었다. 더운 바람은 그치고, 꼼짝도 하지 않는 공기는 마치 굳어 버린 것 같았다. 몸을 움직이면 그 움직임에 무게감이 느껴졌다. 천둥이 때때로 낮게 우르릉거렸다. 프랜시스는 물방울무늬 모슬린 드레스를 입고 타자기 앞에 미동 하나 없이 앉아 있었다. 고리를 건 여행 가방이 문 옆에 놓여 있었다. 잠시 후 부엌의 불빛이 꺼지고 계단 아래에서 아버지의 목소리가 들렸다. "잘 자렴, 사고뭉치 따님. 잘 자라, 존 헨리."

프랜시스는 한참을 기다렸다. 존 헨리는 옷을 입고 신발을 신은 채 침대 발치 쪽에 가로누워 있었다. 입은 쩍 벌어져 있고, 안경다리 한쪽은 귀에서 흘러내려 있었다. 기다릴 수 있을 때까지 최대한 기다리고 나서, 그녀는 여행 가방을 손에 들고 발소리를 죽인 채 몰래 계단을 내려왔다. 계단 아래는 어두웠다. 아버지 방도 어두웠고, 집 안이 다 어두웠다. 아버지 방 입구에 서자 부드럽게 코를 고는 소리가 들렸다. 그녀에게는 그 자리에 서서 귀를 기울이고 있는 몇 분 동안이 가장 힘들었다.

나머지는 간단했다. 오랫동안 홀아비 생활을 해 온 아버지는 일정한 습관이 있었다. 밤에는 등이 곧은 의자 등받이에 바지를 접어 걸어 놓고, 장롱 위 오른쪽에 지갑과 안경, 시계를 두었다. 그녀는 어둠 속에서 아주 조용히 움직여 주저하지 않고 지갑에 손을 뻗었다. 장롱 서랍을 열 때는 세심한 주의를 기울였다. 끼익, 하는 소리가 날 때마다 손을 멈추고 귀를 기울였다. 그녀의 뜨거워진 손 안에서, 권총은 무겁고 오싹했다. 그녀의 심장 박동이 너무 큰 소리를 내지 않고, 그녀가 살금살금 걸어서 방을 나갈 때 그 일이 벌어지지 않았다면 모든 것은 간단히 끝났을 것이다. 그녀는 휴지통에 발이 걸려 넘어졌고, 그러자 코 고는 소리가 멈췄다. 아버지는 몸을 뒤척이며 뭔가를 웅얼거렸다. 그녀는 숨을 죽였다. 잠시 시간이 흐른 뒤, 다시 코 고는 소리가 들려왔다.

그녀는 테이블에 편지를 올려놓고 살금살금 걸어 안쪽 포치로 갔다. 하지만 거기서 예상치도 못한 일이 일어났다. 존 헨리가 소리를 질렀던 것이다.

"프랭키!" 그 새된 목소리는 한밤중 쥐 죽은 듯이 고요했던 집 안 구석구석까지 들릴 듯했다. "어디 있는 거야?"

"조용히 해!" 그녀는 작은 목소리로 말했다. "괜찮으니까 어서 자."

방의 불은 여전히 켜져 있었다. 그는 계단 문 앞에 서서 어두운 부엌을 내려다보고 있었다. "그렇게 캄캄한 데서 뭘 하는 거야?"

"조용히 하라니까!" 그녀는 한 번 더, 이번에는 좀 더 소리를 높여 말했다. "네가 잠들 때쯤에는 틀림없이 침대로 돌아가 있을 거야."

존 헨리가 안으로 들어가고 나서 몇 분을 더 기다렸다. 그리고 손으로 더듬어 뒷문 자물쇠를 풀고 밖으로 발을 내디뎠다. 그녀는 아주 조용히 움직였지만, 그는 그 소리를 우연히 들은 게 틀림없었다. "기다려, 프랭키!" 그는 필사적으로 외쳤다. "나도 갈래."

어린애의 그 비통한 외침 덕분에 아버지가 잠에서 깼다. 집 모퉁이를 돌 때쯤엔 그녀도 그 사실을 알았다. 밤은 새카맣고, 무게감이 있었다. 그녀는 달리면서 아버지가 자기 이름을 부르는 소리를 들었다. 집 모퉁이 뒤에서 돌아보니 부엌에 불이 켜지는 게 보였다. 전구가 앞뒤로 흔들리면서 정자와 어두운 정원에 이리저리 황금색 불빛을 던지고 있었다. 아버지는 이제 편지를 읽었을 것이다. 틀림없이 뒤따라 쫓아오겠지. 그러나 그녀는 몇 블록을 달린 후에(여행 가방이 발에 부딪쳐서 몇 번인가 넘어질 뻔했다) 아버지가 바지를 입고 셔츠를 입어야 한다는 것을 깨달았다. 아버지는 달랑 잠옷 바지 차림으로 거리를 달려 그녀를 쫓아오지는 않을 것이다. 그녀는 일단 걸음을 멈추고 등 뒤를 돌아보았다. 아무도 보이지 않았다. 첫 번째 가로등 아래서 그녀는 여행 가방을 내려놓고 드레스 앞주머니에서 지갑을 꺼내 떨리는 손으로 안을 확인했다. 안에는 3달러 50센트밖에 들어 있지 않았다. 이걸로는 화물 열차에 올라타든가 할 수밖에 없었다.

인기척 없는 길에 홀로 서서, 그녀는 갑자기 망연자실하고 말았다. 도대체 그런 일은 어떻게 하는 걸까? 화물 열차에 올라타면 된다고 말하는 건 쉽다. 하지만 부랑자나 다른 사람들은 실제로 어떻게 그런 일을 하는 것일까? 그녀는 역에서 세 블록 떨어진 곳에 와 있었는데, 점차 발걸음이 무거워졌다. 기차역은 닫혀 있었고, 그녀는 역을 돌아 들어가 플랫폼을 찬찬히 바라보았다. 창백한 조명이 비추고 있는 긴 플랫폼에는 아무도 없었다. 벽에는 치클렛껌 자동판매기가 딱 붙어 서 있고, 추잉껌 종이와 캔디 포장지가 여기저기 흩어져 있었다. 선로는 정직한 은색으로 빛나고 있고, 화물 열차 몇 대가 저 멀리 인입선로에 서 있었다. 그러나 그 열차들은 기관차와 연결돼 있지 않았다. 열차는 두 시까지는 오지 않을 것이다. 과연 책에서 읽은 것처럼 열차에 무사히 올라탈 수 있을까? 순조롭게 끝까지 도망칠 수 있을까? 선로 조금 앞쪽에 빨간 랜턴이 보였다. 그리고 색색의 불빛을 받으며 천천히 걸어오는 철도원의 모습이 보였다. 두 시까지 여기서 서성거리고 있을 수는 없었다. 여행 가방 무게에 몸이 한쪽으로 쏠린 채 역에서 멀어지면서, 그녀는 이제 어디로 가야 좋을지 전혀 알 수가 없었다.

일요일 밤 거리는 쓸쓸하고 활기가 없었다. 광고판의 빨간색과 초록색 네온사인이 가로등 불빛과 뒤섞여 거리 위에 창백하고 뜨거운 안개를 만들고 있었다. 그러나 하늘은 별도 없이 새카맸다. 모자를 뒤로 젖혀 쓴 남자가 담배를 꺼내더니, 그녀가 지나가자 뒤돌아서 그녀를 가만히 지켜보았다. 이렇게 거리를 어슬렁거리고 있을 수는 없었다. 지금쯤 아버지는 그녀를 찾아다니고 있을 것이기 때문이다. 피니 상점 뒷골목에서, 그녀는 여행 가방 위에 앉았다. 그리고 그때 처음으로 자기가 왼손에 권총을 들고 있다는 사실을 깨달았다. 내내 권총을 꼭 쥔 채 돌아다니고 있었던 것이다. 제정신이 아닌 것 같았다. 그녀는 만약에 신부와 오빠가 자기를 데려가지 않는다면 권총으로 자살할 거라고 말했었다. 그녀는 관자놀이에 권총을 대고 그대로 일이 분 정도 가만히 있었다. 이 방아쇠를 당기면 나는 죽는다. 죽는다는 건 새카만 어둠이다. 오로지 무섭기만 한 어둠이 언제까지고 계속되는 것이다. 온 세상이 끝날 때까지 그 어둠은 계속된다. 나는 마지막 순간에 마음을 바꾼 거야. 권총을 내리면서 그녀는 스스로를 그렇게 타일렀다. 그리고 권총을 여행 가방에 넣었다.

골목은 캄캄하고 쓰레기통 냄새가 났다. 그곳은 그해 봄 어느 오후에 론 베이커가 단숨에 목이 잘린 골목이었다. 그의 머리는 마치 태양 아래 뜻 모를 말을 내뱉고 있는, 피로 물든 입처럼 보였다. 론 베이커가 살해당한 곳이 바로 이 장소였다. 그리고 그녀 역시 그 군인을 죽인 건 아닐까? 물병으로 정수리를 강타해서 말이다. 어두운 골목에서 그녀는 공포로 인해 몸이 움츠러들고 머리가 산산조각 난 듯한 기분이 들었다. 이 순간 누군가가 나와 함께 있어 준다면! 허니 브라운을 찾아낼 수 있다면 그는 틀림없이 나와 함께 어딘가로 가 줄 것이다. 하지만 허니는 폭스 폴즈에 가 버렸고, 내일까지는 돌아오지 않는다. 원숭이와 원숭이 곡예사를 발견한다면 그들과 함께 어딘가로 갈 수도 있다. 그때 누군가가 종종걸음으로 다가오는 소리가 들리자 그녀는 겁에 질려 퍼뜩 숨을 죽였다. 하지만 고양이 한 마리가 쓰레기통 위로 뛰어올랐을 뿐이었다. 골목 끝에서 비추는 불빛에 그녀는 고양이의 윤곽을 볼 수 있었다. 그녀는 작은 목소리로 속삭였다. "찰스!" 그리고 "차리나"라고. 그러나 그 고양이는 그녀가 키우던 페르시아고양이가 아니었다. 그녀가 넘어질듯 비틀거리며 쓰레기통을 향해 다가가자 고양이는 재빨리 도망쳤다.

그녀는 불쾌한 냄새가 나는 어두운 골목에 더 이상 머무를 수 없었다. 그래서 여행 가방을 끌어안고 건너편에 보이는 불빛 쪽으로 갔다. 보도 가까이에 바싹 붙어서 간신히 벽 그림자에 숨었다. 누군가가 다가와서 나에게 이제부터 뭘 하면 좋을지, 어디로 가면 좋을지, 어떻게 하면 거기에 갈 수 있을지 알려 준다면! 빅 마마의 점은 제대로 적중했다. 여행, 출발과 귀환, 그리고 목화 짐짝까지(왜냐하면 윈터힐에서 돌아오는 길에 그녀가 탄 버스는 목화 짐짝을 실은 트럭과 스쳐 지나갔기 때문이다). 그리고 아버지 지갑 속에 들어 있던 약간의 돈. 나는 지금까지 빅 마마의 예언을 그대로 따라온 것이다. 그렇다면 슈거빌의 그 집으로 가서, 얘기해 준 점괘는 다 끝났으니 이제부터 뭘 하면 좋을지 알려 달라고 해야 할까?

그림자에 둘러싸인 골목 건너편 음울해 보이는 길은 뭔가를 기다리고 있는 길 같았다. 코카콜라 네온사인이 깜박이는 다음 모퉁이에는, 누군가를 기다리는 것처럼 한 여자가 불빛 아래를 왔다 갔다 하고 있었다. 차 한 대가 천천히 길을 향해 다가왔다. 창문을 완전히 닫은 긴 차였다. 아마 패커드일 거였다. 보도에 바싹 붙어 가는 그 모습이 갱스터의 차를 연상케 했기 때문에 그녀는 벽에 찰싹 달라붙었다. 그리고 건너편 보도로 두 사람이 지나가고 있었다. 갑자기 그녀 안에서 어떤 느낌이 불길처럼 확 타올랐다. 정말 한순간에 불과했지만, 그녀는 오빠와 신부가 자기를 찾으러 왔다고, 두 사람이 지금 저기 있다고 느꼈다. 그러나 그 느낌은 금세 사라지고, 그녀의 눈에 비치는 것은 그저 낯선 커플이 지나가는 모습이었다. 그녀의 가슴속에는 텅 빈 구멍이 있었다. 그 공허함의 바닥에 자리한 묵직한 것이 그녀의 위를 압박하고 고통스럽게 했다. 속이 메슥거리기도 했다. 이런 곳에서 우물쭈물하지 말고 빨리 발을 들어 몸을 움직여야 한다고, 그녀는 스스로를 타일렀다. 하지만 그녀는 여전히 우두커니 서 있었다. 눈을 감고, 머리는 오후의 온기를 간직한 벽돌 벽에 기대고.

그녀가 골목을 나섰을 때 시간은 이미 한밤중을 지난 지 오래였고, 어떤 엉뚱한 생각을 떠올려도 전부 좋은 생각처럼 느껴질 듯한 기분이 들었다. 그래서 계속 이런저런 생각을 해 보았다. 폭스빌즈까지 히치하이킹을 해서 허니의 행방을 쫓는다든가, 에블린 오웬에게 전보를 쳐서 애틀랜타에서 만난다든가, 아니면 다시 집으로 돌아가서 존 헨리를 데리고 오는 것까지 생각했다. 그렇게하면 적어도 누군가와 함께 있을 수 있고, 외로이 홀로 세상에 나가지 않아도 될 거였다. 하지만 그 어떤 생각에도 뭔가 난점이 있었다.

그렇게 가능성이 연이어 떠올랐다 사라지는 혼란 속에서, 갑자기 그녀의 머리에 군인이 떠올랐다. 하지만 이번에 떠오른 생각은 잠시 떠올랐다 금세 사라지지 않았다. 그 생각은 꽤 끈질기게, 마치 늘 붙어 다닐 것처럼 그녀의 머리에 남았다. 이 마을을 영영 떠나기 전에 '블루 문'을 찾아 그 군인이 죽었는지 아닌지 확인해야 하지 않을까? 그 생각은 일단 머리에 자리를 잡자 나쁜 생각이 아닌 것처럼 느껴졌기 때문에, 그녀는 프런트 애버뉴를 향해 걷기 시작했다. 만일 군인이 죽지 않았다면, 그와 얼굴을 마주했을 때 도대체 뭐라고 말해야 할까? 어째서 그런 생각을 했는지 스스로도 잘 모르겠지만, 그녀는 혹시 그렇게 되면 그에게 결혼해 달라고 부탁해도 될지 생각했다. 그렇게 하면 둘이서 어딘가로 떠나 버릴 수 있다. 미친 짓을 하기 전까지 그는 그런대로 친절하지 않았던가. 그것은 너무나도 뜻밖인 동시에 아주 새로운 생각이었기 때문에, 나름대로 꽤 말이 되는 것 같았다. 그녀는 문득 완전히 잊고 있던 운세의 일부를 떠올렸다. 빅 마마는 그녀가 파란 눈에 연한 색 머리칼을 가진 남자와 결혼한다고 말했다. 그 군인이 연한 빨강 머리에 파란 눈을 갖고 있었다는 사실은 자신의 판단이 옳다는 것을 보여주는 듯했다.

그녀는 걸음을 재촉했다. 전날은 마치 먼 옛날처럼 느껴졌고, 그녀의 기억 속에서 어젯밤의 군인은 이미 모습을 감췄다. 그러나 그녀는 호텔 방의 그 고요함을 떠올릴 수 있었다. 그와 동시에 불현듯 현관 옆 셋방에서 일어났던 '발작'이 떠올랐다. 그 침묵, 차고 안에서 벌어진 추잡한 이야기. 뿔뿔이 흩어져 있던 회상들이 그녀의 머릿속 어두운 부분에서 쿵, 하고 하나로 수습되었다. 마치 밤하늘을 향해 쏜 서치라이트 불빛이 비행기 한 대에 딱 맞아떨어지듯이, 그렇게 순식간에 그녀는 어젯밤의 일을 이해할 수 있었다. 서늘하고 놀라운 느낌이었다. 그녀는 잠시 발걸음을 멈췄다. 그리고 다시 '블루 문'을 향해 계속 걸었다. 길가에 늘어선 가게들은 모두 어둡고 문이 닫혀 있었다. 전당포 진열창에는 밤사이 도둑이 들어오지 못하도록 쇠창살이 설치돼 있었다. 눈에 띄는 불빛이라고는 몇몇 건물의 목제 계단에 달린 외부 조명이나 '블루 문'에서 새어나오는 화려한 초록색 불빛뿐이었다. 위층에서 말 다툼을 하는 소리가 들렸다. 그리고 길 끝 쪽에서 두 남자의 발소리가 멀어지고 있었다. 그녀는 이제 군인에 대해 생각하지 않았다. 좀 전의 깨달음이 그녀의 머리에서 군인의 존재를 날려 버렸다. 그녀는 오직 다른 누군가를 발견해야 한다는 것만 알고 있었다. 함께 어딘가로 갈 수 있는 상대를. 왜냐하면 지금 자신은 완전히 겁에 질려 있어서 도저히 혼자서는 세상으로 나갈 수 없다는 걸 스스로도 인정하지 않을 수 없었기 때문이다.

그러나 그날 밤 그녀는 마을을 떠나지 못했다. 경찰이 '블루 문'에서 그녀를 보호했기 때문이다. 그녀가 가게에 들어갔을 때 거기에는 와일리 경찰관이 있었다. 하지만 창가 테이블에 앉아 바닥에 여행 가방을 내려놓을 때까지 그의 모습은 눈에 들어오지 않았다. 주크박스에서는 저속한 블루스곡이 흘러나오고, 포르투갈인 주인은 눈을 감고 서서 그 구슬픈 음악에 맞춰 목제 카운터를 손가락으로 두드려 대고 있었다. 구석 부스석에 손님 두어 명이 있을 뿐, 그곳은 푸른 조명을 받아 바닷속 같은 정취를 풍기고 있었다. 경찰관이 테이블 옆에 설 때까지 그녀는 그가 거기에 있다는 걸 알아차리지 못했다. 그 모습을 올려다보고 그녀의 놀란 심장이 부들부들 떨리다가 이내 가라앉았다.

"로얄 아담스의 따님이로구나." 경찰관이 말했다. 그는 고개를 끄덕이며 말했다. "본서에 전화해 너를 찾았다고 알려야겠다. 여기서 움직이면 안 된다."

경찰관은 전화박스로 갔다. 나를 감옥에 보내기 위한 호송차를 부르고 있을 것이다. 하지만 그녀는 이제 그런 건 아무래도 상관없다고 생각했다. 나는 분명히 그 군인을 죽인 것이다. 그리고 경찰은 여러 가지 단서를 더듬으며 내 행방을 쫓아 온 마을을 들쑤시고 다닌 것이다. 아니면 내가 시어즈 앤 로벅 상점에서 만능칼을 훔친 걸 알아냈을까? 내가 무슨 죄목으로 체포될지는 확실하지 않다. 길었던 봄과 여름 사이에 저지른 몇 가지 죄와 과오들은 하나로 뒤섞였고, 그 내역은 이제 스스로도 파악할 수 없었다. 그녀가 저지른 일들, 그때 저지른 죄는 모두 아주 예전에 다른 사람이—완전히 모르는 사람이—해치운 것처럼 느껴졌다. 그녀는 거기에 얌전히 앉아 있었다. 두 다리는 서로 단단히 얽혀 있고, 두 손은 무릎 위에서 맞잡고 있었다. 경찰관은 전화로 길게 이야기를 하고 있었다. 앞을 똑바로 노려보던 그녀는 한 커플이 부스석에서 일어나 앞으로 숙이듯이 몸을 기대고 춤을 추는 모습을 보았다. 그리고 한 군인이 방충망이 달린 문을 힘차게 열고 카페에 들어왔다. 그녀의 내부 저 멀리에 있는 다른 사람만이 그 남자의 얼굴을 알아보았다. 그가 계단을 올라갈 때, 그녀는 그저 천천히 아무 감정 없이, 저런 빨간색 고수머리는 시멘트처럼 딱딱할 거라고 생각했을 뿐이다. 그러고 나서 그녀의 의식은 다시 감옥과 차가운 콩수프, 식어 빠진 콘브레드와 쇠창살이 달린 감방으로 옮겨 갔다. 전화박스에서 돌아온 경찰관이 그녀를 향해 허리를 숙이며 말했다.

"이런 곳엔 왜 온 거냐?"

경찰관은 파란 제복을 입은 덩치 큰 남자였고, 일단 체포된 후에는 거짓말을 하거나 이야기를 얼버무리는 건 현명한 방법이 아니었다. 그의 얼굴은 투박했고, 가로로 퍼진 이마와 균형이 맞지 않는 두 귀―한쪽 귀가 다른 쪽 귀보다 훨씬 컸다―를 갖고 있었다. 그리고 곤혹스러운 표정을 짓고 있었다. 그는 질문을 하면서 그녀의 얼굴을 정면으로 들여다보지 않았다. 대신 머리 위 어딘가를 보고 있었다.

"내가 여기서 뭘 하고 있냐고?" 그녀는 질문을 되풀이했다. 그리고 갑자기 모든 걸 잊어버렸다. 따라서 "몰라"라고 대답했을 때, 그녀는 완전히 진실을 말하고 있었다.

경찰관의 목소리는 저 멀리서 들려오는 듯했다. 마치 긴 복도 끝에서 말을 걸고 있는 것처럼. "어디로 가려고 했던 거니?"

이제 세상은 저 멀리에 있어서 프랜시스는 더 이상 그것에 대해 생각할 수 없게 되었다. 지구라는 것을, 그녀는 더 이상 옛날처럼 볼 수 없게 되었다. 그것은 이제 금이 가고 뿔뿔이 흩어져서 시속 1,000마일로 회전하고 있는 천체가 아니었다. 지구는 가만히 정지해 있는, 거대하고 평평한 것이었다. 그녀와 모든 장소 사이에는 광대한 협곡 같은 공간이 있어서, 그곳을 건너거나 넘어가는 일은 감히 엄두도 낼 수 없었다. 영화에 출연하거나 해병대에 들어가는 일도 결국은 실현 가능성 없는 어린애의 계획에 지나지 않았던 것이다. 그녀는 조심해서 대답해야 했다. 그래서 최대한 시시하고 추레한 장소를 선택해서 말했다. 가출 행선지로 정말이지 그럴듯하게 들릴 것 같은 곳을.

"플라워링 브랜치."

"아버지가 경찰서에 전화를 했어. 네가 가출한다는 편지를 남기고 나갔다고 말이야. 아버지는 지금 버스 정류소에 계신다는구나. 이제 곧 이쪽으로 와서 널 데리고 집으로 가실 거야."

경찰에게 알린 것은 그녀의 아버지였다. 내가 감옥에 끌려가는 일은 없는 것이다. 어떤 의미에서 그녀는 그것을 유감스럽게 생각했다. 보이지 않는 감옥에 들어가는 것보다는, 탕탕 벽을 두드릴 수 있는 감옥에 들어가는 편이 오히려 나았다. 세상은 너무나도 멀리 있었다. 그리고 아무리 생각해도 이제 그녀가 세상의 일부가 될 가능성은 없었다. 그녀는 그해 여름 동안 품고 있던 우려로 되돌아갔다. 세상으로부터 자기가 멀어져 있다는 감각 말이다. 그리고 결혼식에서 저지른 실수가 그 우려를 공포로 내몰고 있었다.

바로 어제 일이지만, 그녀는 자기가 만나는 사람들이 전부 어떤 형태로든 자기와 연결되어 있는 것처럼 느껴졌다. 그녀와 어떤 사람 사이에는 한번 보면 서로 통하는 것이 있었다. 프랜시스는 아직도 주크박스에서 흘러나오는 곡에 맞춰 카운터 위에서 피아노 연주 흉내를 내고 있는 포르투갈인 주인을 바라보았다. 그는 몸을 천천히 앞뒤로 흔들고 있었다. 그리고 그의 손가락은 카운터 위를 경쾌하게 오르내리고 있었다. 그래서 카운터 끝에 앉은 남자는 자기 잔이 엎어지지 않도록 잔을 손으로 지키고 있었다. 곡이 끝나자 포르투갈인은 가슴 위로 팔짱을 꼈다. 프랜시스는 눈을 아주 가늘게 뜨면서 자기 쪽으로 그의 시선을 돌리려고 했다. 그는 전날 그녀가 처음으로 결혼식에 대한 이야기를 한 상대였기 때문이다. 그러나 그가 가게 안을 빙 둘러봤을 때, 가게 주인 같은 그 시선은 그녀를 깨끗이 무시하고 지나쳐 갔다. 그리고 그 시선에 그녀와 연결되어 있는 기색은 눈곱만큼도 찾아볼 수 없었다. 그녀는 가게 안에 있는 다른 사람들에게 시선을 돌렸지만, 모두 마찬가지였다. 그들은 일면식도 없는 타인이었다. 푸른 조명 안에서, 그녀는 마치 물에 빠져 죽어 가는 사람 같은 느낌을 받았다. 그건 묘한 기분이었다. 마지막으로 그녀는 경찰관을 지긋이 응시했다. 그도 이번에는 간신히 그녀와 눈을 마주쳤다. 그는 인형의 도자기 같은 눈으로 그녀를 보고 있었다. 그리고 그 눈동자에 비친 것은 그녀의 잃어버린 얼굴뿐이었다.

철망창이 탕, 소리를 내자 경찰관이 말했다. "자, 이제 아버지가 오셨구나. 너를 집으로 데려가실 거야."

프랜시스는 이제 두 번 다시 결혼식 이야기를 하지 않았다. 날씨가 바뀌고 다른 계절이 찾아왔다. 사물은 변화하고 프랜시스는 열세 살이 되었다. 이사 전날, 그녀는 베레니스와 함께 부엌에 있었다. 그날은 베레니스가 그들과 함께 보내는 마지막 오후였다. 왜냐하면 그녀와 아버지가 마을의 새로운 교외 지역으로 가서 펫 아줌마랑 아스타스 아저씨와 함께 살기로 결정했을 때, 베레니스는 조만간 일을 그만두고 싶다고 요청했기 때문이다. T. T와 결혼할지도 모른다는 것이었다. 때는 십일월이 끝나가는 어느 오후였다. 동쪽 겨울 하늘이 제라늄색으로 물들어 있었다.

프랜시스는 부엌으로 돌아왔다. 다른 방은 이미 트럭이 가구를 전부 싣고 가 버려 텅 비어 있었다. 아래층에는 침대 두 개와 부엌 가구가 남아 있을 뿐이었다. 다음 날에는 그것들도 싣고 가기로 돼 있었다. 부엌에서 베레니스와 둘이서만 오후를 보내는 것은 프랜시스에게 실로 오랜만의 일이었다. 부엌은 이제 그 여름의 부엌이 아니었다. 그리고 여름은 먼 과거처럼 느껴졌다. 벽에 연필로 그린 수많은 그림은 페인트칠로 가려졌다. 바닥에 가득한 홈들은 리놀륨으로 덮고, 테이블도 벽 근처로 옮겨 둔 상태였다. 이제 베레니스와 함께 식사할 사람이 아무도 없었기 때문이다.

새롭게 고친 부엌은 꽤 현대적이었다. 이제 존 헨리 웨스트를 떠올리게 하는 것은 그곳에 하나도 없었다. 그럼에도 불구하고 프랜시스는 그곳에서 그의 존재를 느낄 때가 있었다. 그는 엄숙한 표정의 회백색 유령처럼 그곳을 두둥실 떠다니고 있었다. 그럴 때는 정적이 찾아오곤 했다. 그것은 소리 나지 않는 말에 의해 떨려 오는 정적이었다. 허니에 대해 이야기하거나 허니를 머리에 떠올렸을 때도 비슷한 정적이 찾아왔다. 왜냐하면 허니는 지금 8년형을 선고받아 형무소에 있었기 때문이다. 그리고 지금, 십일월 말에 가까운 어느 저녁, 프랜시스가 샌드위치를 만들고 있을 때 불현듯 그 정적이 찾아왔다. 그녀는 샌드위치를 정교하게 자르려고 매우 고심하고 있었다. 왜냐하면 메리 리틀존이 다섯 시에 놀러 오기로 되어 있었기 때문이다. 프랜시스는 베레니스를 흘깃 쳐다보았다. 베레니스는 나른한 모습으로 의자에 앉아 있었다. 낡고 해진 스웨터 차림에 두 팔을 양쪽으로 축 늘어뜨리고, 무릎 위에는 먼 옛날 루디가 준 줄어든 여우 모피가 놓여 있었다. 모피는 끈적거렸지만, 작고 뾰족한 얼굴은 자못 여우답게 슬퍼보였다. 붉게 타오르는 난로의 불길이 방을 비추고, 깜박깜박 흔들리는 불빛은 몇몇 그림자를 끊임없이 변화시키고 있었다.

"나는 지금 미켈란젤로에 빠져 있어." 그녀가 말했다.

메리는 다섯 시에 와서 함께 저녁을 먹고 자고 가기로 되어 있었다. 그리고 내일 트럭을 함께 타고 새집에 갈 것이다. 메리는 거장들의 그림을 모아 그것을 아트북에 붙였다. 두 사람은 함께 테니슨 같은 시인들의 시를 읽었다. 메리는 위대한 화가가, 프랜시스는 위대한 시인이 될 생각이었다. 아니면 레이더의 최고 권위자도 좋았다. 메리의 아버지 리틀존 씨는 트랙터 회사와 관련되어 있어서 리틀존 일가는 전쟁 전 해외에 살았다. 프랜시스가 열여섯 살, 메리가 열여덟 살이 되면 두 사람은 세계 일주 여행을 할 생각이었다. 프랜시스는 초콜릿 여덟 개와 몇 가지 소금을 뿌린 땅콩과 샌드위치를 접시에 담았다. 그것은 야밤의 진수성찬이 될 터였다. 시계가 열두 시를 가리키면 침대 안에서 그것을 먹는 것이다.

"우린 함께 세계를 돌 거라고 말했지?"

"메리 리틀존." 베레니스가 함축적인 목소리로 말했다. "메리 리틀존."

베레니스는 미켈란젤로나 시에 흥미가 없었다. 메리 리틀존에 대해서는 말할 필요도 없었다. 처음에 그 문제에 관해 두 사람 사이에는 말다툼이 있었다. 베레니스는 메리를 두고 땅딸막하며 마시멜로처럼 새하얗다고 했고, 프랜시스는 그 말에 맹렬하게 반론을 제기했다. 메리는 그 위에 앉을 수 있을 만큼 길게 머리를 땋아

내리고, 옥수수 같은 노란색과 갈색이 섞인 머리끝을 고무끈이나 리본으로 묶어 놓았다. 눈은 갈색, 속눈썹은 노란색이었다. 그리고 그녀의 우묵한 두 손의 손가락 끝은 오므라든 작은 핑크색 덩어리였다. 왜냐하면 그녀는 손톱을 깨물었기 때문이다. 리틀존 일가는 가톨릭 신자였는데, 베레니스는 드물게 그것조차 몹시 좀스럽게 바라보았다. 가톨릭은 우상을 숭배하고 교황이 세계를 지배하기를 원한다고 했다. 그러나 프랜시스에게는 바로 그런 이질적인 면이 그녀의 놀라운 사랑을 완성시키는, 신기함과 말 없는 두려움을 덧붙이는 결정적인 한 수가 되었다.

"누군가에 대해 아줌마와 이야기를 나눠 봤자 무의미해. 아줌마는 그 애를 이해할 수 없는 거야. 원래 알 턱이 없으니까." 그녀는 이전에 베레니스에게 같은 말을 한 적이 있었다. 그때 베레니스의 눈이 싸해지면서 정지하는 걸 보고 자기가 상처를 줬다는 걸 알았다. 그러나 지금 또 그녀는 같은 말을 했다. 베레니스가 함축적인 목소리로 메리의 이름을 말하자 화가 났기 때문이다. 일단 그렇게 말하고 나서 그녀는 자기가 한 말을 후회했다.

"어쨌든 메리가 나를 가장 친한 친구로 선택해 준 건 나라는 존재에게 무엇보다 자랑스러운 일이야. 하필이면! 이 나를!"

"내가 그 애에 대해 조금이라도 안 좋게 말한 적 있니?" 베레니스가 물었다. "그 아이가 거기 앉아 두 갈래로 땋은 머리끝(피그 테일)을 빨고 있는 모습을 보는 게 도무지 신경에 거슬린다고 했을 뿐이야."

"세 가닥으로 땋은 머리(블레이즈)야!"[둘 다 똑같이 땋아 내린 머리지만, 피그 테일(돼지 꼬리)보다 블레이즈 쪽이 약간 고상함— 옮긴이]

튼튼한 날개를 가진 기러기 떼가 화살 모양을 이룬 채 징원의 상공을 날아갔다. 프랜시스는 창문으로 갔다. 그날 아침에는 서리가 내려, 갈색 잔디밭과 옆집 지붕, 그리고 적갈색 정자의 시든 포도 잎마저도 은색으로 변했다. 그녀가 뒤돌아 부엌을 봤을 때, 거기에는 또다시 정적이 내려와 있었다. 베레니스는 무릎에 팔꿈치를 괴고 웅크려 앉아, 손으로 이마를 받치고 있었다. 그리고 반점이 생긴 쪽 눈으로 석탄 양동이를 지그시 바라보고 있었다.

여러 가지 변화가 시월 중순경에 거의 동시에 찾아왔다. 프랜시스는 그보다 2주 전에 복권 추첨장에서 우연히 메리를 만났다. 마지막 가을꽃들 위로 하얗고 노란 나비들이 무수히 날아다니던 시기였다. 그때는 또 축제(페어)가 열리는 계절이기도 했다. 시작은 허니였다. 어느 날 밤 '스모크'인지 '스노우'인지 하는 마리화나를 피우고 머리가 이상해진 그는 그에게 그걸 판 백인이 경영하는 드러그 스토어에 침입했다. 마리화나를 더 많이 갖고 싶어서 참을 수 없게 된 것이다. 그는 감옥에 들어가 재판을 기다리고 있었다. 베레니스는 여기저기 뛰어다니며 돈을 모아 변호사를 만나고 감옥에 갈 허가증을 얻기 위해 노력했다. 3일째 되던 날 그녀가 돌아왔다. 피곤해서 완전히 녹초가 된 상태로. 그때 이미 그녀의 눈에는 응고된 듯한 붉은 분노가 반짝거리고 있었다. 그녀는 두통이 온다고 말했다. 존 헨리는 테이블에 머리를 올리고 자기도 두통이 온다고 말했다. 그러나 아무도 그의 말에 귀 기울이지 않았다. 그저 베레니스를 흉내 내서 말했을 뿐이라고 생각했던 것이다. "밖으로 나가거라." 베레니스가 말했다. "지금은 너랑 놀고 있을 기분이 아니니까." 그것이 부엌에서 그에게 던진 마지막 말이 되었다. 나중에 베레니스는 그건 자기에 대한 하느님의 심판이었다고 말했다. 존 헨리는 뇌수막염을 앓고 있었고, 그로부터 10일 후에 세상을 떠나고 말았다. 모든 게 끝날 때까지, 프랜시스는 단 한 순간도 존 헨리가 죽을지도 모른다는 걸 믿을 수가 없었다. 마냥 눈부신 날씨가 이어지는, 데이지와 나비들의 계절이었다. 공기는 짜릿할 정도로 서늘하고, 하늘은 날마다 투명한 청록색을 띠어 갔다. 하지만 거기에는 얕은 파도 같은 색깔의 빛이 가득 차 있었다.

프랜시스는 존 헨리를 만나도록 허락받지 못했다. 베레니스는 매일 정규 간호사를 도왔다. 어두워질 때까지 그녀는 돌아오지 않았다. 그녀가 갈라진 목소리로 이야기하는 걸 듣고 있으면, 존 헨리 웨스트는 점점 현실이 아닌 무엇이 되고 있는 것 같았다. 베레니스는 "난 그 아이가 어째서 그렇게 괴로워해야 하는 건지 모르겠어"라고 말하곤 했다. '괴로워한다'는 말은 아무리 생각해도 존 헨리에게 어울리지 않는 말이었다. 그녀는 그 말에서 몸을 멀리했다. 예전에 알 수 없는 마음속의 텅 빈 어둠에서 몸을 멀리했던 것과 마찬가지로.

그때는 축제의 계절로, 메인 스트리트에는 커다란 현수막이 걸려 있었다. 축제는 6일 밤낮으로 마을의 야외 회장에서 개최되었다. 프랜시스는 그곳에 두 번, 두 번 다 메리와 둘이서 갔다. 두 사람은 거의 모든 놀이기구를 탔지만, 프릭 쇼 건물만은 들어가지 않았다. 리틀존 부인이 기형인간을 구경하는 것은 건전하지 않다고 말했기 때문이다. 프랜시스는 존 헨리를 위해 막대기를 사고, 2주 전에 복권으로 당첨된 무릎 덮개를 선물했다. 그러나 베레니스는 존 헨리가 이제 그런 것은 쓸 수 없다고 말했다. 매일같이 밝고 화창한 날들이 이어졌다. 베레니스가 하는 말은 점점 무시무시해져서, 그녀는 공포에 사로잡혀 그 이야기에 귀를 기울였다. 그러나 그녀의 일부는 그 말을 믿을 수가 없었다. 존 헨리는 3일에 걸쳐 계속 비명을 질렀다. 두 눈동자는 눈 가장자리에 달라붙은 채 움직이지 않았고, 아무것도 보이지 않게 되었다. 마침내 그는 머리가 풀썩 뒤로 꺾인 채 자리에 누워 비명을 지를 힘조차 잃어버렸다. 축제가 끝난 다음 화요일에 그는 세상을 떠났다. 가장 많은 나비들이 나타나고, 가장 날이 맑았던 금빛 아침이었다.

한편 베레니스는 변호사를 고용해 감옥에서 허니를 면회했다. "도대체 내가 뭘 어쨌다는 걸까?" 그녀는 계속해서 말을 이어갔다. "허니는 이런 꼴이고, 이번에는 존 헨리야." 그래도 여전히 프랜시스의 일부는 그 사실을 믿을 수가 없었다. 하지만 그의 시체를 오페라이커에 있는 가족묘지로 옮긴 날(찰스 아저씨와 같은 묘지에), 그녀는 관을 보고 나서야 겨우 그의 죽음을 이해할 수 있었다. 그리고 광기 어린 꿈속에서, 그는 백화점 진열창에서 도망친 어린아이 마네킹 같은 모습으로 한두 번 그녀를 찾아왔다. 밀랍으로 만들어진 다리는 관절 부분만이 삐걱거리며 움직였다. 밀랍으로 만들어진 쭈글쭈글한 얼굴은 엷게 분이 칠해져 있었다. 존 헨리가 눈앞에 휙 다가오자 그녀는 너무 무서운 나머지 소스라치며 잠에서 깼다. 하지만 그런 악몽을 꾼 것은 한두 번뿐이었다. 낮에는 레이더나 학교, 메리 리틀존 일로 이래저래 바빴다. 그녀는 오히려 존 헨리를 예전 모습으로 떠올릴 때가 많았지만, 이제는 그의 존재를 느낄 일이 별로 없었다. 불현듯 가끔―해질녘이나 방에 특별한 정적이 내려앉을 때―엄숙한 표정으로 유령처럼 칙칙하게 떠다니는 그의 존재가 느껴질 뿐이었다.

"학교 일로 가게에 잠깐 들렀는데, 자비스가 아빠한테 편지를 보냈더라. 오빠는 룩셈부르크에 있대." 프랜시스가 말했다. "룩셈부르크. 멋진 이름 같지 않아?"

베레니스가 고개를 들었다. "그렇구나, 아가…… 그 이름을 들으니 난 비눗물이 생각나지만 말이다. 좀 귀여운 이름이긴 해."

"새집에는 지하실이 있어. 그리고 세탁실도." 잠시 후 그녀는 이렇게 덧붙였다. "우리가 함께 세계 일주를 할 때는 룩셈부르크에도 들러 봐야지."

프랜시스는 창문을 향해 몸을 돌렸다. 시간이 오후 다섯 시를 가리킬 무렵, 제라늄 색깔로 반짝이던 하늘은 그 빛깔을 잃어 가고 있었다. 마지막 남은 파란 하늘이 지평선 위에서 차갑게 부서지려고 하고 있었다. 겨울 이맘때쯤 어둠은 눈 깜짝할 사이에 재빨리 밀려온다.

"나는 어쨌든 이 일로 머리가……." 그러나 그 말은 도중에 끝나고 말았다. 현관 벨이 울리자 마음은 금세 행복으로 바뀌고 정적은 깨져 버린 것이다.

이 소설의 작자인 카슨 매컬러스의 본명은 룰라 카슨 스미스로, 1917년 조지아 주 콜럼버스에서 태어났다. 콜럼버스는 인구 3만 명 정도의 아담한 남부 마을이다. 아버지 라말 스미스는 그곳에서 작은 보석상을 운영했다. 마치 이 소설 『결혼식 멤버』의 주인공 프랭키의 아버지처럼. 얼마 후 스미스가에는 남동생과 여동생이 한 명씩 태어났다. 특별히 유복한 건 아니지만, 부족함 없는 행복한 가정이었다.

다소 촌스러운 '룰라'라는 이름과 지극히 남부스러운 더블 퍼스트 네임이 마음에 들지 않았던 룰라 카슨은, 13세 때 "이제부터 카슨이라고 불러 줬으면 해. 안 그러면 대답도 안 할 거야"라고 선언했다. 이 역시 소설 속에서 프랭키가 '재스민'이란 이름으로 개명하고 싶다고 한 것과 매우 비슷하다. 하지만 그럼에도 불구하고 가족이나 이웃들은 그녀를 항상 '룰라 카슨'이라고 불렀던 것 같다.

그녀는 어릴 적부터 피아노 연주에 빠져 있었다. 콜럼버스 마을에는 과거 콘서트 피아니스트였던 여성이 살고 있었는데, 카슨은 그녀의 가르침을 받아 피아노 연습에 몰두했다. 그녀는 매일 학교에 가기 전에 세 시간, 학교에서 돌아오고 나서도 세 시간에서 다섯 시간씩 피아노 앞에 앉아 있었다고 한다. 특히 이른 아침의 피아노 소리에는 이웃 사람들도 질렸던 듯하다. 새벽 네 시부터 리스트나 쇼팽, 베토벤을 큰 소리로 들어야 한다는 것에 적지 않은 고통을 느꼈던 것이다(그 기분은 이해할 수 있다). 그러나 그와는 별개로 그녀의 신동 같은 면모는 주변 사람들을 놀라게 했다. 사람들은—적어도 가족은—카슨이 언젠가 유명한 콘서트 피아니스트가 되어 틀림없이 세계로 진출할 거라고 기대했다.

그러나 학교에서의 카슨은 같은 연배의 아이들과 잘 어울리지 못했던 것 같다. 일단 무엇보다 피아노 연습을 하느라 너무 바빠 그녀는 그 외의 일반적인 공부를 할 여유나 사교에 소비할 시간이 없었다. 동급생들은 그녀를 '도도한 괴짜'로 취급했다. 그녀는 마을의 다른 여자아이들과 달리 옷에도 전혀 신경 쓰지 않았고,

파티에도 나오려고 하지 않았다. 같은 반 남자아이들에게도 관심이 없거니와, 적령기 여성답게 행동하려고도 하지 않았다. 가족모임을 제외하면 사람이 모이는 곳에는 애써 가까이 가지 않으려고 했다. 학교 성적도 주로 B나 C로, A는 극소수였다고 한다.

그럼에도 그녀가 수줍은 성격이 되지 않을 수 없었던 이유 중 하나는 그녀의 키에 있었다. 그녀는 열세 살 때 이미 키가 170센티미터가 넘었다. 그녀는 반 여자아이들 중에서 가장 키가 컸고, 대부분의 남자아이보다도 키가 컸다. 그리고 그로 인해 항상 자신의 존재를 어색하게 느꼈다. 그녀는 키가 계속 자라지 않도록 담배를 피울 결심을 하고, 그것을 확실히 실행에 옮겼다(그 일은 말할 것도 없이 보수적인 콜럼버스 시민들 사이에 논란을 일으켰다). 그런 환경 속에서, 카슨이 솔직한 자신의 모습을 드러낼 수 있을 때는 피아노 앞에 있을 때뿐이었을지도 모른다. 음악은 그녀에게 '예술'임과 동시에, 없어서는 안 될 '동료'이기도 했던 것이다. 자신은 오직 음악을 통해서만 의미가 있는 무언가가 될 수 있다고 그녀는 믿었다.

그러나 카슨은 서서히 문학에 관심을 갖게 되고, 열다섯 살 때 친한 친구에게 "콘서트 피아니스트는 포기하고 장래에는 작가가 되고 싶어"라고 털어놓았다. 혹은 그때 이미 그녀는 자신의 음악성에 한계 같은 것을 느꼈을지도 모른다.

열여섯 살에 고등학교를 졸업한 후(당시는 그런 학제였다), 그녀는 대학에는 진학하지 않았다. 당시는 미국 전체가 대공황에 돌입했던 시절로, 스미스가에도 경제적 여유가 없었던 것이다. 그녀는 콜럼버스 마을에 남아 열심히 피아노 연습을 계속하고(거기에는 경애하는 피아노 교사의 기대를 배반하고 싶지 않다는 강한 열망이 있었다), 한편으로는 도서관에서 책을 섭렵했다. 그녀가 도스토예프스키나 체호프, 톨스토이를 만난 것도 이 시기였다. 『카라마조프가의 형제들』, 『죄와 벌』, 『백치』 같은 작품은 그녀에게 깊은 감동을 주었다.

이 시기에 그녀는 단편소설을 쓰기 시작했다. 그리고 그녀가 쓴 단편소설을 처음 읽은 아버지는 그 자리에서 타자기를 사 줬다고 한다. 경애하던 피아노 교사가 다른 마을로 이사를 가기도 해서, 이 시점에 카슨은 피아니스트의 꿈을 완전히 버리고 작가로서 살아갈 길을 선택한 듯하다. 그리고 이를 위해서는 시골에서 벗어날 필요가 있었다. 그녀가 정착해야 할 장소는 뉴욕이었다. 1934년 구월 그녀는 사반나 항구에서 배를 타고 맨해튼 항구로 향했다. 콜롬비아 대학에서 창작 공부를 하기 위해서였는데, 어머니에게는 줄리어드 음악원에서 피아노 공부를 하는 게 주요 목적이라고 말했다. 그런 대외적인 명목 없이는 집에서 나갈 수 있을 것 같지 않았기 때문이다. 어머니는 집에 대대로 내려오는 보석을 팔아 학비를 변통해 주었다. 500달러를 옷핀으로 속옷에 고정시킨 카슨은 홀로 뉴욕으로 향했다.

"룰라 카슨, 이제부터 너는 걸출한 인물이 될 거야." 어머니는 헤어질 때 장신의 열일곱 딸을 끌어안으며 이렇게 말했다. 물론 어머니는 콘서트 피아니스트로서의 미래를 그렸던 것이지만.

운명은 의외의 방향으로 전개되었다. 사정을 설명하면 길지만 (그리고 사건의 자세한 내용은 여전히 불확실한 상태다), 그녀는 지하철에서 전 재산을 잃어버리고 말았다. 소매치기를 당했는지, 아니면 어딘가에 두고 내렸는지 알 수 없지만, 그 결과, 그녀는 대도시 한가운데에 완전히 무일푼으로 내던져지게 되었다. 그것은 물론 슬퍼해야 할 사건이었다. 그러나 거꾸로 말하면, 그 덕에 그녀가 나아가야 할 길은 확실히 정해진 듯했다. 줄리어드 음악원 학비로 쓸 돈은 이제 어디에도 존재하지 않았으니까. 그녀는 일거리를 찾아 수입을 얻고, 그와 동시에 콜롬비아 대학 야간부에 다니며 소설 공부를 할 수밖에 없었다.

여기서 우리의 머리에는 '혹시'라는 글자가 자연스럽게 떠오를 것이다. 혹시 그녀가 뉴욕 지하철에서 전 재산을 잃지 않았다면, 혹시 무사히 줄리어드에 입학해서 그럭저럭 피아노를 공부했다면, 과연 소설가 카슨 매컬러스는(적어도 이런 형태로) 존재했을까?

인간의 운명이라는 것은 상당히 불가사의한 법이다.

 매컬러스(1937년 리브스 매컬러스와 결혼해서 성이 바뀌었다)는 1940
년(그녀는 그때 아직 스물세 살이었다!) 장편소설 『마음은 외로운 사
냥꾼』을 발표, 비평가들로부터 압도적인 찬사를 받으며 책은 베
스트셀러가 되었다. 거의 하룻밤 사이에 미국 문단의 스타가 된
것이다. 그 후에도 그녀는 장편소설 『금빛 눈에 비친 모습』과 중
편소설 『슬픈 카페의 노래』, 또 일련의 인상적인 단편소설을 계속
해서 발표하며 문학적 지반을 확실히 굳혔다. 그리고 1946년에
『결혼식 멤버』를 세상에 발표하게 된다.

 그녀는 1941년부터 1946년에 걸쳐, 뉴욕 주 북부 사라토가 근
교에 있는 '야도'라는 예술인 마을에 단속적인 손님으로 머물면서
집중적으로 작품을 썼다. 그녀는 '야도'에 머무는 동안, 젊은 날의
트루먼 카포티나 테네시 윌리엄스 등과 친교를 나누기도 했다. 이
무렵 격렬한 발작이 수차례 그녀를 덮치면서 일시적으로 시력을
잃기도 했다. 또 강한 두통에도 시달리게 되면서 매일 섭취하는
알코올의 양도 차츰 늘어갔다. 결혼 생활도 암초에 부딪쳐, 리브
스 매컬러스와의 결혼 생활은 1941년 파국을 맞이하고 정식으로
이혼하게 되었다. 하지만 그녀는 1945년에 같은 상대와 재혼했다
(리브스는 결국 1953년 파리의 한 호텔에서 자살을 시도하게 된다). 그러

나 그런 혼란의 연속, 긴장의 연속인 생활 속에서도 그녀의 창작욕은 쇠퇴하지 않았다. 오히려 강한 창작욕이 그녀를 탄탄하게 받쳐 주고 있었다고 해도 좋을지 모른다.

카슨 매컬러스는 반쯤 자전적인 소설『결혼식 멤버』집필에 충분한 시간을 들이며 글자 그대로 심혈을 기울였다. 정성껏 고쳐 쓰기를 반복했다. 그녀는 최종고를 마무리하기 전에, 소설의 총 일곱 가지 버전을 완성했다고 한다. '야도'의 디렉터를 역임했던—그리고 카슨이 절대적인 신뢰를 보냈던—엘리자베스 에임즈는 일곱 가지 버전의『결혼식 멤버』를 처음부터 끝까지 전부 읽었다.

어느 날 밤 여덟 시, 에임즈가 자택에서 쉬고 있는데 현관에서 노크 소리가 들렸다. 문을 여니 카슨이 서 있었다. "여기 원고가 있어, 엘리자베스. 겨우 완성했지…… 아니, 나는 이제 그만 갈게." 그렇게 말한 뒤 카슨은 밤의 어둠 속으로 달려갔다. 가느다란 그녀의 목소리는 거의 알아들을 수 없을 정도였다.

에임즈는 당장 그 원고를 읽기 시작했다. 원고를 다 읽은 것은 새벽 두 시 반이었다. 그녀는 지쳐 녹초가 되었지만, 원고가 완벽한 작품으로 완성된 것은 확실했다. 그리고 다음 날 아침, 그녀는 원고를 손에 들고 아침 식사 장소로 향했다. 에임즈는 그때의 일을 이렇게 묘사하고 있다.

거기에 있던 카슨은 내가 식당에 들어오는 모습을 가만히 보고 있었습니다. 신경이 몹시 곤두섰는지 커피잔을 든 손이 부들부들 떨리고 있었죠. 나는 카슨을 향해 걸어가 커피를 마시는 그녀 뒤에 섰습니다. 그녀가 잔을 내려놓으려고 하자 컵에서는 달그락거리는 소리가 났어요. 나는 "모든 게 멋져, 마이 디어"라고 하며 그녀에게 원고를 돌려줬습니다. 그러자 그녀는 물 잔을 쓰러뜨리며 머리를 테이블 위에 기대고는 크게 한숨을 내쉬었습니다. 그걸로 모든 게 끝났습니다. 말하자면 아기가 태어난 거죠.

이 문장을 통해 카슨 매컬러스가 얼마나 온 힘을 다해 이 작품을 썼는지, 얼마나 깊숙이 여기에 있는 소설 세계에 빠져 있는지를 선명하게 느낄 수 있을 것이다.

내가 이번에 이 『결혼식 멤버』를 다시 읽고—항상 하는 말이지만, 번역은 궁극적인 다시 읽기다—제일 먼저 느낀 것은 "나는 도저히 이런 소설은 못 쓰겠군"이라는 사실이었다. 물론 거기에는 내가 남자 작가라는 이유도 있다. 매우 있다. 열두 살 여자아이의 심리를 파악하고 그것을 문장으로 적확하게 표현한다는 것은 남성 작가에게 전혀 쉬운 일이 아니다. 그러나(나로서는 어디까지나 멋대로 상상할 수밖에 없지만) 여성 작가라도 이 소설을 다 읽고 "나는 이런 소설은 도저히 쓸 수 없어"라며 한숨을 쉬는 분이 적지 않으실 것이다. 그 정도로 이 소설 속 카슨 매컬러스의 필치는 아주 뛰어나게 선명하다. 프랭키 아담스라는, 남부 시골 마을에 사는 한 소녀(그녀는 어디든지 있는 소녀이면서, 동시에 어디에도 없는 소녀이기도 하다)의 모습이 소설 속에 한숨이 나올 만큼 선명하게 창조되어 있다. 물론 월등히 뛰어난 문장이지만, 소설 속에 있는 것은 '소녀가 가진 감정의 미묘한 굴곡을 대단히 능숙하게 포착하고 있다'는 식의, 단순한 '문예적인' 뛰어남이 아니다. 그것은 어쩐지 예상치도 못한 부분에서, 어쩐지 예상치도 못한 것이 날아드는 식의, 다소 상식을 벗어난 면이 있는 특별한 종류의 선명함인 것이다. 일반적인 작가는 일단 이런 스릴 있는 문장은 쓰지 못한다. 그 문장은 어떨 때는 예리한 면도날처럼 피부를 찢고, 어떨 때는 무거운 도끼처럼 마음을 도려낸다.

그 결과, 우리 독자들은 이 소설을 읽으면서 평소 생활에서는 느낄 수 없는 특별한 종류의 기억과 만나게 되고, 특별한 종류의 감정에 실시간으로 흔들리게 된다. 물론 나는 남자니까 열두 살 소녀 시절을 경험한 적은 당연히 없지만, 그래도 이 책을 읽으면서(혹은 번역하면서) '그건 나도 잘 알지'라고 느낄 때가 종종 있었다. 나도 예전에는 열두 살 소년이었고, 열두 살 소녀들은 말하자면 우리의 중요한 파트너이기도 했기 때문이다. 우리는 어깨를 나

란히 한 채 뭐가 뭔지 영문을 알 수 없는 상태로 '미칠 듯한 여름'
을 헤쳐 왔다. 그것은 인생을 살아가면서 오직 한때만 맛볼 수 있
는, 소중한 광기였던 것이다.

이 책에 대해 전부터 '무언가와 독후감이 비슷한데'라는 느낌을
갖고 있었는데, 어느 순간 문득 그것이 히구치 이치요(樋口一葉)
의 명작 『키 재기(たけくらべ)』라는 사실을 깨달았다. 어쩐지 신기
한 조합 같지만, 나에게는 두 작품 사이에 확실한 공통점이 있는
것처럼 느껴진다. 아직 이십 대인 재기 발랄한 여류작가가 그려낸
십 대 초반의 다감한 소녀가 살아가는 삶, 느낌, 세상을 보는 관점.
감각적인 문체와 싱그러운 언어의 선택. 섬세함과 대담함의 동거.
물론 미국 남부의 시골 마을과 유곽 근처의 도쿄 서민 마을은 완
전히 다른 기질을 가진 장소이고 시대도 꽤 차이가 나지만, 거기
에 있는 공기에는 각각 짜릿하고 독특한 질감이 담겨 있다. 그리
고 소녀들은 그런 공기의 질감에 무섭도록 민감하게, 실시간으로
반응한다. 그곳에서는 뭐가 정상이고, 뭐가 정상이 아닌지 제대로
확인하기 어렵다. 그러나 그녀들은 그런 불명확함과 수수께끼를,
자연스러운 방식으로 술술 이해해 간다. 섬세하게, 그러나 대담하
게. 그리고 시시각각 어른으로 성장해 간다.

미국 남부 출신의 여류작가 도나 타트가 쓴 미스터리 『은밀한
복수(The Little Friend)』를 읽었을 때도 문득 이 소설과 배경적 유

사성 같은 것을 느꼈다. (여담이지만) 그 후 뉴욕에서 그녀를 실제로 만나 이야기했을 때, 그 분위기랄까, 배후에 풍기고 있는 무언가가 카슨 매컬러스를 방불케 하는 것을 보고 깜짝 놀랐었다.

독자 여러분이 이 『결혼식 멤버』라는 작품을 어떻게 읽고, 읽고 난 뒤 어떤 감상을 갖게 되실지, 솔직히 잘 모르겠다. 왜냐하면 이 소설에는 매우 많은 개인적인 요소들이 포함되어 있기 때문이다. 그래서 사람에 따라 한 사람 한 사람 읽는 방식이 꽤 달라질 거라는 느낌이 든다. 쉽게 일반화할 수는 없을 것이다. 어디까지나 자유롭게, 원하는 대로 읽어 주셨으면 하는 것이―굳이 양해를 구할 것도 없지만―번역자의 바람이다.

그러나 딱 한 가지, 알아주었으면 하는 것이 있다. 그것은 이 소설이 단순히 '인생의 통과 의례'를 그린 소설은 아니라는 점이다. 즉, 이것은 '예전에 우리에게도 이런 소녀 시절이 있었습니다. 그렇게 우리는 어른이 된 것입니다'라는 이야기가 아니라는 뜻이다. 카슨 매컬러스에게 여기에 쓰인 이야기는 그녀 안에서 그대로 살아 숨 쉬며 계속되는 이야기이기도 하다. 무엇이 정상이고, 무엇이 정상이 아닌지, 그녀는 그 수수께끼를 여전히 추구하고 있는 것이다. 대단히 진지하게, 자기 자신의 생존의 의미를 걸고서. 그녀에게 그 '미칠 듯한 여름'은 지금도 계속되고 있다. 바로 그렇기 때문에 『결혼식 멤버』라는 작품은, 거기에 그려진 한정된 시간과 한정된 세계는, 현대에서도 확실한 힘을 갖고 우리에게 호소해 오는 것이다. 나는 그렇게 생각한다.

나는 개인적으로는 이 『결혼식 멤버』와 『마음은 외로운 사냥꾼』, 그리고 『슬픈 카페의 노래』가 매컬러스의 최고 걸작이라고 생각한다. 대학 시절에 만난 이 세 권의 소설을 나는 이후에도 수차례 반복해서 읽었다. 이 작품들이 현재 일본에서 문고본으로(혹은 단행본으로도) 쉽게 구할 수 없게 된 것은 실로 유감스러운 일이다. 혹시 기회가 있다면 구해서 읽어 보셨으면 한다. 세 권 모두 일부러 찾아서 읽을 만한 가치가 있는 작품이다. 그런 의미에서 『결혼식 멤버』를 직접 번역하고 구하기 쉬운 신간 문고본으로 출판할 수 있었던 것은 나에게 커다란 기쁨이자, 또 작은 자랑거리이기도 하다. 이를 기회로 매컬러스의 작품이 재평가되기를, 한 사람의 소설 애호가로서 진심으로 바라는 바이다.

카슨 매컬러스의 전기적 사실에 관해서는 아래 문헌을 참조했다.

Virginia Spencer Carr 『The Lonely Hunter : A Biography of Carson MaCullers』(Carroll&Graf)/『Carson McCullers, Complete Novels』(The Library of America)

결혼식 멤버

초판 1쇄 인쇄 2019년 2월 10일
초판 1쇄 발행 2019년 2월 15일

지은이 | 카슨 매컬러스
옮긴이 | 채숙향
펴낸이 | 윤희육
편집 | 신현대
디자인 | 김윤남
마케팅 | 석철호

펴낸곳 | 창심소
등록번호 | 제2017-000039호
주소 | 경기도 파주시 문발로 405(신촌동) 307호
전화 | 070-8818-5910
팩스 | 0505-999-5910
메일 | changsimso@naver.com

ISBN 979-11-965520-2-2 03840

이 도서의 국립중앙도서관 출판예정도서목록(CIP)은 서지정보유통지원시스템 홈페이지
(http://seoji.nl.go.kr)와 국가자료공동목록시스템(http://www.nl.go.kr/kolisnet)에서
이용하실 수 있습니다.(CIP제어번호: CIP2019003480)